O bom soldado

Ford Madox Ford

O bom soldado

Uma história de paixão

TRADUÇÃO
José Rubens Siqueira

ALFAGUARA

Título original
The Good Soldier

Capa
Mariana Newlands

Imagem de capa
Hulton Collection/Getty Images

Revisão
Sônia Peçanha
Ana Grillo
Eduardo Carneiro

CIP-Brasil. Catalogação na fonte
Sindicato Nacional dos Editores de Livros, RJ

F794b
Ford, Ford Madox
O bom soldado : uma história de paixão / Ford Madox Ford ; tradução de José Rubens Siqueira. — 1ª ed. — Rio de Janeiro : Alfaguara, 2009.

ISBN 978-85-60281-71-8
Tradução de: The Good Soldier.

1. Romance inglês. I. Siqueira, José Rubens, 1945-. II. Título.

CDD: 823
08-4950 CDU: 821.111-3

EDITORA SCHWARCZ S.A.
Praça Floriano, 19, sala 3001 — Cinelândia
20031-050 — Rio de Janeiro — RJ
Telefone: (21) 3993-7510
www.companhiadasletras.com.br
www.blogdacompanhia.com.br
facebook.com/editora.alfaguara
instagram.com/editora_alfaguara
twitter.com/alfaguara_br

"Beati Immaculati"

*Carta dedicatória a Stella Ford**

Minha querida Stella,

Sempre considerei este o meu melhor livro, ao menos meu melhor livro do período pré-guerra; e entre escrevê-lo e o surgimento de meu romance seguinte devem ter se passado quase dez anos, de forma que qualquer coisa que eu possa ter escrito desde então pode ser considerada obra de um outro homem: obra do *seu* homem. Porque é certo que, sem o incentivo para viver que você me deu, eu dificilmente teria sobrevivido ao período da guerra e, mais certo ainda, sem o seu empurrão para escrever de novo nunca mais teria escrito nada. Como, por um mero acaso, *O bom soldado* é praticamente o meu único livro que não foi dedicado a ninguém, deve ter sido eleito pelo destino para esperar os dez anos que esperou — por esta dedicatória.

O que sou hoje devo a você: o que eu era quando escrevi *O bom soldado* devo à concatenação de circunstâncias de uma vida bastante sem propósito e dissipada. Até sentar para escrever este livro, em 17 de dezembro de 1913, nunca havia tentado me estender, para usar uma expressão de treinamento de cavalos de corrida. Em parte porque sempre tive a idéia muito fixa de que, independentemente de qual possa ser o caso de outros escritores, eu, ao menos, nunca seria capaz de

---

* Stella Ford (1893–1947), pintora australiana, nunca foi casada oficialmente com Ford. Viveram juntos entre 1919 e 1928 e tiveram uma filha, Esther Julia, nascida em 1920. Esta "Carta dedicatória" apareceu na segunda edição norte-americana do romance (1927) e, depois, também na segunda edição britânica (1928).

escrever um romance pelo qual me empenhasse de fato antes de chegar aos quarenta anos; em parte porque definitivamente eu não queria competir com outros escritores cuja pretensão ou necessidade de reconhecimento e do que o reconhecimento traz consigo fossem maiores do que os meus próprios. Nunca realmente tentei colocar em nenhum de meus romances *tudo* o que eu sabia sobre a escritura. Tinha escrito um bom número — um grande número — de livros displicentemente, mas todos eram na linha do *pastiche*, de escritos bastante preciosistas, ou *tours de force*. Mas sempre tive loucura por escrever, pela forma como a escritura deve ser feita, e em parte sozinho, em parte na companhia de Conrad,* eu havia até essa data realizado estudos exaustivos sobre o modo de manipular as palavras e construir romances.

Então, no dia em que completei quarenta anos, senteime para mostrar o que era capaz de fazer, e o resultado foi *O bom soldado*. Pretendia que fosse meu último livro. Eu pensava (e não sei se não penso da mesma forma ainda hoje) que escrever um livro era o bastante para qualquer homem e, quando *O bom soldado* ficou pronto, Londres, ao menos, e possivelmente o mundo pareciam estar sob o domínio de escritores mais novos e muito mais vibrantes. Eram os dias apaixonantes dos cubistas, vorticistas, *imagistes* literários e todos os outros *tapageur* e turbulentos *jeunes* daquela década jovem. Então me vejo como uma enguia que, depois de chegar ao alto-mar, dá à luz seus filhotes e morre; ou como o arau-gigante eu pensava que, tendo cumprido minha cota, eu botara o meu ovo e podia morrer. Assim, fiz minha despedida formal da literatura nas páginas de uma revista chamada *Thrush*, que também, pobre arau-gigante que era, morreu nesse esforço. Então me preparei para me colocar à parte em favor de nossos bons amigos (seus

---

* O escritor Joseph Conrad (1857–1924) foi um dos amigos mais próximos de Ford entre 1898 e 1909. Polonês de nascimento, Conrad foi um dos maiores escritores de língua inglesa e influenciou profundamente Ford, com quem escreveu três romances.

e meus) Ezra, Eliot, Wyndham Lewis, H.D.* e todos os outros clamorosos jovens escritores que estavam batendo à porta na época.

Mas clamores maiores abalaram Londres e o mundo, que até então pareciam estar aos orgulhosos pés desses conquistadores; o cubismo, o vorticismo, o imagismo e tudo o mais nunca tiveram a sua justa chance em meio às vozes do canhão, então saí de novo de minha toca e ao lado de suas obras fortes, delicadas e belas ganhei coragem para gerar algum trabalho meu.

O bom soldado, porém, continua sendo para mim meu ovo de arau-gigante, algo como uma raça que não terá sucessores e, como foi escrito muito tempo atrás, talvez eu não pareça vaidoso demais se falar sobre ele por um minuto ou dois. Nenhum autor, creio, merece ser demasiadamente censurado por vaidade se, ao pegar um de seus livros de dez anos antes, exclamar: "Meu Deus, eu escrevia assim tão bem?", porque isso significa que ele não escreve mais tão bem e poucos serão invejosos a ponto de censurar as complacências de um vulcão extinto.

Seja como for, recentemente fui forçado a um exame bastante íntimo deste livro, porque tive de traduzi-lo para o francês, o que me forçou a uma atenção muito mais severa do que seria o caso em qualquer leitura, por mais minuciosa que fosse. E me permitirei dizer que fiquei assombrado com o trabalho que empenhei na construção do livro, na intricada teia de referências e contra-referências. O que não é de admirar porque, embora o tenha escrito com relativa rapidez, eu o estava chocando dentro de mim ao longo de uma década. Isso porque a história é verdadeira e porque a ouvi do próprio Edward Ashburnham e não podia escrevê-la enquanto todos

---

* Ezra Pound (1885–1972) já era um renomado poeta modernista na época; T. S. Eliot (1888–1965) estava para despontar em sua significativa carreira; Percy Wyndham Lewis (1882–1957) era um poeta e pintor canadense, um dos fundadores do vorticismo; H.D. era o pseudônimo da poetisa norte-americana Hilda Doolittle (1886–1961).

os outros estivessem vivos. Então guardei-a comigo todos esses anos, pensando nela de quando em quando.

Naqueles dias, eu tinha uma ambição: a de fazer pelo romance inglês o que *Fort comme la mort* [Forte como a morte] de Maupassant fez pelo romance francês. Um dia, recebi minha recompensa, pois aconteceu de estar num grupo em que um ardente jovem admirador exclamou: "Por Deus, *O bom soldado* é o melhor romance da língua inglesa!" Diante disso, meu amigo, o sr. John Rodker,* que sempre teve uma admiração adequadamente equilibrada por meu trabalho, observou com sua pronúncia clara e lenta: "Ah, sim, mas você se esqueceu de uma palavra. É o melhor romance francês em língua inglesa!"

Com isso, que é o meu tributo a meus mestres e melhores da França, deixo o livro com o leitor. Mas gostaria de dizer uma palavra sobre o título. Este livro foi originalmente intitulado por mim *A história mais triste*, mas, como não foi publicado senão nos dias mais negros da guerra sobre nós, o sr. Lane me importunou com cartas e telegramas (eu andava ocupado com outras coisas!) para mudar o título, que, segundo ele, tornaria o livro invendável na época. Um dia, quando eu estava em trânsito com a tropa, recebi um telegrama final de pedido do sr. Lane e, como vinha com a resposta paga, peguei um formulário de resposta e escrevi com apressada ironia: "Caro Lane, por que não *O bom soldado*?"... Para meu horror, seis meses depois o livro foi lançado com esse título.

Meu arrependimento nunca teve fim, mas desde a guerra tenho recebido tantas provas de que o livro tem sido lido com esse título que hesito em fazer qualquer mudança, temendo causar confusão. Se isso tivesse acontecido durante a guerra, eu não teria hesitado em fazer a mudança, porque tinha apenas duas comprovações de que alguém o tinha lido. Uma ocasião, encontrei um ajudante de meu regimento que acabara de chegar de uma licença e parecia extremamente

* Poeta e romancista inglês.

doente. Eu disse: "Meu Deus, homem, o que aconteceu com você?" Ele respondeu: "Bem, anteontem fiquei noivo e marquei o casamento e hoje estava lendo *O bom soldado*."

Em outra ocasião, eu estava de novo em trânsito, em exame de manobras, na praça dos Soldados em Chelsea. E, petrificado de nervoso, tendo de fazê-lo diante de meia dúzia de velhos cavalheiros oficiais com fitas vermelhas no chapéu, organizei meus homens na medida do possível com soldados rasos dos Coldstream Guards de Sua Majestade. Enquanto eu estava ali rigidamente parado em posição de sentido, um dos velhos oficiais de fita vermelha se aproximou por trás de mim e disse claramente em meu ouvido: "Você disse *O* bom *soldado*?" Então, sem dúvida, o sr. Lane estava vingado. De qualquer forma, aprendi que a ironia pode ser uma faca de dois gumes.

Você, minha querida Stella, terá me ouvido contar estas histórias muitas vezes. Mas agora o mar nos separa e eu as coloquei nesta sua carta, na qual vai lê-las antes de me ver, na esperança de que possam lhe dar algum prazer com a ilusão de que você está ouvindo uma fala conhecida, e muito devotada. E assim, me subscrevo com toda a sinceridade, na esperança de que você aceite de imediato a dedicatória particular deste livro e dedicatória geral da edição.

Seu,
F.M.F.

Nova York, 9 de janeiro de 1927

PARTE UM

I

Esta é a história mais triste que já ouvi. Já conhecíamos os Ashburnham há nove temporadas da cidade de Nauheim com uma extrema intimidade — ou melhor, com um relacionamento tão solto e fácil e ao mesmo tempo tão próximo quanto o de uma boa luva com a mão. Minha esposa e eu conhecíamos o capitão e a sra. Ashburnham o melhor que se pode conhecer alguém e, no entanto, em certo sentido, não sabíamos nada sobre eles. Acredito que esse é um estado de coisas só possível com ingleses sobre os quais, ainda hoje, quando me ponho a matutar sobre o que sei dessa triste história, eu não sabia absolutamente nada. Seis meses atrás, eu nunca havia estado na Inglaterra e, com toda a certeza, nunca havia sondado as profundezas de um coração inglês. Conhecia os rasos.

Não quero dizer que não conhecêssemos muitos ingleses. Vivendo, como forçosamente vivíamos, na Europa, e sendo, como forçosamente éramos, americanos desocupados, o que equivale a dizer que éramos não-americanos, nos vimos lançados à sociedade dos melhores ingleses. Paris, você sabe, era a nossa cidade. Algum lugar entre Nice e Bordighera nos provia anualmente de acomodações de inverno, e Nauheim sempre nos recebia de julho a setembro. Dessas declarações você pode concluir que um de nós dois tinha, como se diz, um "coração fraco" e, da declaração de que minha esposa morreu, que era ela a paciente.

O capitão Ashburnham também tinha o coração fraco. Mas enquanto o mês e pouco passado anualmente em Nauheim o afinava ao tom exato para o resto dos doze meses, os quase dois meses eram apenas o suficiente para manter a pobre Florence viva de um ano para outro. A razão para o coração fraco dele era, ao que tudo indica, o pólo, ou o excesso de esportes pesados na juventude. A razão para os anos comprometidos da pobre Florence era uma tormenta no mar em nossa primeira viagem à Europa, e as razões imediatas para nosso aprisionamento naquele continente foram ordens médicas. Eles disseram que mesmo a curta travessia do Canal poderia matar a coitadinha.

Quando nos conhecemos, o capitão Ashburnham, em licença de saúde de seu posto na Índia, ao qual nunca voltaria, tinha trinta e três anos; a sra. Ashburnham — Leonora —, trinta e um. Eu tinha trinta e seis e a pobre Florence, trinta. Assim, hoje Florence teria trinta e nove e o capitão Ashburnham, quarenta e dois; enquanto eu tenho quarenta e cinco e Leonora, quarenta. Você vai perceber, portanto, que nossa amizade foi uma questão do começo da meia-idade, uma vez que éramos todos de temperamento bem tranqüilo, sendo os Ashburnham mais particularmente o que na Inglaterra é costume chamar de *quite good people*, "gente muito boa".

Eram descendentes, como você provavelmente deve ter concluído, dos Ashburnham que acompanharam Charles I ao patíbulo, mas, como você também deve ter concluído, em se tratando desse tipo de ingleses, isso era coisa que não se notava. A sra. Ashburnham era uma Powys; Florence era uma Hurlbird de Stamford, Connecticut, onde, como você sabe, são mais antiquados do que até mesmo os moradores de Cranford, Inglaterra, poderiam ser. Eu próprio sou um Dowell, da Filadélfia, Pensilvânia, onde, coisa que é historicamente verdadeira, existem mais famílias inglesas antigas do que se encontraria em seis condados ingleses juntos. De fato, trago comigo, como se fosse a única coisa a me dar uma âncora invisível a algum ponto do globo, a escritura de minha fazenda, que um dia cobriu diversos quarteirões entre as ruas Chestnut e Walnut. Essa escritura era em dinheiro wampum, concessão de um chefe indígena ao primeiro Dowell, que partiu de Farnham, em Surrey, na companhia de William Penn. O pessoal de Florence, como é tantas vezes o caso com moradores de Connecticut, vem das cercanias de Fordingbridge, onde fica a casa dos Ashburnham. É aqui que, neste momento, estou escrevendo.

Você pode perguntar por que escrevo. E no entanto minhas razões são muitas. Porque não é raro seres humanos que testemunharam o saque de uma cidade ou o desmoronar de um povo terem o desejo de registrar o que testemunharam em prol de herdeiros desconhecidos ou de gerações infinitamente remotas; ou, se quiser, só para tirar a imagem da cabeça.

Alguém já disse que um rato morrer de câncer equivale a todo o saque de Roma pelos godos, e juro a você que o rompimento de nosso relacionamento a quatro foi um desses eventos impensáveis. Suponhamos que você tivesse nos visto sentados juntos a uma das mesinhas na frente do clube, digamos, em Homburg, tomando chá uma tarde e assistindo ao minigolfe; você diria que éramos um castelo excepcionalmente seguro. Éramos, se quiser, um daqueles altos navios com velas brancas sobre o mar azul, uma daquelas coisas que parece a mais orgulhosa e mais segura de todas as coisas belas e seguras que Deus permitiu que pensasse a mente do homem. Que melhor lugar para alguém se refugiar? Que melhor lugar?

Permanência? Estabilidade? Não posso acreditar que se acabaram. Não posso acreditar que aquela vida longa, tranqüila, que era como dançar um minueto, desapareceu em quatro dias esmagadores ao fim de nove anos e seis semanas. Juro mesmo, nossa intimidade era como um minueto, simplesmente porque em toda ocasião possível e em todas as circunstâncias possíveis sabíamos para onde ir, onde sentar, qual mesa devíamos escolher com unanimidade; e podíamos nos levantar e ir embora, os quatro juntos, sem nem um sinal de nenhum de nós, sempre ao som da música da orquestra *Kur*,* sempre ao sol temperado ou, se chovia, em abrigos discretos. Não mesmo, isso não pode ter acabado. Não se mata um *minuet de la cour.*** Pode-se silenciar a caixa de música, fechar a harpa; nos armários e guarda-roupas os ratos podem destruir

---

* A orquestra que tocava no *Kursaal*, o Salão de Cura, da estação de águas de Nauheim.

** Minueto de corte, em francês no original.

as prendas de cetim branco. A multidão pode saquear Versalhes; o Trianon pode cair, mas sem dúvida o minueto, o minueto em si está se dançando por si só nas estrelas mais distantes, assim como o nosso minueto dos locais de banho de Hesse ainda deve estar se dançando. Não existe nenhum céu onde velhas danças bonitas, velhas intimidades bonitas se prolongam? Não existe nenhum Nirvana permeado pela tênue emoção de instrumentos que caíram em poeira de madeira roída por cupins, mas que ainda tivessem frágeis, trêmulas e eternas almas?

Não, por Deus, isso é falso! Não era um minueto em que entrávamos; era uma prisão, uma prisão cheia de gritos histéricos, de tal forma atados para que não pudessem superar o som das rodas de nossa carruagem quando passávamos pelas sombreadas avenidas da Taunus Wald.

E, no entanto, eu juro pelo sagrado nome de meu Criador que era verdade. Era verdadeira luz solar; verdadeira música; verdadeiro jorrar de fontes da boca de golfinhos de pedra. Pois se para mim nós éramos quatro pessoas com os mesmos gostos, com os mesmos desejos, representando, ou, não, não representando, sentadas aqui e ali unanimemente, isso não é a verdade? Se por nove anos possuí uma maçã boa que está podre por dentro e descubro sua podridão só quatro dias antes de completar nove anos e seis meses, não será verdadeiro dizer que por nove anos possuí uma maçã boa? Assim pode muito bem ser com Edward Ashburnham, com Leonora, sua mulher, e com a pobre e querida Florence. E, se você pensa bem na coisa, não é meio estranho que a podridão física de pelo menos duas colunas de nossa casa de quatro nunca se tenha apresentado a mim como uma ameaça à sua segurança? Não é assim que se apresenta para mim agora, embora os dois estejam efetivamente mortos. Não sei...

Não sei nada, nada neste mundo, do coração dos homens. Só sei que estou sozinho, horrivelmente sozinho. Nenhuma lareira jamais verá de novo, para mim, uma relação de amizade. Nenhuma sala de fumar jamais será outra coisa senão povoada por incalculáveis simulacros entre volutas de fumaça. Porém, em nome de Deus, o que sei eu se não souber o que é a vida diante da lareira e na sala de fumar, uma vez que minha vida inteira passei nesses lugares? A lareira quentinha! Bem, havia Florence: acredito que pelos doze anos que durou sua vida depois da tormenta que parecia ter enfraquecido irremediavelmente seu coração, não acredito que ela tenha ficado um minuto longe de minhas vistas, a não ser quando estava bem acomodada na cama e eu tinha de ficar no andar de baixo, falando com uma pessoa ou outra em alguma sala de estar, ou de fumar, ou dando minha última tragada num charuto antes de ir para a cama. Eu não culpo Florence, você entende? Mas como ela podia saber o que sabia? Como ela chegou a saber daquilo? Saber tão bem. Nossa! Não parecia haver tempo para isso. Devia ser enquanto eu tomava meus banhos, e fazia minha ginástica sueca, fazia as unhas. Vivendo a vida que eu vivia, de enfermeiro empenhado, esforçado, tinha de fazer alguma coisa para me manter em forma. Deve ter sido nesses momentos! Porém nem mesmo isso pode ter dado tempo suficiente para as conversas tremendamente longas, cheias de sabedoria mundana que Leonora me relatou depois da morte deles. E é possível imaginar que, durante nossos passeios a conselho médico em Nauheim e pela vizinhança, ela tenha encontrado tempo de estabelecer as demoradas negociações que efetivamente estabeleceu com Edward Ashburnham e sua esposa? E não é incrível que durante todo esse tempo Edward e Leonora nunca tenham pronunciado uma palavra para o outro em particular? O que se pode pensar da humanidade?

Porque juro a você que eles eram o casal-modelo. Ele era tão devotado quanto é possível sem parecer tolo. Tão bem-composto, com aqueles olhos azuis tão honestos, aquele toque de burrice, aquela cálida bonomia! E ela: tão alta, tão esplêndida na sela, tão loura! Sim, Leonora era excepcionalmente loura e tão extraordinariamente genuína que parecia boa demais para ser verdadeira. Quer dizer, não se consegue, via de regra, juntar tantas qualidades superlativas. Ser a família de alta classe, parecer a família de alta classe, ser tão adequadamente e perfeitamente saudável; ter maneiras tão perfeitas, até mesmo o toque salvador de insolência que parece necessário. Ter tudo isso e ser tudo isso! Não, era bom demais para ser verdade. E no entanto, só hoje à tarde, discutindo comigo a questão, ela me disse: "Uma vez, tentei ter um amante, mas fiquei tão mal no meu coração, tão absolutamente esgotada, que mandei que fosse embora." Isso me tocou como a coisa mais incrível que já tinha ouvido. Ela disse: "Eu estava mesmo nos braços de um homem. Um sujeito tão bom! Um sujeito tão querido! E eu dizia para mim mesma, feroz, chiando entre dentes, como dizem nos romances, realmente apertando os dentes, dizia para mim mesma: 'Agora embarquei de verdade e vou me divertir mesmo, pelo menos uma vez na vida... pelo menos uma vez na vida!' Foi no escuro, num carro, voltando de um baile depois da caçada. Quase duzentos quilômetros tivemos de rodar! E então, de repente, a amargura da infinita pobreza, da infinita representação, despencou em cima de mim como uma peste e estragou tudo. É, e então tive de admitir que até mesmo os bons momentos se haviam estragado. E caí em prantos, chorei e chorei durante os duzentos quilômetros. Imagine, *eu* chorando! E imagine eu fazendo o coitado de bobo desse jeito. Não estava certo agir assim, estava?"

Eu não sei; eu não sei; aquela última observação dela era a observação de uma meretriz, ou seria o que toda mulher decente, de família de alta classe ou não, pensa no fundo do coração? Ou pensa o tempo todo numa questão como essa? Quem sabe?

No entanto, se a pessoa não souber que neste dia e nesta hora, neste pico de civilização que atingimos, depois de toda a pregação de todos os moralistas, de toda a pregação de todas as mães a todas as filhas *in saecula saeculorum*...* mas talvez seja isso que toda mãe ensine a toda filha, não com a boca, mas com os olhos, ou com coração sussurrando a coração. E se não se sabe nem isso sobre a primeira coisa do mundo, o que é que se sabe e por que se está aqui?

* Pelos séculos dos séculos, em latim no original.

Perguntei à sra. Ashburnham se ela havia contado isso a Florence e o que Florence dissera, e ela respondeu: "Florence não fez nenhum comentário. O que ela podia dizer? Não havia nada a dizer. Com a esmagadora pobreza que se tinha de agüentar para manter as aparências e o jeito como a pobreza havia chegado, *você* sabe do que estou falando, qualquer mulher teria justificativa para arranjar um amante e aceitar presentes. Florence uma vez comentou a respeito de uma posição muito semelhante — ela era um pouco bem-educada demais, americana demais, para me falar da minha posição —, que era um caso de aberta liberdade e que a mulher podia agir simplesmente no impulso do momento. Ela disse isso em americano, claro, mas era esse o sentido. Acho que as palavras dela foram 'que dependia de ela pegar ou largar...'."

Não quero que pense que estou escrevendo que Teddy Ashburnham era um bruto. Não acredito que fosse. Deus sabe, talvez todos os homens sejam assim. Porque, como eu disse, que sei eu até da sala de fumar? O sujeito entra e conta as histórias mais incrivelmente grossas, tão grossas que realmente doem. E no entanto eles se ofenderiam se você sugerisse que eles não eram o tipo de pessoa a quem você confiaria sua vida a sós. E muito provavelmente ficariam muito adequadamente ofendidos. Quer dizer, se se pode confiar em alguém sozinho com alguém. Mas esse tipo de sujeito obviamente aprecia mais ouvir ou contar histórias grosseiras, aprecia isso mais que qualquer outra coisa no mundo. Eles caçam languidamente, se vestem languidamente, comem languidamente e trabalham sem entusiasmo, acham uma chatice sustentar uma conversa de três minutos sobre qualquer coisa que seja e, no entanto, quando o outro tipo de conversa começa, eles dão risada, acordam e se agitam na cadeira. Então, se eles apreciam tanto a narração, como é possível que fiquem ofendidos (e ofendidos de verdade) com a sugestão de que poderiam atentar contra a honra de sua esposa? Mas então: Edward Ashburnham era o sujeito de aparência mais limpa; um excelente magistrado, um soldado de primeira linha, um dos melhores proprietários de terra, assim dizem, em Hampshire, Inglaterra. Com os pobres e os bêbados irrecuperáveis, conforme eu próprio vi, ele era um empenhado guardião. E nunca contou uma história que não pudesse figurar nas colunas da revista *Field* mais que uma ou duas vezes durante todo o período de nove anos em que o conheci. Não gostava nem de ouvir essas histórias; ficava inquieto, se levantava e ia comprar um charuto ou alguma coisa assim. Você diria que ele era exatamente o tipo de sujeito a quem você confiaria a sua esposa. Eu confiei-lhe a minha e foi uma loucura.

E, depois, você tem a mim. Se o pobre Edward era perigoso por causa da castidade de suas expressões, e dizem que isso é sempre meio sinal de um libertino, que dizer de mim? Porque juro solenemente que não só nunca cheguei nem perto de uma impropriedade na conversa em minha vida inteira; como, mais que isso, garanto mesmo a limpeza de meus pensamentos e a absoluta castidade de minha vida. E no que, então, vai dar isso tudo? A coisa toda é uma loucura, uma caçoada? Será que não passo de um eunuco ou será que o homem adequado, o homem com direito de existência, é um garanhão furioso sempre relinchando pela mulher do próximo?

Não sei. E não existe nada para nos guiar. E se é tudo tão nebuloso numa questão tão elementar como a moral do sexo, o que pode existir para nos orientar na moralidade mais sutil de todos os outros contatos, associações e atividades pessoais? Ou o que devemos é agir apenas por impulso? É tudo uma escuridão.

II

Não sei qual o melhor jeito de registrar isto tudo: se é melhor tentar contar a história desde o início, como se fosse uma história; ou se contar com esta distância no tempo, conforme me chegou pela boca de Leonora ou do próprio Edward.

Então devo apenas me imaginar por uma quinzena ou quase a um lado da lareira de um chalé no campo, com uma alma amiga à minha frente. E devo continuar falando, em voz baixa, enquanto o mar ressoa a distância e, no alto, a grande enchente negra de vento dá polimento às estrelas brilhantes. De quando em quando, nos levantamos e vamos até a porta, olhamos a grande lua e dizemos: "Nossa, é quase tão clara como na Provence!" E depois voltamos para a lareira, com um vago toque de um suspiro porque não estamos na Provence, onde até as histórias mais tristes são alegres. Pense na lamentável história de Peire Vidal.* Dois anos atrás, Florence e eu fomos de carro de Biarritz a Las Tours, que fica nos Montes Negros. No meio de um vale tortuoso eleva-se um imenso pináculo e no pináculo existem quatro castelos: Las Tours, as Torres. E o imenso mistral soprou naquele vale que era o caminho da França para a Provence de forma que as folhas cinza-prateadas das oliveiras pareciam cabelo voando ao vento, e os tufos de alecrim se enfiavam nas rochas ferrosas para não serem arrancados pelas raízes.

Claro que era a pobre querida Florence quem queria ir a Las Tours. Você deve imaginar que, muito embora a sua personalidade brilhante fosse originária de Stamford,

---

* Poeta e cantor francês (*troubadour*) do século XII, cuja vida foi muito conturbada.

Connecticut, ela era formada em Poughkeepsie.* Jamais consegui imaginar como ela fazia: a pessoa singular, falante que ela era. Com o ar distante nos olhos, que não era, porém, nem um pouco romântico, quero dizer é que ela não parecia estar tendo sonhos poéticos, nem olhando através de você, porque ela quase nunca olhava para você! Uma das mãos levantada como se quisesse silenciar qualquer objeção, ou qualquer comentário, diga-se de passagem, que se pudesse fazer. Ela falava sobre William, o silencioso, sobre Gustave, o loquaz, sobre vestidos de Paris, sobre o jeito dos pobres se vestirem em 1337, sobre Fantin-Latour, sobre o trem de luxo Paris–Lyons–Mediterranée, e se valeria a pena descer em Tarascon e atravessar a ponte pênsil sobre o Reno, varrida pelo vento, para ver Beaucaire uma vez mais.

Nós nunca vimos Beaucaire outra vez, claro — a linda Beaucaire, com a alta torre branca triangular, que parecia fina como uma agulha e alta como o Flatiron, entre a Quinta Avenida e a Broadway —, Beaucaire com os muros cinzentos em cima do pináculo cercando um acre e meio de íris azuis, debaixo dos altíssimos pinheiros-mansos. Que coisa linda é um pinheiro-manso!...

Não, nós nunca voltamos a lugar nenhum. Nem a Heidelberg, nem a Hamelin, nem a Verona, nem ao monte Majour, nem mesmo à própria Carcassonne. Falamos disso, claro, mas acho que Florence absorvia tudo o que queria com um único olhar a um lugar. Ela possuía o olho que vê.

Não sou assim, infelizmente, de forma que o mundo é cheio de lugares aos quais eu gostaria de voltar, cidades com um sol branco, ofuscante, acima delas; pinheiros-mansos contra o azul do céu; cantos de telhados, bem entalhados e pintados com veados e flores escarlate e mansardas recortadas com um santinho em cima; e *palazzi* cinza e rosa, e cidades muradas a uns dois quilômetros do mar Mediterrâneo, entre

* Pequena cidade do estado de Nova York, onde fica a famosa Vassar College de educação superior para mulheres.

Leghorn[*] e Nápoles. Nenhuma delas nós vimos mais de uma vez, de forma que o mundo inteiro para mim é como manchas de cor em uma tela imensa. Talvez se assim não fosse eu agora tivesse algo a que me apegar.

Isto tudo é uma digressão ou não é uma digressão? Mais uma vez eu não sei. Você, o ouvinte sentado à minha frente. Mas você está tão calado. Não me diz nada. Eu, de qualquer forma, estou tentando fazer você entender que tipo de vida era a que eu levava com Florence e como era Florence. Bem, ela era brilhante; e dançava. Ela parecia dançar nos pisos de castelos, e além-mar, e dançar e dançar e dançar nos salões de *modistes* e nas *plages* [**] da Riviera como um raio de luz alegre e trêmulo, que se reflete da água para um teto. E minha função na vida era conservar essa coisa brilhante em existência. E isso era quase tão difícil quanto tentar pegar com a mão esse reflexo dançarino. E a tarefa durou anos.

As tias de Florence costumavam dizer que eu devia ser o homem mais preguiçoso da Filadélfia. Elas nunca tinham ido à Filadélfia e tinham a consciência da Nova Inglaterra. Sabe, a primeira coisa que me diziam quando eu ia buscar Florence na casinha de madeira antiga, colonial, debaixo dos olmos altos, de folhas finas, a primeira pergunta que me faziam não era como eu ia, mas o que eu estava fazendo. E eu não fazia nada. Acho que eu deveria fazer alguma coisa, mas não sentia nenhum apelo para fazer nada. Por que alguém faz alguma coisa? Eu apenas entrava e queria Florence. Primeiro, cruzei com Florence em um chá Browning,[***] ou alguma coisa assim na rua Catorze, que na época ainda era residencial. Não sei por que eu tinha ido a Nova York; não sei por que fui tomar chá. Não sei por que Florence havia ido àquela espécie de competição ortográfica. Não era o tipo de lugar onde se esperaria encontrar uma formada pela Universidade de Vassar.

---

* Leghorn é o nome inglês da cidade de Livorno, Itália.

** Modistas e praias, respectivamente, em francês no original.

*** Chá literário da Associação Browning, dedicada ao estudo da obra do casal de poetas Robert Browning e Elizabeth Barrett Browning.

Acho que Florence queria elevar o nível cultural do povo de Stuyvesant e fazia isso como poderia ter ido misturar-se aos mais simples. Misturar-se intelectualmente, isso é que era. Ela sempre quis deixar o mundo um lugar um pouco mais elevado do que encontrou. Coitadinha, querida. Ouvi Florence fazer um sermão de horas para Teddy Ashburnham sobre as diferenças entre Franz Hals e Woovermans e por que as estátuas pré-micênicas eram cúbicas com saliências em cima. Imagino o que ele achou disso. Talvez tenha ficado agradecido.

Sei que eu fiquei. Pois você tem de entender que toda a minha atenção, todo o meu empenho estavam em manter a coitada da Florence em coisas como os achados de Cnossos e a espiritualidade mental de Walter Pater.* Tinha de mantê-la nisso, entende, senão ela morria. Porque fui solenemente informado que se ela se excitasse com qualquer coisa, ou se suas emoções realmente se exaltassem, o coraçãozinho dela podia parar de bater. Durante doze anos eu tive de vigiar cada palavra que qualquer pessoa pronunciasse em qualquer conversa e tinha de desviar daquilo que os ingleses chamam de "coisas": amor, pobreza, crime, religião e o resto todo. Sim, o primeiro médico que consultamos quando ela foi removida do navio no Havre me garantiu que isso precisava ser feito. Meu Deus, esses sujeitos são todos idiotas monstruosos ou existe uma maçonaria entre eles todos, de um lado a outro da Terra?... É isso que me faz pensar em Peire Vidal.

Porque, é claro, a história dele é cultura e eu tinha de levá-la para a cultura, e ao mesmo tempo é tão engraçada e ela não precisava rir, tudo tão cheio de amor e ela não tinha de pensar em amor. Sabe essa história? Las Tours dos Quatro Castelos tinham por castelã Blanche Alguma-coisa que era chamada, como um título de louvor, La Louve: a Loba. E Peire Vidal, o trovador, fazia a corte a La Louve. E ela não queria nada com ele. Então, para agradá-la (as coisas que as pessoas fazem quando estão apaixonadas!), ele vestiu uma pele de lobo e subiu os Montes Negros. E os pastores da Montagne Noire

---

* Crítico de arte inglês do final do século XIX.

com seus cachorros o tomaram por um lobo, e ele foi dilacerado com as presas e espancado com bastões. Então o levaram de volta a Las Tours, e La Louve não ficou nada impressionada. Deram uma ajeitada nele, e o marido dela protestou seriamente com a mulher. Vidal era, você sabe, um grande poeta e não é certo tratar um grande poeta com indiferença.

Então Peire Vidal se declarou Imperador de Jerusalém ou de algum lugar, e o marido teve de ajoelhar e beijar os pés dele, embora La Louve não tenha feito isso. E Peire partiu num barco a remo com quatro companheiros para liberar o Santo Sepulcro. E bateram numa pedra em algum lugar e, com grandes custos, o marido teve de montar uma expedição para trazê-lo de volta. E Peire Vidal despencou em cima da cama da Dama enquanto o marido, que era um guerreiro muito feroz, protestou mais um pouco contra a cortesia devida a grandes poetas. Mas acho que La Louve era a mais feroz dos dois. De qualquer forma, foi nisso que deu. Não é uma história e tanto?

Você não faz idéia da estranheza das antiquadas tias de Florence, as srtas. Hurlbird, não tanto do tio. Um homem excepcionalmente adorável, aquele tio John. Magro, gentil e com um "problema de coração" que fez a vida dele ser muito parecida com a que Florence teve depois. Ele não residia em Stamford; a casa dele era em Waterbury, de onde vêm os relógios. Ele tinha uma fábrica lá que, à nossa estranha maneira americana, mudava de função quase de ano em ano. Durante nove meses ou quase, manufaturava botões de osso. Depois, de repente, produzia botões de latão para fardas de cocheiros. Depois, era a vez de tampas de lata em relevo para embalagens de balas. O fato é que o pobre e velho cavalheiro, com seu coração fraco e palpitante, não queria que sua fábrica fabricasse nada. Ele queria se aposentar. E realmente se aposentou aos setenta anos. Mas ficava tão aflito de todos os meninos de rua da cidade apontarem para ele e exclamarem "Lá vai o homem mais preguiçoso de Waterbury!", que experimentou fazer uma volta ao mundo. E Florence e um rapaz chamado Jimmy foram junto com ele. Parece, pelo que Florence me contou, que as funções de Jimmy em relação ao sr. Hurlbird era evitar assuntos excitantes para ele. Jimmy tinha de mantê-lo, por exemplo, afastado de discussões políticas. Pois o pobre velho era um democrata violento numa época em que se podia viajar o mundo inteiro sem encontrar nada além de republicanos. Pois então, deram a volta ao mundo.

Acho que uma anedota é o melhor jeito de lhe dar uma idéia de como era o velho cavalheiro. Porque talvez seja importante você saber o que era o velho cavalheiro; ele teve uma grande influência na formação do caráter de minha pobre querida esposa.

Pouco antes de partirem de San Francisco para os Mares do Sul, o velho sr. Hurlbird disse que tinha de levar consigo alguma coisa para dar de lembrança às pessoas que conhecesse na viagem. E lhe ocorreu que a coisa a levar com esse propósito eram laranjas, porque a Califórnia é a terra da laranja, e confortáveis cadeiras de dobrar. Então, ele comprou não sei quantos caixotes de laranjas, as grandes laranjas frescas da Califórnia, e meia dúzia de cadeiras de dobrar numa caixa especial que ele conservava sempre em sua cabine. Devia haver meia carga de fruta.

Pois para cada pessoa a bordo dos diversos vapores que utilizaram, para cada pessoa com quem ele estabelecia uma relação, mesmo que fosse apenas de cumprimentar, ele dava uma laranja toda manhã. E elas duraram até a volta toda deste nosso vasto globo. Quando estavam em North Cape, então, ele viu no horizonte, homem pobre, magro e querido que era, um farol. "Nossa", ele disse a si mesmo, "essa gente deve ser muito solitária. Vamos levar umas laranjas para eles." Então ele pegou um barco cheio de frutas e pediu que o levassem a remos até o farol no horizonte. As cadeiras de dobrar ele emprestava a qualquer dama com que cruzasse e de quem gostasse ou que parecesse cansada e um pouco inválida no navio. E então, com o coração protegido e a sobrinha do lado, ele fez a volta ao mundo...

Ele não se incomodava com o coração. Nem dava para perceber que tinha isso. Ele apenas o deixou para o laboratório médico de Waterbury em benefício da ciência, uma vez que acreditava ser um tipo excepcional de coração. E a piada da história toda é que, quando, aos oitenta e quatro anos, apenas cinco dias antes de Florence, ele morreu de bronquite, não se encontrou absolutamente nada errado com aquele órgão. Ele havia, sem dúvida, pulado, ou guinchado, ou alguma coisa, a ponto de levá-lo aos médicos, mas parece que era tudo por causa de uma formação estranha dos pulmões. Eu não entendo desses assuntos.

Herdei seu dinheiro, porque Florence morreu cinco dias depois dele. Preferia não ter herdado. Foi uma grande preocupação. Tive de ir a Waterbury logo depois da morte de Florence porque o pobre velho querido tinha deixado uma bela herança para a caridade e eu tinha de indicar curadores. Eu não gostava da idéia de que a fortuna não fosse bem administrada.

É, foi uma grande preocupação. E, mal consegui organizar tudo, recebi o incrível telegrama de Ashburnham implorando para eu voltar e ter uma conversa com ele. E imediatamente depois veio outro de Leonora, dizendo: "Sim, venha, sim. Você pode dar uma grande ajuda." Era como se ele tivesse mandado o telegrama sem consultá-la e tivesse contado para ela depois. Na verdade, foi bem isso mesmo que aconteceu, só que ele havia contado para a menina e a menina contara para a esposa. Cheguei, porém, tarde demais para poder fazer alguma coisa, se é que eu seria capaz de fazer alguma coisa. E então tive o primeiro gostinho da vida inglesa. Foi incrível. Foi assombroso. Jamais esquecerei o cavalo brilhante que Edward, ao meu lado, conduzia; a atitude do animal, o passo alto, o pêlo feito cetim. E a paz! E as faces vermelhas! E a linda, linda casa antiga.

Ficava pertinho de Branshaw Teleragh e descemos até lá pela vastidão alta, clara, varrida pelo vento da New Forest. Olhe, foi incrível chegar lá vindo de Waterbury. E me veio à cabeça, uma vez que Teddy Ashburnham, você se lembra, havia me mandado um telegrama para eu "vir e ter uma conversa" com ele, que era inacreditável que alguma coisa essencialmente calamitosa pudesse acontecer naquele lugar e com aquelas pessoas. E olhe, era o próprio espírito da paz. E Leonora, linda e sorridente, com os cachos de cabelo louro, parada no alto da escada de entrada, com um mordomo, um cocheiro e uma criada ou duas atrás dela. E ela disse apenas: "Que bom que você veio", como se eu tivesse vindo para almoçar de uma cidade a quinze quilômetros, e não atravessado meio mundo para atender a dois telegramas urgentes.

A menina tinha saído com os cachorros, acho.

E aquele pobre-diabo ao meu lado estava agoniado. Uma agonia absoluta, desesperada e surda que ultrapassa o que a mente do homem é capaz de imaginar.

III

Foi um verão muito quente, em agosto de 1904; e Florence já vinha tomando os banhos havia um mês. Não sei qual a sensação de ser paciente em um lugar daqueles. Nunca fui paciente em lugar nenhum. Suponho que os pacientes adquirem uma sensação de lar e uma espécie de âncora no lugar. Eles parecem gostar dos atendentes de banho, com suas caras alegres, seus ares de autoridade, suas roupas brancas. Mas, para mim, estar em Nauheim dava uma sensação de... — como direi? — quase uma sensação de estar nu, a nudez que se sente na praia ou em qualquer grande espaço aberto. Eu não tinha ligações, não tinha repertório. Em sua própria casa, é como se pequenas simpatias inatas o atraíssem para determinadas cadeiras que parecem envolvê-lo num abraço, ou o fizessem tomar uma rua específica que parece amiga quando outras parecem hostis. E, acredite, essa sensação é uma parte muito importante da vida. Sei bem, eu que durante tanto tempo vaguei por estâncias públicas. E é preciso ser muito educado. Deus sabe que nunca fui um homem desleixado. Mas a sensação que eu tinha quando, enquanto a pobre Florence estava tomando o banho matinal, eu ficava nos degraus cuidadosamente varridos do *Englischer Hof*,* olhando as árvores cuidadosamente arrumadas em canteiros no cascalho cuidadosamente arrumado enquanto pessoas cuidadosamente arrumadas passavam com alegria cuidadosamente calculada, na hora cuidadosamente calculada, as altas árvores dos jardins públicos subindo para a direita; a pedra avermelhada dos banhos; ou seriam chalés brancos metade de madeira? Juro mesmo que esqueci, eu que estive tantas

* "Hotel Inglês", em alemão no original.

vezes lá. Isso lhe dará a medida do quanto eu estava na paisagem. Eu era capaz de me orientar de olhos vendados pelas saunas, salas de ducha, pela fonte no centro do quadrângulo de onde jorra a fonte de água ferrosa. É, eu podia me orientar de olhos vendados. Sei as distâncias exatas. Do Hotel Regina eram cento e oitenta e sete passos, depois, virando em ângulo reto para a esquerda, quatrocentos e vinte para chegar direto à fonte. Do *Englischer Hof*, começando da calçada, eram noventa e sete passos e os mesmos quatrocentos e vinte, mas virando para a esquerda dessa vez.

E agora você entende que, não tendo nada no mundo para fazer (mas nada mesmo!), adquiri o hábito de contar meus passos. Eu acompanhava Florence aos banhos. E, é claro, ela me entretinha com sua conversa. Era, como eu disse, uma maravilha a capacidade dela de puxar conversa. Andava muito leve, o cabelo muito bem-arrumado, muito lindamente e dispendiosamente vestida. Claro que ela possuía seu próprio dinheiro, mas eu não teria me importado com gastos. E, no entanto, sabe que não consigo me lembrar de nenhum vestido dela. Ou consigo me lembrar de um só, um muito simples de seda azul estampada com um padrão chinês, a saia muito cheia, e que se abria nos ombros. E o cabelo dela era cor de cobre, os saltos dos sapatos incrivelmente altos, de forma que ela andava na ponta dos dedos dos pés. E quando chegou à porta do local de banhos, e quando a porta se abriu para recebê-la, ela olhou para trás, para mim, com um sorriso um pouco coquete, de forma que sua face parecia estar acariciando o ombro.

Parece que me lembro que com esse vestido ela usava um chapéu Leghorn imensamente largo, como o *Chapeau de Paille*, de Rubens, só que muito branco. O chapéu estaria amarrado com uma echarpe com nó frouxo do mesmo tecido do vestido. Ela sabia como valorizar seus olhos azuis. E em volta do pescoço haveria algumas contas rosadas, simples, de coral. E a pele dela tinha uma perfeita brancura, uma perfeita maciez...

É, é assim que me lembro mais exatamente dela, com aquele vestido, aquele chapéu, olhando para mim por cima do ombro de forma que os olhos brilhavam muito azuis, um azul-escuro de ágata...

E que diabo! Em favor de quem ela fazia aquilo? Do atendente de banho? Dos transeuntes? Não sei. De qualquer forma, não pode ter sido para mim, porque nunca, em todos os anos de sua vida, nunca em nenhuma ocasião, nem em nenhum outro lugar ela sorriu para mim, provocante, convidativa. Ah, ela era uma charada; porém, todas as outras mulheres são charadas. E me ocorre que em algum ponto aí atrás comecei uma frase que nunca terminei... Era a sensação que eu tinha quando estava parado na escada do meu hotel toda manhã antes de sair para ir buscar Florence de volta do banho. Garboso, preciso, bem escovado, consciente de ser bastante pequeno entre ingleses compridos, americanos esguios, alemães rotundos e obesas judias russas, eu ficava lá parado, batendo um cigarro na cigarreira, observando por um momento o mundo ensolarado. Mas dia viria em que eu nunca mais faria isso sozinho. Você pode imaginar, portanto, o que a chegada dos Ashburnham significou para mim.

Eu esqueci o aspecto de muitas coisas, mas nunca esquecerei o aspecto do salão de jantar do Hotel Excelsior naquela noite, e em tantas outras noites. Castelos inteiros desapareceram de minha memória, cidades inteiras que nunca visitei de novo, mas aquela sala branca, engalanada de frutas e flores de *papier mâché*; as altas janelas; as muitas mesas; o painel preto em volta da porta com três garças douradas voando para cima em cada painel; a palmeira no centro da sala; o chiado dos passos do garçom; a fria elegância dispendiosa; a pose dos hóspedes ao entrar para jantar todas as noites, seu ar de empenho como se tivessem de enfrentar uma refeição receitada pelas autoridades *Kur* e o seu ar de sobriedade como se tivessem de procurar por todos os meios não gostar de suas refeições, essas coisas não esquecerei com facilidade. E então, uma noite, na penumbra, vi Edward Ashburnham passar devagar pelo painel e entrar na sala. O maître dos garçons, um homem de rosto todo cinzento (em que recessos ou cantos subterrâneos as pessoas cultivam essa pele absolutamente cinzenta?), foi na direção dele com a tímida condescendência dessas criaturas e esticou uma orelha cinzenta para ouvir um sussurro. Aquilo era geralmente um desafio desagradável para os recém-chegados, mas Edward Ashburnham enfrentou como um inglês e um cavalheiro. Vi os lábios dele formarem uma palavra de três sílabas (não esqueça que eu não tinha nada a fazer no mundo além de observar essas minúcias) e imediatamente entendi que ele devia ser Edward Ashburnham, capitão, do 14º de Hussardos, de Branshaw Manor, Branshaw Teleragh. Eu sabia disso porque toda noite, antes do jantar, enquanto esperava no hall, eu costumava, por cortesia de monsieur Schontz, o proprietário, inspecionar as pequenas fichas policiais que cada hóspede tinha de assinar ao ocupar um quarto.

O maître o guiou imediatamente para uma mesa vazia, três mesas adiante da minha, a mesa que os Grenfall, de Falls River, Nova Jersey, tinham acabado de desocupar. Ocorreu-me que aquela não era uma mesa muito boa para os recém-chegados, uma vez que o sol, mesmo baixo como estava, brilhava exatamente em cima dela, e a mesma idéia pareceu passar no mesmo momento pela cabeça do capitão Ashburnham. Seu rosto não tinha, até aquele momento, à maravilhosa maneira inglesa, expressado absolutamente nada. Nada. Não havia nele nem alegria, nem desespero; nem esperança, nem medo; nem tédio, nem satisfação. Ele parecia não perceber vivalma naquela sala lotada; podia ter entrado numa selva. Eu nunca antes havia visto uma expressão tão perfeita e nunca mais verei. Era insolência e não era insolência, era modéstia e não era modéstia. O cabelo dele era claro, excepcionalmente arrumado numa onda, indo da têmpora esquerda para a direita; o rosto era vermelho-claro, perfeitamente uniforme na tonalidade até a raiz dos próprios cabelos; o bigode amarelo era duro como uma escova de dentes e acredito sinceramente que ele usava no smoking preto um ligeiro enchimento sobre as escápulas para lhe dar o ar de uma ligeiríssima corcunda. Seria bem dele fazer isso; era o tipo de coisa em que ele pensava. Gamarras, freios Chiffney, botas; onde comprar o melhor sabonete, o melhor conhaque, o nome do sujeito que montou um cavalo inferior na passagem de Khyber; o poder dispersor de um tiro número três antes de uma carga de pólvora número quatro... céus, quase nunca o ouvi falar de nada além disso. Não em todos os nove anos em que o conheci ouvi-o falar de nada além desses assuntos. Ah, sim, uma vez ele me disse que eu podia comprar minhas gravatas de um tom especial de azul mais baratas numa firma da Burlington Arcade do que do meu próprio pessoal em Nova York. E passei a comprar lá minhas gravatas desde então. Não fosse por isso, não me lembraria do nome da Burlington Arcade. Imagino como deva ser. Nunca estive lá. Imagino que tenha duas imensas fileiras de colunas, como aquelas do Fórum de Roma, com Edward Ashburnham passeando pelo meio delas. Mas provavelmente não será nada assim. Uma vez, ele me aconselhou também a comprar ações da Caledonian Deferred, já que deviam subir. Efetivamente comprei, e elas subiram mesmo. Mas como ele ficou sabendo eu não faço a menor idéia. Parecia que lhe caiu do céu.

E isso era absolutamente tudo o que eu sabia dele até um mês atrás — isso e a profusão de malas, todas de couro de porco e gravadas com suas iniciais. E.F.A. Havia malas de armas, e malas de colarinhos, e malas de camisas, e malas de cartas, e malas contendo cada uma quatro frascos de remédio; e malas de chapéu e malas de capacete. Deve ter sido necessária uma manada inteira de porcos Gadarene para fabricar o conjunto dele. E se um dia eu penetrasse em seu quarto particular seria para vê-lo parado, sem paletó nem colete, com a linha imensamente comprida de sua calça perfeitamente elegante da cintura até o salto da bota. E ele teria um ar ligeiramente reflexivo e estaria acabando de abrir um tipo de mala e acabando de fechar outro.

Meu Deus, o que todo mundo via nele; porque juro que ele era só isso, por dentro e por fora; embora dissessem que era um bom soldado. No entanto, Leonora o adorava com uma paixão que era como uma agonia, e o odiava com uma agonia que era tão amarga como o mar. Como ele conseguia despertar algo como um sentimento em alguém?

O que ele tinha para dizer quando estavam sob quatro olhos? Ah, bem, de repente, como se fosse um lampejo de inspiração, eu sei. Pois todo bom soldado é sentimental, todo bom soldado desse tipo. Só a profissão já é cheia de grandes palavras, coragem, lealdade, honra, constância. E devo ter dado a impressão errada de Edward Ashburnham se fiz você pensar que literalmente nunca no curso de nossos nove anos de intimidade ele tenha discutido o que chamaria de "coisas mais graves". Mesmo antes de sua explosão final comigo, às vezes, tarde da noite, digamos, ele deixava escapar alguma coisa que dava uma idéia da visão sentimental de cosmos que era a dele. Falava do quanto a associação com uma boa mulher podia fazer pela redenção do homem e dizia que a constância era a melhor das virtudes. Dizia isso com muita rigidez, claro, mas mesmo assim como se a afirmação não admitisse dúvida.

Constância! Não é uma idéia esquisita? E, no entanto, devo acrescentar que o pobre e querido Edward era um grande leitor: passava horas perdido em romances do tipo sentimental, romances em que datilógrafas se casam com marqueses e governantas com condes. E em seus livros, como regra geral, o curso do amor corria tão macio quanto mel amanteigado. E ele gostava de poesia, de um certo tipo, podia até ler uma história de amor perfeitamente triste. Vi seus olhos se encherem de lágrimas ao ler sobre uma despedida sem esperança. E ele amava, com um anelo sentimental, todas as crianças, cachorrinhos e os fracos em geral...

Então, como vê, ele tinha muito com que gorgolejar para uma mulher, com tudo isso e o sólido senso comum sobre gamarras eqüestres e suas (também sentimentais) experiências como magistrado rural; e com sua intensa, otimista convicção de que a mulher com quem estava fazendo amor no momento era aquela à qual era, enfim, seu destino ser eternamente constante... Bem, acredito que ele era capaz de falar um bocado quando não havia nenhum homem por perto para intimidá-lo. E fiquei bem atônito, durante sua explosão final comigo, no final mesmo de tudo, quando a pobre menina estava a caminho daquela fatal Brindisi e ele estava tentando convencer a si mesmo e a mim de que realmente gostava dela, fiquei bem atônito ao notar como eram literais e justas as suas expressões. Ele falava como um livro bem bom, um livro em nada barato e sentimental. Sabe, creio que ele me via não tanto como homem. Ele devia me ver como uma mulher ou como um advogado. De qualquer forma, isso explodiu de dentro dele naquela noite horrível. E então, na manhã seguinte, ele me levou aos Assiz* e vi como, de modo perfeitamente calmo e profissional, ele se punha a trabalhar para garantir um veredicto de inocente para uma pobre garota, filha de um de seus locatários, que havia sido acusada de matar seu bebê. Ele gastou duzentas libras na defesa dela... Bem, esse era Edward Ashburnham.

Eu tinha me esquecido dos olhos dele. Eram tão azuis quanto a lateral de certa marca de caixa de fósforos. Quando se olhava neles com cuidado, via-se que eram perfeitamente honestos, perfeitamente diretos, perfeitamente, perfeitamente burros. Mas o rosa-tijolo de sua tez, perfeitamente nivelado com o rosa-tijolo do interior das pálpebras, lhe dava uma expressão curiosa, sinistra: como um mosaico de porcelana azul aplicado em louça rosa. E esse sujeito, ao entrar numa sala, arrebatava o olhar de todas as mulheres presentes, tão habilmente quanto um prestidigitador encaçapa bolas de bilhar. Era quase incrível. Você já viu aquele homem no palco que joga para cima dezesseis bolas ao mesmo tempo e elas caem todas em bolsos por todo o seu corpo, nos ombros, nos tornozelos, na parte interna das mangas; e ele fica perfeitamente imóvel, sem fazer nada. Bem, era assim. Ele possuía uma voz bastante áspera, rouca.

E ali estava, parado junto à mesa. Eu estava olhando para ele, de costas para o painel. E, de repente, vi duas expressões distintas piscarem em seus olhos imóveis. Como conseguiam fazer aquilo, aqueles olhos azuis impassíveis, com o olhar direto? Pois os olhos em si nem se mexeram, olhando o painel por cima de meu ombro. E o olhar era perfeitamente sereno, perfeitamente direto, perfeitamente imutável. Acho que as pálpebras deviam, sim, ter se arredondado um pouco, e talvez os lábios tenham se mexido um pouco também, como se ele estivesse dizendo: "Pois é, meu caro." De qualquer forma,

* Sessão da Alta Corte de Justiça na Inglaterra.

a expressão era de orgulho, de satisfação de possuidor. Eu o vi uma vez depois, durante um momento, olhar os campos ensolarados de Branshaw e dizer: "Toda essa terra é minha!"

E por outro lado, o olhar era talvez mais direto, mais duro se possível — e opressivo. Era um olhar de avaliação; um olhar desafiador. Uma vez, quando estávamos em Wiesbaden vendo-o jogar uma partida de pólo contra Bonner Hussaren, percebi esse mesmo olhar, pesando as possibilidades, observando por cima do campo. O capitão alemão, conde barão Idigon von Lelöffel, estava bem junto aos postes de gol, indo com a bola num trote tranqüilo daquele jeito esperto alemão. O resto do time estava simplesmente espalhado. Era uma coisa de raspão. Ashburnham estava bem perto da mureta, a menos de cinco metros de nós, e ouvi quando disse para si mesmo: "Dá para fazer!" E ele fez. Nossa! Ele virou o cavalo com as quatro pernas estendidas, como um gato que cai do telhado...

Bem, foi exatamente esse olhar que notei em seus olhos: "Dá", parece que mesmo agora o escuto murmurando para si mesmo, "para fazer."

Olhei por cima do ombro e vi, alta, sorrindo, brilhante e animada, Leonora. E, miúda e loura, e tão radiante quanto a faixa de sol ao longo do mar, minha esposa.

A coitadinha! Pensar que ele estava naquele momento num diabo de dificuldade, e lá estava ele, dizendo no fundo: "Dá para fazer." Era como um sujeito no meio da erupção de um vulcão, dizendo que consegue simplesmente mergulhar no meio do tumulto e incendiar um monte de feno. Loucura? Predestinação? Quem sabe, diabos?

A sra. Ashburnham exibia naquele momento mais alegria que jamais a vi demonstrar. Existem certas classes de ingleses, os melhores quando estiveram em muitos spas, que parecem fazer questão de ficar muito mais que normalmente animados quando são apresentados a meus compatriotas. Notei isso muitas vezes. Claro, eles têm primeiro de ter aceitado os americanos. Mas, uma vez feito isso, parecem dizer a si mesmos: "Veja só, essas mulheres são tão animadas. Não vamos ser superados em animação." E por um momento efetivamente não são. Mas isso se esgota. Foi assim com Leonora, pelo menos até ela me notar. Ela começou, Leonora, e talvez isso é que tenha me dado a idéia de um toque de insolência em seu caráter, pois ela nunca mais, depois, fez uma única coisa como aquela, ela começou a me dizer numa voz bem alta e a uma boa distância:

— Não fique aí parado a essa mesa velha e sem graça, Teddy. Venha e sente com gente boa!

E isso era uma coisa extraordinária para se dizer. Bem extraordinária. Por nada deste mundo eu poderia me referir a completos desconhecidos como gente boa. Mas, é claro, ela estava falando uma frase bem ao seu estilo, na qual eu, de qualquer modo, e mais ninguém na sala, pois ela havia se dado ao trabalho de ler inteira a lista de convidados, eu não era nada mais importante do que uns tantos bull terriers limpos. E ela se sentou, bastante brilhante, a uma mesa vazia, ao lado da nossa, que estava reservada para os Guggenheimer. E ficou lá sentada absolutamente surda aos protestos do chefe dos garçons com a cara igual a um carneiro cinzento. O coitado estava, sim, cumprindo seu dever. Ele sabia que os Guggenheimer, de Chicago, depois de terem estado ali durante um mês e lhe causado grandes preocupações, lhe dariam dois dólares e cinqüenta e resmungariam contra o sistema de gorjetas. E ele sabia que Teddy Ashburnham e a esposa não lhe dariam nenhum problema a não ser os que os sorrisos de Leonora pudessem provocar em seu peito aparentemente impossível de impressionar, embora nunca se possa dizer o que acontece por trás de um plastrom não exatamente imaculado! E toda semana Edward Ashburnham lhe daria um sólido, firme e dourado soberano inglês. Porém aquele sujeito atarracado estava decidido a reservar aquela mesa para os Guggenheimer de Chicago. Acabou com Florence dizendo:

— Por que não podemos nós todos comer no mesmo cocho? Isso é um ditado maldoso de Nova York. Mas tenho certeza de que somos todos gente boa e dá para acomodar quatro lugares em nossa mesa. Ela é redonda.

Então veio, por assim dizer, um gorgolejar avaliador do capitão e eu notei perfeitamente uma ligeira hesitação, um movimento súbito e alerta da sra. Ashburnham, como se o cavalo dela tivesse empacado. Mas ela o fez saltar o obstáculo direitinho, levantou-se da cadeira em que havia sentado e sentou-se à minha frente, por assim dizer, tudo num único movimento.

Nunca pensei que o melhor de Leonora aparecesse quando em vestido de noite. Ela parecia preferir o corte muito simples, não havia nenhum enfeite. Ela sempre dava preferência ao preto, e seus ombros eram muito clássicos. Ela parecia se erguer do corpete como um busto de mármore branco saindo de um vaso Wedgwood. Não sei.

Sempre gostei de Leonora e, hoje, com muita alegria eu dedicaria a minha vida, o que resta dela, a servi-la. Mas tenho certeza de que nunca tive nem o começo de um traço do que se chama de instinto sexual por ela. E acho (não, tenho certeza) que ela nunca teve isso por mim. Por tudo que sei, acho que a culpa era daqueles ombros brancos. Quando olhava para eles, eu parecia sentir que, se algum dia colasse neles meus lábios, eles seriam ligeiramente frios, não gelados, não sem um toque de calor humano, mas, como dizem nos banhos, com uma friagem. Eu parecia sentir friagem nos lábios quando olhava para ela...

Não, Leonora sempre me pareceu mais linda num azul sob medida. Então seu cabelo glorioso não ficava amortecido pelos ombros brancos. As linhas de certas mulheres guiam nossos olhos para seu pescoço, seus cílios, seus lábios, seus seios. Mas as de Leonora pareciam conduzir o olhar sempre para seu pulso. E o pulso ficava mais bonito era numa luva preta ou de pele de cachorro e havia sempre uma argola de ouro com uma correntinha com uma pequena chave dourada de uma caixa de documentos. Talvez fosse nela que trancara seu coração e seus sentimentos.

De qualquer forma, ela se sentou na minha frente e então, pela primeira vez, prestou alguma atenção em minha existência. Ela me deu, de repente, embora deliberadamente, um longo olhar. Seus olhos também eram azuis e escuros e as pálpebras tão arqueadas que mostravam o redondo completo das íris. E era um olhar notável, comovente, como se por um momento um farol tivesse olhado para mim. Parecia que eu percebia as perguntas que se sucediam rapidamente no cérebro que havia por trás deles. Parecia que eu ouvia o cérebro perguntar e os olhos responderem com toda a simplicidade de uma mulher que tinha boa mão para avaliar as qualidades de um cavalo, como ela efetivamente o fazia. "Pisa bem; tem muito espaço para aveia atrás da cilha. Não é grande coisa em termos de ombros", e assim por diante. E então seus olhos perguntavam: "Este homem é confiável em questões de dinheiro; será que vai tentar se fazer de amante, será que vai deixar a mulher dele criar problemas? Será que ele, acima de tudo, vai tagarelar sobre as minhas questões?"

E, de repente, naquelas frias órbitas de porcelana azul, ligeiramente desafiadoras, quase defensivas, um amigável reconhecimento... ah, era muito encantador e muito tocante, e bem torturante. Era o olhar de uma mãe para seu filho, de uma irmã para seu irmão. Sugeria confiança; sugeria a ausência de qualquer necessidade de barreiras. Por Deus, ela olhou para mim como se eu fosse um inválido, como qualquer mulher olharia para um pobre sujeito numa cadeira de banho. E, sim, daquele dia em diante ela sempre tratou a mim e não a Florence, como se o inválido fosse eu. Ah, ela corria atrás de mim com um cobertor nos dias frios. Acho, portanto, que seus olhos tinham formado uma resposta favorável. Ou talvez não fosse uma resposta favorável. E aí Florence disse: "E assim tem início toda a távola redonda." Uma vez mais Edward Ashburnham riu gorgolejando ligeiramente na garganta; mas Leonora estremeceu um pouco, como se alguém tivesse passado em cima de seu túmulo. E eu estava passando para ela a cestinha de prata niquelada dos pães. *Avanti!...*

IV

Assim começaram aqueles nove anos de ininterrupta tranqüilidade. Foram caracterizados por uma extraordinária ausência de qualquer comunicabilidade da parte dos Ashburnham à qual nós, de nossa parte, respondíamos deixando de fora bem excepcionalmente, e quase tão completamente, a nota pessoal. De fato, você pode concluir que o que caracterizou nosso relacionamento foi uma atmosfera de confiança em tudo à volta. A proposição estabelecida era que éramos todos "boa gente". Confiávamos que todos gostávamos de carne malpassada, mas não malpassada demais; que ambos os homens preferiam um bom conhaque depois do almoço; que ambas as mulheres bebiam um vinho do Reno muito leve, misturado com água mineral Fachingen, esse tipo de coisas. Confiávamos também que éramos os dois suficientemente ricos para nos permitir qualquer coisa que pudéssemos razoavelmente desejar em termos de divertimentos próprios à nossa classe; que podíamos alugar carros e carruagens para o dia inteiro; que podíamos nos oferecer jantares e aos nossos amigos e que poderíamos nos permitir, se quiséssemos, economizar. Assim, Florence tinha o hábito de receber diariamente o *Daily Telegraph* enviado de Londres. Florence, ela sempre foi uma anglomaníaca; a edição parisiense do *Herald* de Nova York sempre bastou para mim. Mas quando descobrimos que o exemplar dos Ashburnham do jornal londrino os acompanhava, vindo da Inglaterra, Leonora e Florence resolveram entre elas suprimir uma assinatura um ano e a outra no ano seguinte. De maneira semelhante, era hábito do grão-duque de Nassau Schwerin, que vinha anualmente aos banhos, jantar uma vez com cada uma das cerca de dezoito famílias de hóspedes regulares do *Kur*. Em troca, ele dava um jantar para as dezoito de uma vez. E como esses jantares eram bastante dispendiosos (era preciso convidar o grão-duque e muitos outros de seu grupo e quaisquer membros dos corpos diplomáticos que pudessem estar lá), Florence e Leonora, pensando juntas, não viam por que não podíamos oferecer juntos o jantar do grão-duque. Então fizemos isso. Não creio que Vossa Alteza Sereníssima tenha se importado com essa economia, ou sequer a notado. De qualquer forma, nosso jantar conjunto ao personagem real gradualmente assumiu o aspecto de uma função anual. Na verdade, foi ficando maior e maior, até se transformar numa espécie de fecho da temporada, pelo menos no tocante a nós.

Não pretendo, de forma alguma, dizer que éramos o tipo de pessoas que aspiravam misturar-se à "realeza". Não aspirávamos; não pretendíamos nada; éramos apenas "boa gente". Mas o grão-duque era um tipo de realeza agradável, afável, como o falecido rei Edward VII, e era agradável ouvi-lo falar sobre as corridas e, muito de vez em quando, como uma *bonne bouche*,* sobre seu sobrinho, o Imperador, ou vê-lo parar por um momento a sua caminhada para perguntar sobre o progresso de nossos tratamentos ou para se interessar benignamente pela quantia de dinheiro que tínhamos apostado no caçador de Lelöffel no Grande Prêmio Frankfurt Welter.

Mas, palavra de honra, não sei como empregávamos nosso tempo. Como se emprega o tempo? Como é possível ter completado nove anos e não ter nada para mostrar desse período? Absolutamente nada, entende? Nem mesmo um porta-canetas de osso, esculpido para parecer uma peça de xadrez e com um buraco em cima pelo qual se podem ver quatro vistas de Nauheim. E, em termos de experiência, em termos de conhecimento dos próprios sentimentos, nada também. Palavra de honra, não sei dizer de imediato se a senhora que vende as violetas tão caras no fim da rua que leva à estação estava me explorando ou não; não sei dizer se o carregador que levava nossa bagagem pela estação de Leghorn era um ladrão

---

* "Boa boca", com o sentido de doce, petisco, agrado, em francês no original.

ou não quando disse que a tarifa normal era de uma lira por volume. Os exemplos de honestidade que se encontram neste mundo são tão incríveis quanto os exemplos de desonestidade. Depois de quarenta e cinco anos nos misturando com nossa própria espécie, devíamos ter adquirido o hábito de ser capazes de conhecer alguma coisa dos nossos próximos. Mas não se conhece.

Acho que a culpa é, em grande parte, do moderno hábito civilizado, o hábito inglês moderno de confiar em todo mundo. Observei essa questão durante tempo suficiente para ter consciência da coisa estranha, sutil, que é; ter consciência de como a faculdade, por si mesma, nunca o desampara.

Veja bem, não estou dizendo que este não seja o tipo de vida mais desejável do mundo; que não tem um alto padrão, quase exorbitante. Porque é realmente nauseante, quando a pessoa detesta aquilo, ter de comer todos os dias várias fatias finas, tépidas, rosadas de borracha indiana, e é desagradável ter de beber conhaque quando seria preferível alegrar-se com um morno e doce Kümmel. E é horrível ter de tomar um banho frio de manhã quando o que se quer é, na verdade, um banho quente à noite. E incomoda um pouco a fé de nossos pais, que lá no fundo permanece, ter de ser de imediato considerado um episcopal quando na verdade a pessoa é um tradicional *quaker* da Filadélfia.

Mas essas coisas têm de ser feitas; é a oferenda do galo que esta sociedade toda deve a Esculápio.

E a coisa estranha, esquisita, é que toda a coleção de regras se aplica a qualquer um, aos quaisquer que se encontram em hotéis, em trens, em menor grau, talvez, em vapores, mas até mesmo, no fim das contas, em vapores. A pessoa conhece um homem ou uma mulher e, a partir de minúsculos e íntimos sons, dos menores movimentos, descobre de imediato se se trata de boa gente ou de gente com a qual não se quer trato. Você sabe, o que quero dizer é se cumprem rigidamente todo o programa desde a carne malpassada até o anglicanismo. Não importa se são altos ou baixos; se a voz guincha como a de uma marionete ou ribomba como a de um touro urbano;

não importa se são alemães, austríacos, franceses, espanhóis, ou mesmo brasileiros: serão alemães ou brasileiros que tomam banho frio toda manhã e se movem, falando em termos gerais, em círculos diplomáticos.

Mas o inconveniente (bem, dane-se, eu vou dizer), o maldito incômodo da coisa toda é que, com toda essa confiança, não se chega nunca a um centímetro mais fundo do que as coisas que cataloguei.

Posso lhe dar um exemplo bastante extraordinário. Não consigo me lembrar se foi em nosso primeiro ano, o primeiro ano de nós quatro em Nauheim, porque, claro, teria sido o quarto ano de Florence e eu, mas deve ter sido no primeiro ou segundo ano. E isso mostra a medida de como era extraordinário o nosso discurso e, ao mesmo tempo, da velocidade com que a intimidade havia crescido entre nós. Por um lado, parece que partimos para a expedição tão naturalmente e com tão pouca preparação que era como se tivéssemos feito muitas dessas excursões antes; e nossa intimidade parecia tão profunda...

No entanto, o lugar a que fomos foi, obviamente, um lugar ao qual Florence, pelo menos, logo quis nos levar, de forma que se poderia quase pensar que devemos ter ido lá juntos no começo de nossa intimidade. Florence era especialmente hábil como guia em expedições arqueológicas e não havia nada de que gostasse mais do que levar as pessoas a conhecer ruínas e mostrar a janela pela qual alguém tinha visto o assassinato de alguém. Ela só fez isso uma vez; mas de um jeito magnífico. Com a ajuda apenas do guia Baedeker, ela conseguia se orientar em qualquer monumento antigo com a mesma facilidade que em qualquer cidade americana na qual os quarteirões são todos quadrados e as ruas todas numeradas, de forma que se vai com perfeita facilidade da rua Vinte e quatro para a rua Trinta.

Ora, acontece que a cinqüenta minutos de Nauheim, num bom trem, fica a antiga cidade de M... sobre um grande pináculo de basalto, cercada por uma tripla estrada que corre na lateral da encosta como uma estola. E no alto há um castelo, não um castelo quadrado como Windsor, mas um castelo todo coruchéus e altos picos com galos de cata-vento dourados cintilando bravamente: o castelo de Santa Elizabeth da Hungria. Tem a desvantagem de ficar na Prússia; e é sempre desagradável ir àquele país, mas é muito antigo e possui muitas igrejas de torre dupla e se projeta como uma pirâmide sobre o vale verde de Lahn. Não creio que os Ashburnham quisessem especialmente ir lá, e eu próprio não queria ir. Mas você entende, não havia objeção. Era parte do tratamento fazer uma excursão três ou quatro vezes por semana. De forma que fomos todos bem unânimes em manifestar gratidão a Florence por fornecer a força motivadora. Florence, é claro, tinha uma motivação própria. Na época, ela estava empenhada em educar o capitão Ashburnham (ah, claro que *pour le bon motif*![*]). Ela costumava dizer a Leonora: "Simplesmente não consigo entender como você pode permitir que ele viva a seu lado e seja tão ignorante!" A própria Leonora nunca me pareceu especialmente bem-educada. De qualquer forma, ela sabia previamente tudo o que Florence tinha para lhe dizer. Talvez consultasse o Baedeker antes de Florence se levantar de manhã. Não quero dizer que jamais se soubesse que Leonora sabia alguma coisa, mas se Florence começasse a nos contar como Ludwig, o Bravo, queria ter três esposas ao mesmo tempo, coisa em que era bem diferente de Henrique VIII, que queria uma esposa depois da outra e com isso causava uma porção de problemas, se Florence começava a nos contar isso, Leonora simplesmente balançava a cabeça de um jeito bem agradável que abalava minha pobre esposa.

Ela costumava exclamar: "Bom, se você sabia, por que não contou para o capitão Ashburnham? Tenho certeza de que ele acha isso interessante!" E Leonora olhava, pensativa, para o marido e dizia: "Tenho a impressão de que poderia comprometer a mão dele, a mão que ele usa para lidar com os cavalos, sabe..." E o pobre Ashburnham corava, e resmungava, dizendo: "Tudo bem. Não se preocupem comigo."

---

* "Com as melhores intenções", em francês no original.

Creio que a ironia da esposa alarmava bastante o pobre Teddy; porque uma noite ele me perguntou a sério na sala de fumar se eu achava que ter muita coisa na cabeça realmente interferia com a habilidade da pessoa no jogo de pólo. Parecia-lhe, disse ele, que sujeitos muito intelectuais eram geralmente bem desajeitados quando montavam sobre quatro patas. Eu o tranqüilizei o melhor que pude. Disse que não era provável que fosse chegar ao ponto de perturbar seu equilíbrio. Naquela época, era bem evidente que o capitão estava gostando de ser educado por Florence. Ela costumava falar disso três ou quatro vezes por semana sob os olhares de aprovação meu e de Leonora. Não era, entenda bem, uma coisa sistemática. Vinha em assomos. Era Florence pondo ordem num dos lugares escuros da Terra, deixando o mundo um pouco mais claro do que havia encontrado. Ela lhe contava a história de Hamlet; explicava a forma de uma sinfonia, cantarolando o primeiro e o segundo temas para ele, e assim por diante; ela explicava para ele a diferença entre arminianos e erastianos,* ou lhe fazia uma breve palestra sobre a história antiga dos Estados Unidos. E isso era feito de um jeito bem calculado para cativar uma jovem atenção. Você já leu a sra. Markham? Bem, era assim...

Mas nossa excursão a M... foi uma coisa muito maior, muito mais cerimoniosa. Sabe, nos arquivos do *Schloss*** daquela cidade havia um documento que Florence achava que lhe daria a chance de educar-nos a todos juntos. A pobre Florence realmente se preocupava de não conseguir, em questões de cultura, superar Leonora. Não sei o que Leonora sabia ou o que não sabia, mas ela sem dúvida estava sempre presente toda vez que Florence fornecia qualquer informação. E, de alguma forma, ela dava a impressão de já saber o que a pobre Florence dava a impressão de ter acabado de descobrir. Não

---

* Arminianos são os seguidores do teólogo protestante holandês Jacobus Arminius (1560–1609), opositor de Calvino; erastianos, os seguidores de Thomas Erastus (1524–1583), teólogo suíço para quem o poder eclesiástico devia ser sujeito ao poder secular.

** Castelo, em alemão no original.

sou capaz de definir exatamente. Era quase como uma coisa física. Já viu alguma vez um *retriever* brincando de correr atrás de um *greyhound*? Os dois estão correndo num campo verde, quase lado a lado, e, de repente, o *retriever* dá uma mordida amiga no outro. E o *greyhound* simplesmente não está mais ali. Ninguém o viu acelerar o passo nem forçar um membro; mas lá está ele, dois metros adiante do focinho esticado do *retriever*. Era assim com Florence e Leonora em questões de cultura.

Mas nessa ocasião eu sabia que alguma coisa ia acontecer. Uns dias antes, encontrei Florence lendo livros como a *História dos papas*, de Ranke, *Renascença*, de Symonds, *Ascensão e queda da república holandesa*, de Motley, e *Conversas à mesa*, de Lutero.

Devo confessar que, até o momento de perplexidade, não tive senão prazer em nossa pequena expedição. Gosto de pegar o trem das duas e quarenta; gosto do rolar lento, macio dos grandes trens; são os melhores trens do mundo! Gosto de ser conduzido pelo campo verde e olhar para ele através do vidro transparente das grandes janelas. Embora, claro, o campo não seja realmente verde. O sol brilha, a terra é vermelho-sangue, roxa, vermelha, verde, vermelha. E o gado nas terras aradas são envernizados de marrom, preto e preto-arroxeado, brilhante; e os camponeses vestidos com o preto-e-branco das gralhas; e há grandes bandos de gralhas também. Ou as roupas dos camponeses de outro campo onde há pequenos montes de feno que ficarão cinza-esverdeados do lado do sol e roxos nas sombras; as roupas das camponesas são vermelhão com fitas verde-esmeralda, saias roxas, saias brancas e faixas de veludo preto. No entanto, a impressão é de que se está sendo puxado através de prados verde-brilhantes que correm de cada lado dos bosques de pinheiros roxo-escuros; os picos de basalto; as florestas imensas. As doces campinas à beira dos riachos e o gado. Ora, me lembro de que naquela tarde vi uma vaca marrom chifrar a barriga de uma preta-e-branca, e a preta-e-branca ser jogada bem no meio do regato estreito. Caí na gargalhada. Mas Florence estava passando informações com tanta força e Leonora ouvia com tamanha concentração que ninguém prestou atenção em mim. Quanto a mim, estava contente de estar de folga: contente de pensar que Florence, no momento, estava agindo indubitavelmente sem malícia; porque falava sobre Ludwig, o Corajoso (acho que era Ludwig, o Corajoso, mas não sou historiador), sobre Ludwig, o Corajoso, de Hessen, que queria ter três esposas ao mesmo tempo e apadrinhava Lutero, algo assim! Eu estava tão aliviado por estar de folga, porque ela não podia de forma alguma fazer algo que a excitasse ou que pusesse seu pobre coração a se agitar, que o incidente com a vaca foi uma verdadeira alegria para mim. Ri dele de quando em quando durante todo o resto do dia. Porque parece mesmo muito engraçado, sabe, ver uma vaca preta-e-branca cair de costas no meio de um regato. É exatamente o que nunca se espera de uma vaca.

Acho que eu devia ter sentido pena do pobre animal; mas simplesmente não senti. Estava precisando de um divertimento. E simplesmente me diverti. É tão gostoso ser conduzido por cidades espetaculares com altos castelos de muitas torres duplas. Sob o brilho do sol a cidade se enche de reflexos: reflexos dos vidros das janelas; das placas douradas das farmácias; das insígnias dos bandos de estudantes no alto das montanhas; dos capacetes dos engraçados soldadinhos mexendo as perninhas duras com calças de linho branco. E era agradável sair da grande e espetacular estação prussiana com seus ornatos de bronze batido e as pinturas de camponeses, flores e vacas; e ouvir Florence pechinchar energicamente com o cocheiro de uma velha *Droschka** puxada por dois cavalos magros. Claro, eu falava alemão muito mais corretamente do que Florence, embora nunca tenha conseguido me livrar totalmente do sotaque do alemão da Pensilvânia de minha infância. Bem, fomos levados numa espécie de triunfo, por cinco marcos sem nenhuma *Trinkgeld*,** até o castelo. E fomos leva-

---

* Carruagem de quatro rodas, em alemão no original.

** Literalmente, ouro para bebida; gorjeta, em alemão no original.

dos pelo museu, vimos os fundos da lareira de ferro, o espelho antigo, as espadas antigas e os aparelhos antigos. E subimos as escadas em espiral, atravessamos o *Rittersaal,** o grande salão pintado onde o Reformador** e seus amigos se encontraram pela primeira vez sob a proteção do cavalheiro que tinha três esposas ao mesmo tempo e formava uma aliança com o cavalheiro que tivera seis esposas uma depois da outra (não estou realmente interessado nesses fatos, mas eles afetaram minha história). E passamos por capelas, salas de música, subimos muito alto até uma imensa e antiga câmara, cheia de armários, com janelas fortemente fechadas a toda a volta. E Florence ficou positivamente elétrica. Disse ao cansado e entediado zelador quais janelas deviam ser abertas, de forma que a luz do sol brilhante entrou em raios palpáveis no velho quarto em penumbra. Ela explicou que se tratava do quarto de dormir de Lutero e que bem onde caía o raio de sol ficava a cama dele. Na realidade, acho que ela estava errada e que Lutero só havia parado ali, por assim dizer, para almoçar, a fim de escapar da perseguição. Mas, sem dúvida, teria sido o quarto dele se ele pudesse ser convencido a passar a noite. E então, apesar do protesto do zelador, ela abriu mais uma janela e voltou saltitante para uma vitrina.

— E aqui — exclamou com um tom de alegria, de triunfo e de audácia. Apontava um pedaço de papel, como a meia folha de uma carta com alguns tênues rabiscos a lápis que podiam ser a anotação dos valores que estávamos gastando durante o dia. E fiquei extremamente contente com a alegria dela, com seu triunfo, com sua audácia. O capitão Ashburnham apoiou as mãos em cima da vitrina. — Aí está: O Protesto. — E então, como nós todos representamos devidamente nossa perplexidade, ela continuou: — Não sabem que é por isso que nós somos todos chamados de Protestantes? Esse é o esboço a lápis do Protesto que eles redigiram. Dá para ver as

* Salão dos cavaleiros, em alemão no original.
** Martinho Lutero (1483–1546): teólogo alemão e fundador da Reforma Protestante alemã.

assinaturas de Martinho Lutero, de Martin Bucer, de Zwingli* e de Ludwig, o Corajoso*...

Posso ter confundido os nomes, mas sei que Lutero e Bucer estavam lá. E a animação dela continuou, fiquei contente. Ela estava melhor e sem malícia. E continuou, olhando nos olhos do capitão Ashburnham:

— É por causa desse pedaço de papel que você é honesto, sóbrio, industrioso, prudente e limpo. Se não fosse esse pedaço de papel, você seria como os irlandeses, ou como os italianos, ou como os poloneses, mas principalmente como os irlandeses...

Ela tocou um dedo no pulso do capitão Ashburnham.

Eu me dei conta de algo traiçoeiro, algo assustador, algo mau naquele dia. Não consigo definir o que e não consigo encontrar uma comparação para aquilo. Não era como se uma cobra tivesse espiado para fora da toca. Não, era como se meu coração tivesse pulado uma batida. Era como se nós fôssemos sair correndo e gritando; nós quatro em diferentes direções, afastando nossas cabeças. No rosto de Ashburnham sei que havia um pânico absoluto. Eu estava horrivelmente assustado e então descobri que a dor em meu pulso esquerdo era porque Leonora o estava apertando.

— Não suporto isto — ela disse com o mais excepcional arrebatamento. — Tenho de sair daqui.

Fiquei horrivelmente assustado. Ocorreu-me por um momento, embora eu não tenha tido tempo para pensar nisso, que ela devia ser uma mulher loucamente ciumenta, com ciúmes de Florence e do capitão Ashburnham, dentre todas as pessoas do mundo! E foi num pânico que fugimos! Descemos direto a escada em espiral, atravessamos o imenso *Rittersaal* até um pequeno terraço que dá para o Lahn, o amplo vale e imensa planície para a qual se abre.

---

* Martin Bucer (1491–1551), frade dominicano que aderiu à Reforma, foi professor em Cambridge, Inglaterra; Ulrich Zwingli (1484–1531) foi o reformador protestante da Suíça.

— Você não percebe? — disse ela. — Não percebe o que está acontecendo? — O pânico parou meu coração. Resmunguei, gaguejei, não sei como consegui enunciar as palavras:

— Não! Qual é o problema? Qual pode ser o problema?

Ela olhou direto nos meus olhos; e por um momento tive a sensação de que aqueles dois discos azuis eram imensos, eram opressivos, eram como uma parede azul que me isolava do resto do mundo. Sei que parece absurdo; mas foi assim que me senti.

— Não percebe — ela perguntou, com uma amargura realmente horrível, com um lamento realmente horrível na voz. — Não percebe que isso é a causa de toda essa história miserável; de toda a tristeza do mundo? E da eterna danação de mim, de você e deles...

Não me lembro de como ela continuou; eu estava assustado demais; estava perplexo demais. Acho que estava pensando em correr em busca de auxílio: um médico, talvez, ou o capitão Ashburnham. Ou talvez ela precisasse do terno cuidado de Florence, embora, claro, isso pudesse ser muito ruim para o coração de Florence. Mas o que sei é que, quando saí disso, ela estava dizendo:

— Ah, onde estão todos os seres brilhantes, felizes e inocentes do mundo? Onde está a felicidade? Só se lê sobre isso nos livros!

Ela passou a mão com um singular movimento em garra pela testa. Seus olhos estavam imensamente abertos; o rosto era exatamente o de uma pessoa que espia um poço do inferno e vê os horrores que há lá dentro. E, de repente, ela parou. Era, muito surpreendentemente, de novo apenas a sra. Ashburnham. O rosto perfeitamente claro, nítido e definido; o cabelo na glória dos cachos dourados. As narinas vibraram numa espécie de desdém. Ela pareceu olhar com interesse para uma caravana de ciganos que estava passando por uma pontezinha muito abaixo de nós.

— Você não sabia — disse ela com sua voz clara e dura —, não sabia que sou irlandesa e católica?

V

Aquelas palavras me deram o maior alívio que jamais tive na vida. Elas me diziam, acho, quase mais do que jamais compreendera sobre mim mesmo. Não creio que antes desse dia eu tenha desejado muito alguma coisa, a não ser Florence. Claro que tinha tido apetites, impaciências... Ora, às vezes, numa mesa de restaurante, quando havia, digamos, caviar sendo servido, eu tinha ficado absolutamente cheio de impaciência temendo que quando o prato chegasse a mim não houvesse mais uma porção satisfatória deixada pelos outros hóspedes. Já fui extremamente impaciente ao perder trens. A ferrovia estatal belga usa de um truque para fazer os trens franceses perderem suas conexões em Bruxelas. Isso sempre me enfureceu. Escrevi várias cartas a esse respeito para o *Times*, que o *Times* nunca publicou; as que escrevi para a edição parisiense do *Herald* de Nova York eram sempre publicadas, mas nunca pareciam me satisfazer quando eu as via. Bem, isso era uma espécie de loucura minha.

Uma loucura que agora mal posso compreender. Entendo intelectualmente. Pois, sabe, naqueles dias eu estava interessado em pessoas com "coração". Havia Florence, havia Edward Ashburnham, ou, talvez, fosse em Leonora que eu estivesse mais interessado. Não quero dizer no sentido de amor. Mas, sabe, tínhamos ambos a mesma profissão, pelo menos como eu a via. E a profissão era a de manter vivos pacientes do coração.

Você não faz idéia de como essa profissão pode ser absorvente. Assim como o ferreiro diz: "Com o martelo e com a mão toda arte se impõe", assim como o padeiro pensa que todo o sistema solar gira em torno de sua entrega matinal de pãezinhos, assim como o chefe dos correios acredita que ele sozinho é o preservador da sociedade, e, com absoluta certeza, todas essas ilusões são necessárias para nos manter, também eu e, como acreditei, Leonora, imaginamos que o mundo todo devia se organizar de forma a garantir que nossos pacientes do coração permanecessem vivos. Você não faz idéia de como essa profissão pode se tornar absorvente, de até que ponto, diante desse envolvimento, parecem imbecis os modos de príncipes, de repúblicas, de municipalidades. Um trecho ruim de estrada debaixo dos pneus do carro, um par de sucessivos "'brigado, madame" com seus rápidos acenos de cabeça bastariam para me pôr resmungando com Leonora contra o príncipe, ou o grão-duque, ou o Estado Livre por cujos territórios pudéssemos estar passando. Eu resmungava como um corretor de ações cujas conversas por telefone são incomodadas pelo toque de sinos de uma igreja da cidade. Eu conversava sobre as heranças medievais, sobre os impostos efetivamente altos. A propósito, o problema de se perder as conexões dos trens em Bruxelas para o barco de Calais era que esse é o caminho mais curto possível por via marítima, muitas vezes de grande importância para os que sofrem do coração. Ora, no Continente, existem dois lugares especiais para tratamento cardíaco, Nauheim e Spa, e para chegar a esses balneários vindo da Inglaterra, se se quer garantir uma viagem por mar curta, vem-se por Calais: é preciso fazer a baldeação em Bruxelas. E o trem belga nunca espera nem uma sombra de segundo o trem que vem de Calais ou de Paris. E mesmo que os trens franceses estejam no horário, você tem de correr (imagine um paciente do coração correndo!) pelos ambientes desconhecidos da estação de Bruxelas e trepar nos altos degraus do trem em movimento. Ou, se você perde a conexão, tem de esperar de cinco a seis horas... Eu costumava ficar acordado noites inteiras xingando esse abuso.

Minha mulher costumava correr: ela nunca, por mais que possa ter escondido outras coisas de mim, tentou me dar a impressão de que não era uma alma galante. Mas uma vez no Expresso Alemão, ela se recostou, com uma das mãos do lado e os olhos fechados. Bem, ela era uma boa atriz. E eu ficava num inferno. Num inferno, estou dizendo. Pois em Florence eu tinha ao mesmo tempo uma esposa e uma amante inalcançável — é a isso que se resume —, e em mantê-la neste mundo eu punha minha ocupação, minha carreira, minha ambição. Não é sempre que essas coisas se unem em um único corpo. Leonora era uma boa atriz também. Meu Deus, como ela era boa! Tenho de dizer que ela me ouvia horas, a desenvolver meus planos para um mundo à prova de choque. É verdade que, às vezes, eu costumava notar nela um ar de desatenção, como se ela não estivesse ouvindo, igual a uma mãe com o filho no colo ou, como se, exatamente, fosse eu o paciente.

Você entende que não havia nenhum problema com o coração de Edward Ashburnham, que ele havia jogado para o alto seu cargo, havia deixado a Índia e atravessado meio mundo para acompanhar até Nauheim uma mulher que realmente tinha problemas de coração. Ele era esse tipo de idiota sentimental. Pois você entende também que eles realmente precisavam viver na Índia, para economizar, para manter alugada a casa de Branshaw Teleragh.

Claro, naquela época, eu não tinha ouvido falar do caso Kilsyte. Ashburnham havia, como você sabe, beijado uma criada em um trem e foi só pela graça de Deus, pelo pronto funcionamento da comunicação e pela generosa compaixão do que acredito que chamam de Hampshire Bench, que o pobre-diabo escapou de anos e anos nas galés de Winchester. Nunca soube desse caso até os estágios finais das revelações de Leonora...

Mas pense um pouco naquele pobre infeliz... eu, que decerto tenho o direito, imploro que você pense naquele pobre infeliz. Será possível que um pobre-diabo tão absolutamente sem sorte devesse ser a tal ponto atormentado pelo destino cego e inescrutável? Porque não há nenhum outro jeito de pensar a respeito. Nenhum. Eu tenho o direito de dizer isso, uma vez que durante anos ele foi amante de minha mulher, uma vez que ele a matou, uma vez que despedaçou todas as amenidades que existiam em minha vida. Não há padre que tenha o direito de me dizer que não deva pedir piedade por ele, a você, silencioso ouvinte além da pedra da lareira, ao mundo, ou ao Deus que criou nele aqueles desejos, aquelas loucuras...

Claro que eu não devia saber do caso Kilsyte. Eu nada sabia dos amigos deles; para mim, eles eram apenas boa gente, gente afortunada com vastos e ensolarados acres em um campo do sul. Apenas boa gente! Pelos céus, eu às vezes penso que teria sido melhor para ele, pobre querido, que o caso tivesse sido tamanho que eu tivesse ouvido falar dele inevitavelmente, um caso daqueles sobre o qual criadas, alcoviteiros e outros hóspedes do *Kur* murmuram durante anos, até gradualmente morrer na compaixão que ainda existe aqui e ali pelo mundo. Supondo que ele tivesse passado seus sete anos nas galés de Winchester, ou seja lá o que for que a inescrutável e cega justiça reserva à pessoa por seguir suas inclinações naturais, mas deslocadas, teria chegado a um estágio em que as cabeças intrigantes no terraço do *Kursaal* balançariam dizendo: "Pobre coitado", a pensar em sua carreira arruinada. Ele teria sido um bom soldado com suas costas agora recurvadas... Melhor para ele, infeliz, se está com as costas prematuramente recurvadas.

Ah, teria sido mil vezes melhor... Pois, evidentemente, o caso Kilsyte, que ocorreu no começo de sua descoberta da frieza e indiferença de Leonora, deu-lhe um feio tranco. Depois disso, ele deixou as criadas em paz.

Isso o tornou, naturalmente, muito mais solto entre as mulheres de sua própria classe. Ora, Leonora me contou que a sra. Maidan, a mulher atrás de quem ele veio da Birmânia para Nauheim, garantiu a ela que ele despertara sua atenção jurando que beijara a criada no trem porque fora levado a isso. Suponho que ele foi levado a isso pela louca paixão de encontrar uma mulher absolutamente satisfatória. Suponho que ele era sincero. Deus me perdoe, suponho que ele fosse sincero em seu amor pela sra. Maidan. Ela era uma coisinha linda, uma adorável mulher miúda, de cílios compridos, de quem Florence passou a gostar muito. Ela ceceava e tinha um sorriso feliz. Estivemos muito com ela durante o primeiro mês de nosso relacionamento, até que ela morreu, muito tranqüila, de um problema cardíaco.

Mas você sabe, a pobre sra. Maidan, era tão delicada, tão jovem. Não devia ter mais de vinte e três anos e tinha um marido jovem em Chitral, com não mais de vinte e quatro anos, eu creio. Essas coisinhas tão jovens deviam ser deixadas em paz. Claro que Ashburnham não ia deixá-la em paz. Não acredito que pudesse. Ora, até eu, agora, já tão distante no tempo, tenho consciência de que sou um pouco apaixonado por sua memória. Não consigo deixar de sorrir quando penso nela de repente, como se faz ao pensar em alguma coisa cuidadosamente envolta em lavanda, dentro de uma gaveta, numa velha casa que você deixou há muito. Ela era tão... tão submissa. Ora, até comigo tinha um ar de ser submissa, comigo a quem nem a criança mais jovem jamais dará ouvidos. Sim, esta é a história mais triste...

Não, não posso evitar o desejo de que Florence a tivesse deixado em paz, com sua brincadeira de adultério. Suponho que era isso; embora ela fosse tão criança que dava a impressão de mal conhecer a palavra. Não, foi apenas a submissão às importunações, às forças tempestuosas que empurraram aquele pobre sujeito para a ruína. E não acho que Florence tenha realmente feito muita diferença. Se não tivesse sido por ela que Ashburnham abandonou sua dedicação à sra. Maidan, teria sido por alguma outra mulher. Mesmo assim, eu não sei. Talvez a pobrezinha tivesse morrido, ela ia morrer, de qualquer forma, logo depois, mas teria morrido sem ter de encharcar seu travesseiro da tarde com lágrimas enquanto Florence, debaixo de sua janela, conversava com o capitão Ashburnham sobre a Constituição dos Estados Unidos... Sim, teria deixado um gosto melhor na boca se Florence a tivesse deixado morrer em paz.

Leonora se comportava melhor em certo sentido. Ela só esbofeteou a sra. Maidan, isso mesmo, bateu nela, num incontrolável acesso de raiva, um tapa duro na face, no corredor do hotel, na frente dos aposentos de Edward. Foi isso, sabe, que possibilitou a súbita e estranha intimidade que brotou entre Florence e a sra. Ashburnham.

Porque era, claro, uma estranha intimidade. Olhando-se de fora, nada podia ser mais improvável que Leonora, a criatura mais orgulhosa da face da Terra, estabelecer um relacionamento com dois americanos informais que na realidade não poderiam ser vistos por ela como muito mais que um tapete debaixo de seus pés. Você pode perguntar que razão para orgulho tinha ela. Bem, ela era uma Powys casada com um Ashburnham, acho que isso lhe dava o direito de desprezar americanos informais contanto que não o fizesse ostensivamente. Não sei que razão de orgulho alguém deve ter. Ela podia se orgulhar da própria paciência, de conservar o marido distante do tribunal de falência. Talvez se orgulhasse disso.

De qualquer forma, foi assim que Florence veio a conhecê-la. Pouco antes do jantar, ela saiu de trás de um painel no canto do corredor do hotel e encontrou Leonora com a chave dourada que lhe pendia do pulso presa no cabelo da sra. Maidan. Não disseram uma única palavra. A pequena sra. Maidan estava muito pálida, com uma marca vermelha na face esquerda, e a chave não se soltava de seu cabelo preto. Foi Florence quem teve de desembaraçá-la, pois Leonora estava em tal estado que não conseguia nem tocar a sra. Maidan sem se sentir mal.

E não disseram uma única palavra. Sabe, debaixo daqueles quatro olhos, os dela própria e os da sra. Maidan, Leonora conseguira simplesmente se descontrolar a ponto de esbofetear a sra. Maidan. Mas no momento em que uma estranha apareceu, ela se empertigou maravilhosamente. De início ficou quieta, depois, no momento em que Florence desembaraçou a chave, agitou-se e disse: "Tão desajeitado de minha parte... estava só tentando endireitar o pente do cabelo da sra. Maidan..."

A sra. Maidan, porém, não era uma Powys casada com um Ashburnham: era uma pobrezinha O'Flaherty, cujo marido era um rapaz do campo, de origem paroquial. Então, não havia como não entender o soluço que ela soltou quando seguiu, desolada, pelo corredor. Mas Leonora ainda ia continuar representando. Abriu a porta do quarto de Ashburnham bem ostensivamente, de forma que Florence pudesse ouvi-la dirigir-se a Edward em termos de intimidade e carinho. "Edward", chamou. Mas não havia nenhum Edward ali.

Você entende que Edward não estava ali. Foi então, pela única vez em sua carreira, que Leonora realmente transigiu. Ela exclamou: "Que horror!... Pobrezinha da Maisie!..."

Ela se calou depois disso, mas claro que era tarde demais. Foi uma coisa esquisita...

Quero ser absolutamente justo com Leonora. Gosto muito dela por um lado e nessa questão, que certamente foi a ruína da concha protetora de meu casamento, ela certamente tropeçou. Não acredito, e a própria Leonora não acredita, que a pobrezinha da Maisie Maidan tenha algum dia sido amante de Edward. O coração dela estava mesmo tão mal que ela teria sucumbido a qualquer coisa parecida com um abraço apaixonado. Isso é o que se pode falar com toda a franqueza, e acho a franqueza melhor. Ela era, na realidade, o que as outras duas, por razões pessoais, apenas fingiam ser. Estranho, não é? Como uma daquelas piadas sinistras que a Providência faz cair sobre alguns. Some-se a isso que eu não acho que Leonora se importasse muito, em qualquer outro momento, se a sra. Maidan tivesse sido amante de seu marido. Poderia ter sido um alívio do gorgolejar sentimental de Edward em cima da dama e da submissa aceitação da dama a esses sons. Não, ela não teria se importado.

Mas ao esbofetear a sra. Maidan, Leonora estava apenas batendo na face de um universo intolerável. Porque naquela tarde ela havia tido uma cena assustadoramente dolorosa com Edward.

No tocante às cartas dele, ela reclamava o direito de abri-las quando quisesse. Ela se arrogava esse direito porque os negócios de Edward estavam num estado tão assustador, e ele mentia tanto a respeito deles, que ela reclamava o privilégio de ter os segredos dele à sua disposição. Não havia, de fato, nenhum outro jeito, pois o pobre coitado ficava envergonhado demais de seus lapsos para encarar qualquer coisa. Ela precisava arrancar dele essas coisas.

Devia ser um trabalho bem enaltecedor para ela. Mas naquela tarde, com Edward na cama pela hora e meia receitada pelas autoridades do *Kur*, ela abriu uma carta que achou ser do coronel Hervey. O casal ia se hospedar com eles em Linlithgowshire durante o mês de setembro, e ela não sabia se a data marcada era o dia onze ou dezoito. A caligrafia no envelope era tão igual à do coronel Hervey como uma folha de trigo é igual a outra. Então, naquele momento, ela não tinha nenhuma intenção de espioná-lo.

Mas decerto foi o que fez. Pois descobriu que Edward Ashburnham estava pagando a um chantagista de que ela nunca tinha ouvido falar, algo como trezentas libras por ano... Foi um danado de um golpe; foi como a morte; pois ela imaginava que naquele momento já havia chegado ao fundo das dívidas do marido. Você sabe, eram bem pesadas. O que realmente acabou com eles foi um caso perfeitamente comum em Monte Carlo, um caso com uma harpia cosmopolita que se fazia passar por amante de um grão-duque russo. Ela arrancou dele uma tiara de pérolas de vinte mil libras como pagamento por uma semana e tanto de seus favores. Arranjar esse valor já o teria arruinado bastante, e ele não era um típico jogador. Podia, de fato, ter arrumado as vinte mil libras e os valores nada insignificantes de uma semana num hotel com uma bela criatura. Ele devia possuir naquela data quinhentos mil dólares ou um pouco mais.

Bem, ele teve de ir para a mesa de jogo e perder quarenta mil libras... Quarenta mil libras limpas, emprestadas de agiotas! E mesmo depois disso ele deve ter (era uma paixão imperativa) gozado os favores da dama. Gozou-os, sim, quando poderia ter sido uma questão de sólida negociação, pois por menos de vinte mil poderia, sem dúvida, ter conseguido o que queria de início. Suponho que dez mil dólares cobririam a conta.

De qualquer forma, havia um buraco muito sério em uma fortuna de cem mil libras aproximadamente. E Leonora tinha de ajeitar as coisas; ele teria ido de agiota em agiota. E isso foi bem nos primeiros dias em que ela descobrira suas infidelidades, se quiser chamar de infidelidades. E essa ela descobriu por fontes públicas. Deus sabe o que teria acontecido se ela não tivesse descoberto isso por fontes públicas. Suponho que ele teria escondido dela até ficarem na miséria. Mas ela foi capaz, pela graça de Deus, de entrar em contato com os reais emprestadores do dinheiro, de descobrir as somas exatas que eram necessárias. E partiu para a Inglaterra.

Sim, ela partiu diretamente ao encontro do advogado deles na Inglaterra, enquanto ele ainda se encontrava nos braços de sua Circe, em Antibes, local para o qual haviam se retirado. Ele enjoou da dama bem depressa, mas não antes de Leonora ter recebido do advogado tamanhas lições na arte dos negócios que estava com seus planos mais claramente traçados do que os do general Trochu para manter os prussianos afastados de Paris em 1870. De início, foram tão eficientes quanto, ou pareciam ser.

Isso deve ter sido, sabe, em 1895, uns nove anos antes da data de que estou falando, a data em que Florence adquiriu seu domínio sobre Leonora; pois foi a isso que a coisa chegou... Bem, a sra. Ashburnham simplesmente forçara Edward a colocar todas as suas propriedades em nome dela. Ela conseguia forçá-lo a fazer qualquer coisa; à sua maneira bem-humorada, desarticulada, ele tinha mais medo dela que do diabo. E ele a admirava imensamente, gostava dela como qualquer homem é capaz de gostar de uma mulher. Ela tirava vantagem disso e o tratava como se ele fosse uma pessoa cujas propriedades estão sendo administradas pelo tribunal de falências. Acho que foi o melhor para ele.

De qualquer forma, foi para ela um trabalho infindável durante os primeiros três anos mais ou menos. Dívidas inesperadas iam aparecendo, e aquele tolo aflito não facilitava nada. Sabe, ao lado do fascínio pela perseguição havia um modo de ser que o fazia ficar excepcionalmente envergonhado dos próprios atos. Você pode não acreditar, mas ele realmente tinha, a tal ponto, uma espécie de respeito pela castidade da imaginação de Leonora que detestava, ficava positivamente transtornado com a idéia de que ela pudesse saber que o tipo de coisa que ele fazia existia no mundo. Então ele se rebelava, muito agitado, contra qualquer acusação de ter feito alguma coisa. Ele queria preservar a virgindade dos pensamentos da esposa. Isso ele próprio me disse durante as longas caminhadas que fizemos no final, quando a menina estava a caminho de Brindisi.

Logo, é claro, durante esses três anos mais ou menos, Leonora passou por muitas agitações. E era então que eles realmente brigavam.

Sim, brigavam asperamente. Isso parecia bem extravagante. Seria de imaginar que Leonora ficaria apenas calmamente repugnada e ele lacrimosamente contrito. Mas não era nem um pouco assim... Ao lado das paixões de Edward e de sua vergonha por elas havia a violenta convicção dos deveres de sua posição, uma convicção que era bem exorbitantemente cara. Espero não ter, ao falar de suas dívidas, dado a impressão de que o pobre Edward era um libertino promíscuo. Não era; era um sentimental. A criada do caso Kilsyte era bonita, mas de aparência tristonha. Acho que, quando ele a beijou, desejara mais era dar-lhe consolação. E se ela tivesse sucumbido a seus carinhos, suponho que ele a teria instalado numa casinha em Portsmouth ou Winchester e teria sido fiel a ela uns quatro ou cinco anos. Ele era bem capaz disso.

Não, os únicos dois casos do coração que lhe custaram dinheiro foram o da amante do grão-duque e aquele que era objeto da carta de chantagem que Leonora abriu. Esse havia sido um caso bem apaixonado com uma mulher muito boa. Tinha vindo depois do caso com a dama grã-ducal. A dama era esposa de um colega oficial, e Leonora sabia tudo a respeito da paixão, que havia sido uma paixão bem real e durara vários anos. Você vê, as paixões do pobre Edward eram bem lógicas em sua progressão para cima. Começaram com uma criada, foram para uma cortesã e depois para uma boa mulher, muito malcasada. Porque tinha ela um marido muito mau que, por meio de cartas e coisas, continuou chantageando o pobre Edward à razão de trezentas ou quatrocentas libras por ano, com ameaças de tribunal de divórcios. E depois dessa dama, veio Maisie Maidan, e depois da pobre Maisie só mais um caso e, depois, a verdadeira paixão de sua vida. O casamento com Leonora havia sido arranjado pelos pais dele e, embora ele sempre a admirasse imensamente, nunca fingira ter mais que ternura por ela, embora dependesse desesperadamente de seu apoio moral...

Mas as suas dívidas realmente difíceis eram principalmente no tipo de generosidade próprio de sua posição. Segundo Leonora, ele estava sempre abaixando o aluguel de seus locatários e dando a entender que o abatimento do aluguel seria permanente; estava sempre perdoando bêbados que compareciam perante sua banca de magistrado; estava sempre tentando colocar prostitutas em lugares respeitáveis; e era absolutamente maníaco com crianças. Não sei quantas pessoas exploradas ele acolheu e dotou de carreiras. Leonora me contou isso, mas quero crer que ela exagerou, e o número me pareceu tão absurdo que não vou nem mencionar. Todas essas coisas e a continuação delas pareciam a ele ser seu dever, ao lado de impossíveis doações a hospitais, aos escoteiros, e de fornecer prêmios para shows de gado e sociedades antivivissecção...

Bem, Leonora cuidou para que a maior parte dessas coisas fosse descontinuada. Era inteiramente impossível conservarem Branshaw Manor depois que o dinheiro foi para a amante do grão-duque. Ela fez os aluguéis voltarem a seus antigos valores; despachou todos os bêbados de suas casas e mandou aviso a todas as sociedades para que não esperassem mais doações. Com as crianças, ela foi mais terna; sustentou todas elas até a idade de aprendizado ou de serviços domésticos. Sabe, ela própria não tinha filhos.

Ela própria não tinha filhos e achava que a culpa era sua. Vinha de um ramo sem tostão da família Powys, e eles a haviam imposto ao pobre Edward sem fazer qualquer determinação de que os filhos fossem criados como católicos. E isso, claro, foi morte espiritual para Leonora. Eu lhe dei uma impressão errada se não demonstrei que Leonora era uma mulher de forte e fria consciência, como todos os católicos ingleses. (Não consigo evitar o desgosto por essa religião; no fundo de minha cabeça, existe sempre, apesar de Leonora, o estremecimento pela Mulher Escarlate, que se infiltrou em mim na tranqüilidade da pequena e velha Casa de Encontro de Amigos, na rua Arch,* Filadélfia.) Então, efetivamente atribuo boa parte dos equívocos de Leonora no caso do pobre Edward à forma peculiarmente inglesa de sua religião. Porque, é claro, a única coisa a fazer por Edward teria sido deixá-lo afundar até se transformar num vagabundo de fala cavalheiresca que tem, talvez, casos amorosos fortuitos pelas estradas. Ele teria dado muito menos prejuízo; teria sofrido bem menos também. De qualquer forma, teria tido menos chances de ruína e de remorso. Porque Edward era ótimo com o remorso.

Porém a consciência católica de Leonora, seus rígidos princípios, sua frieza, até sua própria impaciência eram, não posso deixar de pensar, completamente errados neste caso em especial. Muito séria e ingenuamente ela imaginava que a Igreja de Roma desaprovava o divórcio; muito séria e ingenuamente ela acreditava que sua igreja podia ser uma instituição tão monstruosa e imbecil a ponto de esperar que ela assumisse a tarefa impossível de fazer de Edward Ashburnham um marido fiel. Ela possuía, como diriam os ingleses, um temperamento não-conformista. Nos Estados Unidos da América do Norte, chamamos isso de consciência da Nova Inglaterra. Pois, é claro, esse modo de pensar estava impregnado nos católicos ingleses. Os séculos que eles enfrentaram, séculos de cega e maligna opressão, o ostracismo dos empregos públicos, de constituírem, por assim dizer, uma guarnição sitiada num país hostil tendo, portanto, de agir com grande formalidade, todas essas coisas se combinaram para desferir o golpe. E suponho que os papistas da Inglaterra até são tecnicamente não-conformistas.

Os papistas continentais são um pessoal sujo, jovial e inescrupuloso. Mas isso, ao menos, permite que sejam oportunistas. Eles teriam endireitado o pobre Edward com toda a certeza. (Perdoe por escrever essas coisas monstruosas nesse

---

* A Casa de Encontros de Amigos era a maior igreja *quaker* norte-americana na época. A Mulher Escarlate é a prostituta da Babilônia do livro do Apocalipse, 17:1-18, "vestida de púrpura e escarlate", geralmente identificada pelos protestantes com a Igreja Católica romana.

tom tão frívolo. Se eu não fizer isso, caio em prantos.) Em Milão, digamos, ou em Paris, Leonora teria anulado seu casamento em seis meses por duzentos dólares pagos aos locais certos. E Edward teria vagado até se transformar num vadio do tipo que sugeri. Ou teria se casado com uma garçonete de bar que faria com ele tamanhas cenas em lugares públicos, arrancando seu bigode e deixando sinais visíveis em seu rosto de tal forma que ele teria de ser fiel a ela pelo resto de seus dias. Era disso que ele precisava para redimi-lo...

Porque ao lado de suas paixões e vergonhas havia o horror a cenas em lugares públicos, ao escândalo, à violência física excitada; à publicidade, em resumo. Sim, a garçonete haveria de curá-lo. E teria sido ainda melhor se ela bebesse; ele teria se mantido ocupado cuidando dela.

Sei que tenho razão nisso. Sei por causa do caso Kilsyte. Você vê, a criada que ele beijou então era babá da família do chefe dos não-conformistas do condado, seja lá como se chame esse posto. E o cavalheiro estava tão decidido a arruinar Edward, que era presidente da turba Tory, ou seja lá o que for, que o pobre coitado sofreu o diabo. Fizeram-lhe perguntas a respeito disso na Câmara dos Comuns; tentaram degradar os magistrados de Hampshire; sugeriram ao Ministério da Guerra que Edward não era uma pessoa adequada para ocupar um posto do rei. Sim, ele enfrentou um mau bocado.

O resultado você já ouviu. Ele ficou completamente curado de flertar nas classes mais baixas. E isso pareceu uma verdadeira bênção para Leonora. Não a revoltava tanto ver-se ligada, porque era uma espécie de ligação, a pessoas como a sra. Maidan, em vez de a uma empregadinha.

De um jeito um tanto vago, Leonora estava quase contente quando chegou aquela noite a Nauheim...

Ela estava com as coisas quase acertadas pelos longos anos de economia em pequenos locais em Chitral e na Birmânia, locais onde a vida é barata em comparação com a de um magnata de condado, e onde, além disso, as ligações de um tipo ou de outro são normais e baratas também. De forma que, quando a sra. Maidan apareceu, e o caso Maidan só poderia dar problema lá por causa da juventude do marido, Leonora havia se resignado a voltar para casa. Raspando, apertando, com o aluguel de Branshaw Teleragh e a venda de um quadro e de uma relíquia de Charles I ou algo assim, ela conseguira, e a pobre querida não tivera um único vestido realmente decente em todos esses anos e anos, ela conseguira, ao menos imaginava, ter recolocado o querido marido de volta à mesma posição financeira em que estivera antes da amante do grão-duque aparecer. É claro que o próprio Edward ajudou-a um pouco do ponto de vista financeiro. Ele era um sujeito de quem muitos homens gostavam. Era tão apresentável, tão pronto a emprestar o cortador de charutos, esse tipo de coisa. Então, de quando em quando, algum financista que ele encontrava ao acaso lhe dava um bom, sólido e rendoso conselho. E Leonora nunca tinha medo de jogar um pouco, os papistas ingleses nunca têm, não sei por quê.

Então, quase todos os investimentos dela eram trunfos, e Edward estava realmente capacitado a reabrir Branshaw Manor e uma vez mais assumir sua posição no condado. Assim, Leonora havia aceitado Maisie Maidan quase com resignação, quase com um suspiro de alívio. Ela realmente gostava da pobre menina, tinha de gostar de alguém. E, de qualquer modo, sentia que podia confiar em Maisie, podia confiar que ela não extorquiria vários milhares semanais de Edward, uma vez que Maisie se recusava a aceitar dele até um anel de bijuteria. É verdade que Edward garganteava e elogiava a garota de um jeito que ela nunca vira. Mas isso também era quase um alívio. Acho que ela teria realmente recebido aquilo bem se ele tivesse encontrado o amor de sua vida. Teria dado descanso a Leonora.

E não podia haver ninguém melhor que a pobre sra. Maidan; ela estava tão doente que jamais iria querer ser levada em passeios dispendiosos... Foi a própria Leonora quem pagou as despesas de Maisie em Nauheim. Ela entregou o dinheiro ao marido menino, pois Maisie jamais teria aceitado; mas o marido estava numa agonia de medo. Pobre-diabo!

Calculo que na viagem de volta da Índia Leonora estava mais feliz do que jamais esteve na vida. Edward estava envolvido, completamente, com sua garota, era quase como um pai com uma filha, para lá e para cá com cobertores, remédios e coisas, de um convés para outro. Ele se portava, porém, com grande circunspecção, de forma que nada vazasse para os outros passageiros. E Leonora havia adotado a atitude de uma quase mãe com a sra. Maidan. Então tudo parecia muito bem, o casal rico e benevolente de boa gente agindo como salvadores da pobre coisinha moribunda de olhos escuros. E essa atitude de Leonora com a sra. Maidan sem dúvida responde em parte pela bofetada. Ela estava batendo na criança malcriada que rouba chocolates num momento inoportuno.

Era, com certeza, um momento inoportuno. Pois ao abrir a carta de chantagem daquele colega oficial injuriado, todos os terrores haviam baixado de novo sobre Leonora. Sua estrada parecia outra vez se estender sem limites; ela imaginou que poderia haver mais centenas e centenas de coisas assim que Edward estaria escondendo dela, que eles pudessem precisar de mais hipotecas, mais braceletes penhorados, mais e sempre mais horrores. Ela passara uma tarde de tormento. Era uma questão de divórcio, claro, e ela queria evitar a publicidade tanto quanto Edward, de forma que viu a necessidade de continuar com os pagamentos. E com isso ela nem se importava tanto. Podiam obter trezentas libras por ano. Mas era o horror de haver mais dessas obrigações.

Ela não conversava com Edward havia muitos anos, nada que fosse além de meros arranjos para tomar trens ou contratar criados. Mas naquela tarde ela precisou despejar em cima dele. E ele tinha sido o mesmo de sempre. Era como abrir um livro depois de dez anos e encontrar as palavras iguais. Ele tinha os mesmos motivos. Não quisera contar a ela sobre o caso porque não queria que ela maculasse sua cabeça com a idéia de que existia algo como um colega oficial que podia ser um chantagista, e tinha desejado proteger o crédito de sua velha luz de amor. Aquela dama decerto não estava envolvida com o marido dela. E ele jurou, jurou e jurou que não havia no mundo nada mais contra ele. Ela não acreditou.

Ele havia feito aquilo vezes demais, e ela estava errada pela primeira vez, de forma que ele desempenhou um papel bastante recomendável na questão. Porque foi diretamente até o correio e passou várias horas redigindo em código um telegrama a seu advogado, insistindo com aquele homem teimoso que ameaçasse emitir imediatamente um mandado contra o sujeito que estava na sua cola. Ele disse depois que era um pouco pesado demais para a pobre Leonora ser ainda mais intimidada. Essa foi realmente a última de suas incríveis histórias, e ele estava pronto a arriscar suas chances pessoais no tribunal de divórcios se o chantagista piorasse. Ele enfrentaria: a publicidade, os jornais, toda a intimidação. Eram suas simples palavras...

Ele cometera, porém, o erro de não contar a Leonora aonde estava indo, de forma que, tendo ela visto que Edward entrara em seu quarto para pegar o código para o telegrama, e vira, duas horas depois, Maisie Maidan sair do quarto dele, Leonora imaginara que as duas horas que havia passado em silenciosa agonia, Edward havia passado com Maisie Maidan nos braços. Isso lhe pareceu demasiado.

Na realidade, o fato de Maisie estar no quarto de Edward era resultado em parte da pobreza, em parte do orgulho, em parte da absoluta inocência. Em primeiro lugar, ela não tinha dinheiro para ter uma criada; ela evitava o máximo possível dar tarefas aos empregados do hotel, uma vez que cada tostão era importante, e ela temia ter de pagar altas gorjetas ao final de sua estada. Edward havia lhe emprestado um de seus fascinantes estojos contendo quinze tesouras de tamanhos diferentes e, ao ver de sua janela que ele saíra para o correio, ela aproveitara a oportunidade para devolver o estojo. Não via por que não fazê-lo, embora sentisse certo remorso diante da idéia de que havia beijado os travesseiros da cama dele. Era assim que ela se comportava.

Mas Leonora compreendeu que, sem sombra de dúvida, o incidente dava a Florence um domínio sobre ela. Revelava coisas a Florence, e Florence era a única criatura que fazia alguma idéia de que os Ashburnham não eram apenas boa gente que não tinha nada a esconder. Ela resolveu de imediato, não tanto para dar a Florence o privilégio de sua intimidade, o que teria sido pagamento de uma espécie de chantagem, como para manter Florence sob observação até que ela pudesse demonstrar a Florence que não tinha o menor ciúme da pobre Maisie. Então por isso é que ela havia entrado na sala de jantar de braços dados com minha mulher, e por isso havia tão marcantemente se plantado em nossa mesa. De fato, ela não nos deixou um único minuto aquela noite, a não ser para correr ao quarto da sra. Maidan e pedir-lhe perdão e pedir também que ela permitisse que Edward a levasse muito abertamente ao jardim aquela noite. Ela mesma falou, quando a sra. Maidan entrou bastante reticente no salão onde estávamos todos sentados: "Então, Edward, levante e leve Maisie até o cassino. Quero que a sra. Dowell me conte tudo sobre as famílias de Connecticut que são de Fordingbridge." Porque haviam descoberto que Florence provinha de uma linhagem que fora proprietária de Branshaw Teleragh durante duzentos anos antes de a propriedade passar aos Ashburnham. E lá estava ela comigo no salão, muito tempo depois de Florence ter ido para a cama, para que eu pudesse testemunhar sua alegre recepção ao casal. Ela sabia representar.

E isso me permite determinar exatamente o dia em que fomos para a cidade de M... Porque foi exatamente no mesmo dia em que a pobre sra. Maidan morreu. Nós a encontramos morta quando voltamos. Uma coisa bem horrível, isso, quando se chega a compreender o que tudo significa...

De qualquer forma, a dimensão de meu alívio quando Leonora disse que era irlandesa e católica pode lhe dar a dimensão de meu afeto por aquele casal. Era um afeto tão intenso que até hoje não consigo pensar em Edward sem suspirar. Não acredito que eu pudesse ter continuado sem eles. Estou ficando muito cansado. E acredito sinceramente também que, se minha desconfiança de que Leonora estava com ciúmes de Florence tivesse sido a razão que ela deu para sua explosão, eu teria me voltado contra Florence com o tipo mais louco de raiva. Ciúmes teriam sido incuráveis. Mas a mera caçoada tola de Florence com os irlandeses e com os católicos podia ser completamente desculpada. E isso eu aparentemente concluí em menos de dois minutos.

Ela me olhou por um longo tempo um tanto fixamente, um tanto estranhamente enquanto eu o fazia. E por fim consegui dizer:

— Por favor, aceite a situação. Confesso que não gosto de sua religião. Mas gosto intensamente de você. Não me importa dizer que nunca tive ninguém de quem realmente gostar e não acredito que ninguém tenha jamais gostado de mim, como acredito que você realmente gosta.

— Ah, eu gosto, sim, de você — disse ela. — O suficiente para dizer que gostaria que todo homem fosse como você. Mas existem outros a se considerar. — Ela estava pensando, na realidade, na pobre Maisie. Pegou um pedaço de trepadeira do muro da altura do peito à nossa frente. Brincou com ele um longo minuto entre o polegar e o indicador, depois jogou-o por cima do muro.

— Ah, eu aceito a situação — disse, afinal —, se você aceitar.

VI

Eu me lembro de rir da frase "aceito a situação", que ela pareceu repetir com uma gravidade intensa demais. Disse a ela alguma coisa como:

— Não chega a tanto. Quer dizer, eu ter de apelar à minha liberdade de cidadão americano para pensar o que eu quiser sobre as pessoas que são da mesma religião que você. E suponho que Florence deva ter a liberdade de pensar o que ela bem entender e dizer o que a boa educação permitir.

— É melhor — Leonora respondeu — ela não dizer uma palavra sobre meu povo, nem sobre a minha religião.

Na hora, me surpreendeu sentir uma incomum, quase ameaçadora dureza em sua voz. Era quase como se ela estivesse tentando comunicar a Florence, por meu intermédio, que ela iria seriamente ferir minha esposa se Florence chegasse a alguma coisa que fosse extrema. Sim, me lembro de pensar, na época, que era quase como se Leonora estivesse dizendo, por meu intermédio, para Florence:

"Pode me ultrajar o quanto quiser; pode tomar tudo o que possuo de meu, mas não ouse dizer uma única coisa, em vista da situação que isso estabelecerá, contra a religião que me faz ser como um capacho para seus pés."

Mas obviamente, pelo que eu via, aquilo não podia ser o que ela queria dizer. Boas pessoas, por mais diferentes que sejam seus credos, não se ameaçam umas às outras. Então, li as palavras de Leonora como se não quisessem dizer mais do que:

"Seria melhor Florence não falar nada contra as pessoas de minha religião, porque isso é um ponto sensível para mim."

Foi essa alusão que comuniquei devidamente a Florence quando, pouco depois, ela e Edward desceram da torre. E quero que você entenda que, a partir daquele momento até depois de Edward, a moça e Florence estarem todos mortos juntos, eu nunca tivera o menor lampejo, nem a sombra de uma suspeita, de que houvesse alguma coisa errada, como diz o ditado. Durante cinco minutos, então, considerei a possibilidade de Leonora talvez estar com ciúmes; mas não houve jamais nenhuma outra fagulha naquela personalidade de chama. Como eu podia perceber?

Durante todo esse tempo, eu era apenas um enfermeiro de doentes. E que chance tinha eu diante daqueles três jogadores rijos, que estavam todos combinados em esconder de mim suas cartadas? Que chance eu tinha? Eram três contra um e me deixavam feliz. Ah, meu Deus, me deixavam tão feliz que duvido que mesmo o paraíso, que deve aplainar todos os nossos erros temporais, possa jamais me dar algo semelhante. E o que podiam ter feito melhor, ou o que podiam ter feito que fosse pior? Eu não sei...

Acho que, durante todo aquele tempo, eu era um marido enganado e que Leonora servia de cafetina para Edward. Essa era a cruz que tinha ela de carregar durante seu longo Calvário de vida...

Você pergunta qual a sensação de ser um marido enganado. Pelo céu, não sei. Não se sente nada. Não é o Inferno, decerto não é necessariamente o Céu. Então suponho que seja um estágio intermediário. Como é que se chama isso? Limbo. Não, não sinto absolutamente nada a respeito. Eles estão mortos; compareceram diante de seu Juiz que, espero, tenha aberto para eles as fontes de Sua compaixão. Não tenho nada que pensar a respeito. Tenho simplesmente de dizer, como diz o povo de Leonora: "*Requiem aeternam dona eis, Domine; et lux perpetua luceat eis. In memoriam aeternam erit...*"* Mas o que eram eles? Os justos? Os injustos? Só Deus sabe! Acho que os dois eram apenas dois pobres coitados, rastejando por esta terra à sombra de uma ira eterna... É tão terrível...

* "Dá-lhes, Senhor, o descanso eterno; e que a luz perpétua brilhe sobre eles. Para sempre sejam lembrados." Da Missa dos Mortos, em latim no original.

É quase terrível demais, a imagem desse julgamento, como me aparece às vezes, à noite. Provavelmente se trata da sugestão de algum quadro que vi em algum lugar. Mas sobre uma imensa planície, suspensas no ar, parece que vejo três figuras, duas apertadas num intenso abraço e outra intoleravelmente solitária. É em preto-e-branco, meu quadro desse julgamento, uma gravura, talvez; só que não consigo distinguir uma gravura de uma reprodução fotográfica. E a planície imensa é a mão de Deus que se estende por quilômetros e quilômetros, com grandes espaços acima e abaixo dela. E eles estão à vista de Deus, e é Florence que está sozinha...

E, sabe de uma coisa, diante dessa intensa solidão sinto um imperioso desejo de correr e ir confortá-la. Não se pode, sabe, ter servido de enfermeiro para uma pessoa durante doze anos sem se desejar continuar cuidando dela, mesmo se você a odeia com o ódio de uma víbora, e mesmo na palma da mão de Deus. Mas à noite, com essa visão do juízo diante de mim, sei que me contenho. Porque odeio Florence. Odeio Florence com um tal ódio que não a pouparia de uma eternidade de solidão. Ela não precisava ter feito o que fez. Ela era uma americana, da Nova Inglaterra. Não tinha as paixões tórridas desses europeus. Ela acabou com aquele pobre imbecil do Edward e rezo a Deus que ele esteja mesmo em paz, preso nos braços daquela pobre, pobre moça! E sem dúvida Maisie Maidan encontrará o jovem marido outra vez, e Leonora queimará, clara e serena, uma aurora boreal e um dos arcanjos de Deus. E eu... Bem, talvez encontrem um elevador para eu tomar... Mas Florence...

Ela não devia ter feito aquilo. Não devia ter feito aquilo. Era jogar muito baixo demais. Ela acabou com o pobre Edward por pura vaidade; ela interferiu com ele e Leonora apenas por um imbecil espírito assistencialista. Você entende que, enquanto era amante de Edward, ela estava perpetuamente tentando aproximá-lo da mulher? Ela fazia discursos sobre perdão para Leonora, tratando o assunto do ponto de vista esclarecido dos americanos. E Leonora a tratava como a prostituta que era. Uma vez, ela disse a Florence, logo de manhã:

— Você vem até mim direto da cama dele para me dizer que aquele é o meu lugar. Eu sei disso, obrigada.

Mas nem isso conseguia deter Florence. Ela continuava dizendo que sua ambição era deixar este mundo um pouco melhor com a passagem de sua breve vida, e como agradeceria por deixar Edward, que ela acreditava ter colocado no rumo certo, se Leonora apenas lhe desse uma chance. Ele precisava, dizia ela, de ternura, acima de tudo.

E Leonora respondia, porque ela suportou esse ultraje durante anos, Leonora, pelo que sei, respondia algo como:

— É, você desistiria dele. E vocês continuariam se escrevendo em segredo e cometendo adultério em quartos alugados. Conheço vocês dois, sabe. Não. Prefiro deixar a situação como está.

Metade das vezes, Florence ignorava as observações de Leonora. Ela achava que não eram coisa digna de uma dama. A outra metade do tempo ela tentava convencer Leonora de que seu amor por Edward era muito espiritual, por conta de seu coração. Uma vez, ela disse:

— Se você acredita nisso da parte de Maisie Maidan, como diz, por que não pode acreditar a meu respeito?

Naquele momento, pelo que sei, Leonora estava penteando o cabelo na frente do espelho em seu quarto. E ela virou-se para Florence, a quem nem sempre brindava com um olhar, ela olhou para ela fria e calma e disse:

— Você nunca mais ouse mencionar o nome da sra. Maidan outra vez. Você matou Maisie Maidan. Você e eu juntas a matamos. Sou tão canalha quanto você. Não gosto que me lembrem disso.

Florence partiu imediatamente para um discurso de como poderia ferir uma pessoa que mal conhecia, uma pessoa que com as melhores intenções, na tentativa de tornar o mundo um lugar um pouco mais alegre, ela tentara salvar de Edward. Era assim que ela pintava a coisa para si mesma. Ela realmente pensava assim... De forma que Leonora disse, pacientemente:

— Muito bem, pense então que eu matei Maisie e que isso é um assunto doloroso. Ninguém gosta de pensar que matou alguém. Naturalmente que não. Eu não devia nunca ter trazido Maisie da Índia.

E era assim, de fato, que Leonora pensava a respeito. Está colocado um tanto cruamente, mas Leonora era sempre grande com declarações cruas.

O que acontecera no dia de nosso passeio à antiga cidade de M... foi o seguinte:

Leonora, que até então estava cheia de pena e contrita pela pobre garota, ao voltar a nosso hotel fora diretamente para o quarto da sra. Maidan. Queria agradá-la. E percebera imediatamente, na mesa clara, redonda, coberta com veludo vermelho, uma carta a ela dirigida. Que dizia mais ou menos assim:

"Oh, sra. Ashburnham, como pôde fazer isso? Eu confiava tanto na senhora. Nunca conversou comigo sobre mim e Edward, mas eu confiava na senhora. Como pôde me comprar de meu marido? Acabei de saber como a senhora me comprou, no salão eles estavam falando disso, Edward e a senhora americana. A senhora pagou para me trazer aqui. Oh, como pôde? Como pôde? Vou voltar imediatamente para Bunny..."

Bunny era o marido da sra. Maidan.

E Leonora disse que, à medida que continuava lendo a carta, tinha, sem olhar em volta, a sensação de que o quarto do hotel se esvaziava, que não havia papéis em cima da mesa, que não havia roupas nos cabides, e que havia um pesado silêncio, um silêncio, disse ela, como se houvesse no quarto alguma coisa que engolia os sons, por assim dizer. Ela teve de lutar contra essa sensação, enquanto lia o pós-escrito da carta.

"Não sabia que a senhora me queria para adúltera", começava o pós-escrito. A pobre menina era quase analfabeta. "Não foi nada direito de sua parte e eu nunca quis ser isso. E ouvi Edward me chamar de pobre ratinha para a senhora americana. Ele sempre me chamou de ratinha em particular e eu não me importava. Mas se me chamou assim para ela, acho que ele não me ama mais. Oh, sra. Ashburnham, a senhora conhecia o mundo, e eu não conhecia nada. Pensei que estaria certo se a senhora pensava que podia, e pensei que a senhora não teria me trazido se não achasse. Não devia ter feito isso, e nós duas saídas do mesmo convento..."

Leonora disse que deu um grito quando leu isso.

E, então, ela viu que as malas de Maisie estavam todas feitas e começou a procurar pessoalmente a sra. Maidan por todo o hotel. O gerente disse que a sra. Maidan havia pago a conta e tinha ido à estação para pedir à *Reiseverkehrsbureau** que tomasse as providências para seu imediato retorno a Chitral. Ele achava que a tinha visto voltar, mas não estava bem certo. Ninguém naquele imenso hotel havia tomado a menor iniciativa com a menina. E ela, vagando solitária pelo saguão, havia sem dúvida sentado ao lado de um painel que tinha Edward e Florence do outro lado. Eu não tinha ouvido falar nem na hora, nem depois, o que havia acontecido com aquele precioso casal. Acredito que Florence estava começando seu massacre do pobre Edward dirigindo a ele algumas palavras de seu amigável alerta sobre a devastação que ele podia estar causando no coração da garota. Esse seria o jeito de ela começar. E Edward teria, sentimentalmente, garantido a ela que não havia nada entre eles; que Maisie era apenas uma ratinha cuja passagem para Nauheim sua esposa havia pago do próprio bolso. Isso teria bastado para desferir o golpe.

Porque o golpe foi desferido com bastante eficiência. Leonora, com o pânico crescendo e com um arrependimento muito grande no coração, visitou todas as salas públicas do hotel: o salão de jantar, a sala de estar, o *Schreibzimmer*,** o jardim-de-inverno. Deus sabe o que eles queriam com um jardim-de-inverno em um hotel que só abre de maio a outubro. Mas lá estava. E então Leonora correu, é, correu escada acima, para ver se Maisie não tinha voltado a seus aposentos. Estava decidida a retirar imediatamente a menina daquele lugar hediondo. Parecia-lhe que era tudo indizível. Não quero dizer que ela não estivesse bastante calma a respeito. Leonora

---

* Agência de viagens, em alemão no original.
** Escritório, em alemão no original.

era sempre Leonora. Mas a fria justiça da coisa exigia que ela desempenhasse o papel de mãe para aquela menina que tinha vindo do mesmo convento. Ela entendeu que as coisas haviam chegado a esse ponto. Deixaria Edward para Florence (e para mim) e devotaria todo o seu tempo a prover para a garota uma atmosfera de amor até que ela pudesse ser devolvida ao pobre marido. Naturalmente, era tarde demais.

Ela não havia pensado em olhar nos aposentos de Maisie, a princípio. Então, assim que entrou, percebeu, aparecendo além da cama, um pequeno par de sapatos de salto alto. Maisie havia morrido com o esforço de fechar a correia de um grande baú. Ela havia morrido tão grotescamente que o corpinho caíra para a frente dentro do baú, que se fechara sobre ela, como as mandíbulas de um gigantesco crocodilo. Estava com a chave na mão. O cabelo escuro, como o de uma japonesa, havia se soltado e cobrira-lhe o corpo e o rosto.

Leonora levantou-a, era mais leve que uma pluma, e colocou-a na cama com o cabelo em volta do corpo. Ela estava sorrindo, como se tivesse acabado de marcar um gol numa partida de hóquei. Você entende que ela não havia cometido suicídio. Seu coração simplesmente parou. Eu a vi, com os longos cílios sobre as faces, com o sorriso nos lábios, com as flores todas em volta. O caule de lírio branco preso em sua mão de forma que o cacho de flores ficava sobre o ombro. Ela parecia uma noiva ao sol das velas mortuárias à sua volta toda, e as toucas brancas de duas freiras que ajoelharam a seus pés com o rosto escondido podiam parecer dois cisnes que a levariam embora para a terra da ternura, ou seja lá para onde fosse. Leonora mostrou-a para mim. Não deixou nenhum dos outros vê-la. Ela queria, entende, poupar os sentimentos do pobre Edward. Ele jamais conseguira ver um morto. E como ela nunca sequer insinuou a ele que Maisie havia escrito para ela, Edward imaginou que a morte havia sido a coisa mais natural do mundo. Ele logo a superou. De fato, foi o caso dele pelo qual nunca sentiu muito remorso.

PARTE DOIS

I

A morte da sra. Maidan ocorreu em 4 de agosto de 1904. E depois não aconteceu nada até 4 de agosto de 1913. Há uma curiosa coincidência de datas, mas não sei se isso é um daqueles sinistros, como se meio humorísticos e absolutamente impiedosos procederes por parte de uma Providência cruel aos quais chamamos coincidências. Porque pode também ter sido a mente supersticiosa de Florence que a forçava a certos atos, como se ela tivesse sido hipnotizada. É certo, porém, que o dia 4 de agosto mostrou-se sempre uma data significativa para ela. Para começar, ela nasceu em 4 de agosto. Depois, nessa data, no ano de 1899, ela partiu com o tio para uma viagem de volta ao mundo em companhia de um jovem chamado Jimmy. Mas isso não foi meramente uma coincidência. Seu velho e gentil tio, com um coração que se acreditava comprometido, estava, à sua maneira delicada, oferecendo a ela, com essa viagem, um presente de aniversário para comemorar sua maioridade. Depois, em 4 de agosto de 1900, ela acedeu a um ato que certamente coloriu toda a sua vida, assim como a minha. Ela não teve sorte. Estava provavelmente oferecendo a si mesma um presente de aniversário aquela manhã...

Em 4 de agosto de 1901, ela se casou comigo e partimos para a Europa numa grande rajada de vento, o vento que afetou seu coração. E sem dúvida lá, uma vez mais, ela estava se dando um presente de aniversário, um presente de aniversário que era a minha vida miserável. Ocorre-me que nunca contei a você nada sobre meu casamento. Foi assim: contei, acho, que encontrei com Florence na Stuyvesants, da rua Catorze. E a partir daquele momento decidi, com toda a obstinação de uma natureza possivelmente fraca, se não fazê-la minha, ao menos me casar com ela. Eu não tinha ocupação, não tinha negócios. Simplesmente acampara lá em Stamford, num hotel horrível, e passava meus dias na casa, ou na varanda das srtas. Hurlbird. As srtas. Hurlbird, de uma forma estranha, obstinada, não gostavam de minha presença. Mas eram impedidas de agir pelos modos nacionais costumeiros dessas ocasiões. Florence tinha sua própria sala de estar. Ela podia convidar para ali quem ela quisesse, e simplesmente entrei naquele apartamento. Eu era mais tímido do que você possa imaginar, mas naquela questão era como uma galinha decidida a atravessar a rua na frente de um automóvel. Eu entrava na sala bonita, pequena, antiquada, de Florence, tirava o chapéu e me sentava.

Florence tinha, claro, diversos outros amigos, jovens vigorosos da Nova Inglaterra, que trabalhavam durante o dia em Nova York e passavam as noites na aldeia onde haviam nascido. E à noite eles marchavam para a casa de Florence com quase tanta determinação quanto a que eu demonstrava. E tenho de dizer que eram recebidos com tanto desagrado quanto eu, por parte das srtas. Hurlbird...

Eram velhas criaturas curiosas, aquelas duas. Quase como se fossem membros de uma antiga família com alguma maldição, eram tão finas, tão adequadas, e suspiravam tanto. Às vezes, eu via lágrimas em seus olhos. Não acho que minha corte a Florence tenha feito grande progresso no começo. Talvez porque ocorresse quase inteiramente durante o dia, no calor da tarde, quando as nuvens de poeira pairavam no ar como *fog*, subindo tão alto quanto os topos dos olmos de folhas finas. A noite, acredito, é o momento propício para os suaves feitos do amor, não uma tarde de julho em Connecticut, quando qualquer tipo de proximidade é uma idéia quase intimidadora. Mas se não cheguei nem mesmo a beijar Florence, ela me fez descobrir com bastante facilidade, no curso de uma quinzena, seus simples desejos. E eu conseguia suprir esses desejos...

Ela queria casar com um cavalheiro desocupado; queria uma base na Europa. Queria que seu marido tivesse um sotaque inglês, uma renda de imóveis de cinqüenta mil dólares por ano e nenhuma ambição de aumentar essa renda. E insinuou ligeiramente que não queria muita paixão física no caso. Americanos, sabe, são capazes de enfrentar uniões assim sem pestanejar.

Ela passou essa informação em torrentes de conversa brilhante, instilando pequenas porções disso em comentários sobre uma vista da ponte do Rialto, em Veneza, e, enquanto descrevia com brilhantismo o castelo Balmoral, dizia que seu marido ideal seria aquele que conseguisse fazer com que fosse recebida na corte britânica. Ela havia passado, ao que parece, dois meses na Grã-Bretanha, sete semanas fazendo turismo entre Stratford e Strathpeffer, e uma como hóspede pagante de uma velha família inglesa perto de Ledbury, uma empobrecida mas ainda imponente família chamada Bagshawe. Era para passarem mais dois meses naquele seio tranqüilo, mas acontecimentos inoportunos, ao que parece nos negócios do tio, fizeram com que voltassem apressadamente para Stamford. O rapaz chamado Jimmy havia ficado na Europa para aperfeiçoar seu conhecimento daquele continente. E certamente o fez: foi extremamente útil para nós depois.

Mas o ponto que veio à tona, não há como negar, foi que Florence estava fria e calmamente decidida a nem olhar para um homem que não pudesse lhe dar uma base na Europa. O relance que tivera da vida doméstica inglesa é que produzira isso. Ela pretendia, ao se casar, passar um ano em Paris, e, depois, fazer seu marido comprar alguma propriedade nos arredores de Fordingbridge, local de onde os Hurlbird haviam partido no ano de 1688. Por força disso, ela iria assumir seu lugar nas fileiras da sociedade de alta classe inglesa. Isso estava decidido.

Eu costumava ficar muito enlevado quando refletia sobre esses detalhes, pois não conseguia ver entre nossos conhecidos em Stamford nenhum sujeito que pudesse preencher os requisitos. A maior parte deles não tinha tanto dinheiro quanto eu, e os que tinham não eram do tipo que desiste dos fascínios da Wall Street nem mesmo pela prolongada companhia de Florence. Mas nada aconteceu de fato durante o mês de julho. No dia 1º de agosto, Florence parece ter dito às tias que pretendia se casar comigo.

Ela não me dissera nada, mas não havia dúvida sobre as tias, pois, nessa tarde, a srta. Florence Hurlbird, sênior, me barrou o caminho à sala de estar de Florence e me levou, toda agitada, à sua saleta. Foi uma entrevista singular, naquela saleta antiquada, com mobília de pernas torneadas, silhuetas, miniaturas, o retrato do general Braddock e o cheiro de lavanda. Sabe, as duas pobres damas solteiras estavam agoniadas, e não conseguiam dizer uma única palavra diretamente. Estavam quase esfregando as mãos e me perguntando se eu já havia pensado numa coisa como diferença de temperamentos. Garanto que foram quase afetuosas, preocupadas comigo mesmo então, como se Florence fosse brilhante demais para minhas sólidas e sérias virtudes.

Porque elas haviam descoberto em mim sólidas e sérias virtudes. Isso talvez tenha ocorrido porque uma vez deixei escapar a observação de que preferia o general Braddock ao general Washington. Porque os Hurlbird postaram-se do lado perdedor na guerra de Independência, e haviam ficado seriamente empobrecidos, bem eficientemente oprimidos por essa razão. As srtas. Hurlbird não conseguiam esquecer aquilo.

No entanto, estremeciam diante da idéia de uma carreira européia para mim e Florence. As duas soltaram realmente um gemido quando me ouviram dizer que isso era o que eu esperava dar à sua sobrinha. Talvez isso se devesse em parte ao fato de verem a Europa como um poço de iniqüidade, onde predominava estranha lassidão. Elas achavam a Terra Mãe tão erastiana quanto qualquer outra. E levavam seus protestos a excepcionais dimensões, para elas...

Chegaram quase a dizer que o casamento era um sacramento; mas nem a srta. Florence nem a srta. Emily conseguiam realmente chegar a pronunciar a palavra. E elas quase chegaram a conseguir dizer que a vida anterior de Florence havia se caracterizado por namoros, algo nessa linha.

Sei que terminei a entrevista dizendo:

— Não me importa. Mesmo que Florence tenha roubado um banco, vou me casar com ela e levá-la para a Europa.

Diante disso, a srta. Emily gemeu e desmaiou. Mas a srta. Florence, apesar do estado da irmã, atirou-se ao meu pescoço e gritou:

— Não faça isso, John. Não faça isso. Você é um bom rapaz. — E acrescentou, quando eu estava saindo da sala para mandar Florence em auxílio da tia: — Devíamos contar outras coisas, mas ela é filha de nossa querida irmã.

Florence, eu me lembro, me recebeu com o rosto pálido como papel e a exclamação:

— Aquelas gatas velhas andaram falando alguma coisa contra mim? — Mas garanti que não haviam falado nada e fiz com que fosse correndo para a sala de suas parentes estranhamente aflitas. Eu tinha realmente esquecido inteiramente essa exclamação de Florence até este momento. Ela me tratava tão bem, com tamanho tato, que, se alguma vez pensei nisso depois, atribuí à profunda afeição que tinha por mim.

E naquela noite, quando fui buscá-la para dar uma volta de carruagem, ela havia desaparecido. Não perdi tempo. Fui para Nova York e comprei leitos no *Pocahontas*, que ia zarpar na noite do dia quatro daquele mês, e então, ao voltar para Stamford, descobri, no decurso do dia, que Florence tinha tomado um carro para a estação Rye. E lá descobri que tomara o trem para Waterbury. Tinha ido, claro, para a casa do tio. O velho me recebeu com uma cara de pedra, áspera. Eu não podia ver Florence; ela estava doente; ia ficar em seu quarto. E por meio de alguma coisa que ele deixou escapar, alguma frase da Bíblia que esqueci, compreendi que toda aquela família simplesmente não tencionava que ela algum dia na vida se casasse.

Procurei imediatamente o nome do ministro mais próximo e arrumei uma escada de corda. Você não faz idéia do primarismo com que essas questões eram resolvidas nos Estados Unidos naquela época. Suponho que possa ainda ser assim. E à uma hora da manhã do dia quatro de agosto me vi no meio do quarto de Florence. Estava tão determinado em meu propósito que nem me ocorreu que houvesse qualquer coisa de impróprio em estar, à uma hora da manhã, no quarto de Florence. Eu só queria acordá-la. Ela, porém, não estava dormindo. Estava à minha espera, e seus parentes tinham acabado de deixá-la. Ela me recebeu com um abraço tão caloroso... Bem, era a primeira vez que eu era abraçado por uma mulher, e a última em que um abraço de mulher teve qualquer calor para mim...

Acho que deve ter sido culpa minha o que aconteceu em seguida. De qualquer forma, eu estava com tanta pressa para realizar o casamento e com tanto medo de que os parentes dela me encontrassem ali, que devo ter recebido os carinhos dela com uma certa dose de distanciamento. Estava fora daquele quarto e descendo a escada em menos de meio minuto. Ela me deixou esperando embaixo por um tempo inacreditável, com certeza passava das três da manhã quando batemos na porta do ministro. E acho que aquela espera foi o único sinal que Florence jamais deu de ter uma consciência, no tocante à minha pessoa, a menos que estar por alguns momentos em meus braços fosse também um sinal de consciência. Acredito que, se eu tivesse demonstrado algum calor naquele momento, ela teria agido como uma esposa de verdade comigo, ou teria me recusado outra vez. Mas como agi igual a um cavalheiro da Filadélfia, ela me fez assumir, acho, o papel de enfermeiro. Talvez pensasse que eu não fosse me importar.

Depois disso, pelo que sei, ela não teve mais nenhum remorso. Ela apenas ansiava realizar seus planos. Porque, pouco antes de descer a escada, ela me chamou para o alto daquele grotesco implemento que subi e desci como um tranqüilo títere. Eu estava perfeitamente controlado. Ela me disse com certa ferocidade:

— Está marcado que partimos às quatro da tarde? Você não está mentindo que comprou os leitos?

Entendi que ela devia estar naturalmente ansiosa para se afastar do bairro da família aparentemente maluca, de forma que logo a desculpei por pensar que eu pudesse ser capaz de mentir sobre uma coisa dessas. Deixei, então, absolutamente claro para ela que estava inteiramente determinado a zarpar no *Pocahontas*. Ela disse então... era uma madrugada de luar e ela sussurrava em meu ouvido comigo parado na escada. As montanhas que cercam Waterbury visíveis, extremamente tranqüilas, em torno da casa. Ela disse, quase com frieza:

— Eu queria saber, para arrumar as malas. — E acrescentou: — Posso ficar doente, sabe. Acho que meu coração é um pouco como o do tio Hurlbird. É coisa de família.

Sussurrei que o *Pocahontas* era um navio extraordinariamente estável...

Agora me pergunto o que se passou na cabeça de Florence durante as duas horas em que me deixou esperando ao pé da escada. Eu daria tudo para saber. Até então, acredito que ela não tinha nenhum plano na cabeça. Com toda a certeza jamais havia mencionado seu coração até aquela hora. Talvez o reencontro com o tio Hurlbird tenha lhe dado a idéia. Com certeza sua tia Emily, que tinha vindo com ela para Waterbury, havia martelado na cabeça dela, por horas e horas, a idéia de que qualquer discussão mais intensa mataria o velho cavalheiro. Isso a teria recordado de todas as salvaguardas contra excitações que o tolo velho cavalheiro havia tomado durante a viagem deles ao redor do mundo. Isso, talvez, havia posto a idéia em sua cabeça. Mesmo assim, acredito que havia algum remorso por minha causa também. Leonora me disse que Florence havia contado que havia remorso, sim, pois Leonora sabia tudo a respeito e uma vez chegou ao ponto de perguntar para ela como podia ter feito coisa tão infame. Ela se desculpou alegando uma paixão arrebatadora. Bem, eu sempre digo que uma paixão arrebatadora é uma boa desculpa para sentimentos. Não se pode fazer nada contra elas. E é uma boa desculpa para ações diretas, ela podia ter fugido com o sujeito antes ou depois de casar comigo. E, se eles não tivessem dinheiro suficiente para se manter, podiam cortar as gargantas ou explorar a família dela, embora, claro, Florence quisesse tanta coisa que teria sido bem ruim para ela ter como marido um atendente de armazém, que era o que o velho Hurlbird teria feito daquele sujeito. Ele o odiava. Não, não acho que haja muita desculpa para Florence.

Só Deus sabe. Ela era uma boba assustada e era fantástica. E acho que, naquela época, ela realmente gostava daquele imbecil. Ele, com certeza, não gostava dela. Coitadinha... De qualquer forma, quando garanti que o *Pocahontas* era um navio estável, ela disse apenas:

— Você vai ter de cuidar de mim de um certo jeito, como cuidam do tio Hurlbird. Eu ensino como você tem de fazer. — E ela então passou pelo peitoril da janela, como quem sobe a bordo de um navio. Suponho que para ela era uma viagem sem volta.

Eu tive, sem dúvida, alertas suficientes. Quando entramos de volta na mansão Hurlbird às oito da manhã, os Hurlbird estavam simplesmente exaustos. Florence tinha um ar duro, triunfante. Tínhamos nos casado por volta das quatro da manhã e ficamos sentados na floresta acima da cidade até então, ouvindo um passarinho imitar um gato velho. Então adivinhei que Florence não tinha achado que casar comigo havia sido um processo muito estimulante. Eu não havia encontrado nada mais inspirador para dizer senão que eu estava contente, com variações. Acho que eu estava muito tonto. Bem, os Hurlbird estavam tontos demais para dizer qualquer coisa. Tomamos o café-da-manhã juntos, e então Florence foi fazer as malas. O velho Hurlbird aproveitou a oportunidade para me fazer um maldito de um sermão completo, no estilo de uma oração americana, quanto aos perigos que corria uma moça nova americana na selva européia. Ele disse que Paris era cheia de cobras pela grama, coisa de que tinha tido uma amarga experiência. E concluiu, como eles sempre fazem, pobres queridos velhos, com a aspiração de que toda mulher americana deveria um dia não ter sexo, embora não colocassem nesses termos...

Bem, chegamos ao navio direitinho à uma e meia, e havia uma tempestade em curso. Isso ajudou bastante a Florence. Pois não estávamos nem a dez minutos de Sandy Hook quando Florence desceu para sua cabine e o coração se manifestou. Uma camareira agitada veio correndo à minha procura e eu desci correndo. Tinha as orientações de como me portar com minha mulher. A maior parte vinha dela, embora o médico de bordo é que tenha sugerido discretamente que talvez fosse melhor eu refrear manifestações de afeto. Eu estava pronto para isso.

Claro que eu me sentia cheio de remorso. Ocorreu-me que o problema de coração dela era a razão para o misterioso desejo dos Hurlbird de manter solteiro seu membro mais novo e mais querido. Evidentemente, eles eram refinados demais para colocar o motivo em palavras. Eram da velha guarda da Nova Inglaterra. Não iam querer sugerir que um marido não deve beijar a nuca da esposa. Não gostariam nem de correr o risco de sugerir tal coisa. Eu me pergunto, porém, como Florence conseguiu fazer o médico entrar na conspiração, diversos médicos.

Claro que seu coração chiava um pouco: Florence tinha a mesma configuração pulmonar do tio Hurlbird. E, na companhia dele, ela deve ter ouvido muita coisa sobre coração da parte de especialistas. De qualquer forma, ela e eles me prenderam muito bem. E Jimmy, claro, aquele triste rapaz, o que foi que ela viu nele? Ele era lúgubre, silencioso, mal-humorado. Não tinha nenhum talento como pintor. Era muito pálido e moreno e nunca se barbeava direito. Ele nos encontrou no Havre e se pôs a ser útil durante os dois anos seguintes, durante os quais morou em nosso apartamento em Paris, estivéssemos nós lá ou não. Ele estudava pintura na Julien ou em algum outro lugar assim...

Esse sujeito estava sempre com as mãos nos bolsos de seus casacos americanos largos no quadril, de ombros quadrados, odiosos, e os olhos escuros, sempre cheios de expressões de agouro. Além disso, era gordo demais. Ora, eu era um homem muito melhor...

E suponho que Florence preferiria mesmo a mim. Ela dava mostras disso. Acho que, talvez, o sorriso enigmático com que costumava olhar para mim por cima do ombro quando entrava no banheiro era uma espécie de convite. Mencionei isso. Era como se ela estivesse dizendo: "Vou entrar aqui. Vou ficar aqui em pé, tão nua, tão branca, tão ereta... e você é um homem..." Talvez fosse isso...

Não, ela não pode ter gostado daquele sujeito muito tempo. Ele parecia uma pasta pálida. Sei que ele havia sido magro, moreno e muito gracioso na época da primeira desgraça dela. Mas a vadiagem em Paris à custa do dinheiro dela e da mesada que o velho Hurlbird lhe mandava para ficar longe dos Estados Unidos havia lhe valido uma barriga de um homem de quarenta anos e uma irritação estomacal ainda por cima.

Nossa, como eles me cansavam! Eram eles dois, juntos, que realmente elaboravam as regras. Já contei alguma coisa sobre eles: como, durante aqueles onze anos todos, eu tinha de aturar conversas sobre tópicos como amor, pobreza, crime e assim por diante. Mas, revendo o que escrevi, vejo que involuntariamente dei uma pista falsa quando disse que Florence nunca saía de minhas vistas. Porém essa era a impressão que eu tinha até agora. Pensando melhor, ela estava longe dos meus olhos a maior parte do tempo.

Sabe, aquele sujeito me fez acreditar que o que Florence precisava acima de tudo era de sono e privacidade. Eu não devia nunca entrar no quarto dela sem bater, senão seu pobre coraçãozinho podia voar para o fim. Ele disse essas coisas com seu lúgubre coaxar, e os olhos negros como os de um corvo, de forma que eu parecia ver Florence morrer dez vezes por dia: um pequeno, pálido, frágil cadáver. Ora, eu não ousava nem pensar em entrar em seu quarto sem permissão, tanto quanto não pensava em roubar uma igreja. Preferia até cometer esse crime. Com toda a certeza eu teria feito isso se achasse que o estado do coração dela exigisse o sacrilégio. Então às dez horas da noite a porta se fechava sobre Florence, que havia delicadamente, e, como se relutasse, aceitado as recomendações daquele sujeito, e ela me dava boa-noite como se fosse uma dama italiana do *cinquecento* dizendo adeus para o amante. E às dez da manhã seguinte, lá vinha ela pela porta de seu quarto, fresca como uma Vênus se levantando de qualquer dos coxins mencionados nas lendas gregas.

A porta de seu quarto era trancada porque ela ficava nervosa temendo ladrões; mas sabia-se que um aparelho elétrico com fio ficava preso a seu pequeno pulso. Bastava ela apertar um botão para acordar a casa. E eu havia recebido um machado (um machado!), grandes deuses, com que quebrar a porta no caso de ela não responder aos meus chamados, depois que tivesse batido forte diversas vezes. Era tudo muito bem pensado, percebe?

O que não era assim tão bem pensado eram as últimas conseqüências: nós estarmos presos à Europa. Pois aquele jovem havia martelado tanto para mim que Florence morreria se atravessasse o Canal, ele imprimiu isso com tamanha força em minha mente que quando, depois, Florence quis ir para Fordingbridge, recusei a proposta, recusei completamente, com um não definitivo. Isso a calou e assustou. Eu tinha até o apoio de todos os médicos. Devo ter tido incontáveis entrevistas com médico após médico, homens tranqüilos, serenos, que perguntavam, em tom muito razoável, se tínhamos alguma razão para ir para a Inglaterra, alguma razão especial. E como eu não conseguia ver nenhuma razão especial, eles passavam o veredicto: "Então, melhor não." Suponho que eram honestos, sim, no geral. Provavelmente imaginavam que as meras associações com o vapor poderiam ter efeitos sobre os nervos de Florence. Isso bastaria, isso e um desejo consciencioso de manter nosso dinheiro no continente.

Devo ter abalado Florence bem intensamente, pois, sabe, a idéia central, a única idéia central no coração dela, que era frio para todo o resto, era ir a Fordingbridge e ser uma dama de alta classe no lar de seus ancestrais. Mas Jimmy a pegou aí: ele trancou a porta do Canal para ela; mesmo no dia mais lindo de céu azul, com as falésias da Inglaterra brilhando como madrepérola plenamente visíveis de Calais, para salvar sua vida eu não permitia que ela atravessasse a prancha do vapor. Afirmo a você, isso resolvia a questão.

Resolvia lindamente, porque ela não podia anunciar que estava curada, uma vez que isso poria um fim aos arranjos da porta do quarto trancada. Quando por fim enjoou de Jimmy, o que aconteceu no ano de 1903, ela se aproximou de Edward Ashburnham. Sim, foi um mau arranjo para ela, porque Edward podia tê-la levado para Fordingbridge e, embora não pudesse lhe dar a Branshaw Manor, uma vez que aquele lar de seus ancestrais pertencia a sua esposa, ela poderia ao menos reinar bastante lá ou pelos arredores, com o nosso dinheiro e o apoio dos Ashburnham. O tio dela, assim que concluiu que ela havia realmente assentado comigo, e mandei a ele apenas os mais fulgurantes relatos da virtude e da constância dela, passou para o nome de Florence uma parte considerável de sua fortuna, para a qual não tinha uso. Acho que nós dois juntos tínhamos quinze mil por ano em dinheiro inglês, se bem que eu nunca soube exatamente quanto do dinheiro dela ia para Jimmy. De qualquer forma, nós podíamos brilhar em Fordingbridge.

Eu nunca soube, também, como ela e Edward se livraram de Jimmy. Imagino que aquele corvo gordo e infame deve ter tido seus seis dentes de ouro frontais empurrados garganta abaixo com um soco de Edward uma manhã enquanto eu estava comprando flores na rua de la Paix, deixando Florence e o apartamento a cargo daqueles dois. E foi muito bem feito para ele, só posso dizer isso. Ele era um péssimo tipo de chantagista, espero que Florence não esteja em sua companhia no outro mundo.

Por Deus que está no céu, não acredito que eu fosse capaz de separar aqueles dois, se eu soubesse que eles de fato se amavam apaixonadamente. Não sei onde entra a moralidade pública do caso e, é claro, nenhum homem sabe de verdade o que teria feito em um determinado caso. Mas acredito realmente que eu teria unido os dois, respeitando os modos e meios da decência como pudesse. Acredito que teria dado a eles dinheiro para viver e que teria me consolado de algum modo. Naquela época, eu podia ter encontrado alguma coisinha jovem, como Maisie Maidan, ou a pobre menina, e podia ter tido alguma paz. Porque paz eu nunca tive com Florence e acredito que dificilmente sentia por ela algo semelhante a amor depois de um ou dois anos daquilo. Ela se transformou para mim em um objeto raro e delicado, algo incomodativo, mas muito frágil. Ora, era como se eu tivesse de transportar na palma da mão um ovo de galinha de casca muito fina da África Equatorial até Hoboken. Sim, ela se transformou para mim, por assim dizer, no objeto de uma aposta: o troféu do feito de um atleta, uma coroa de louros que é o símbolo de sua castidade, sobriedade, abstinência e força de vontade inflexível. O valor intrínseco de uma esposa, acho que ela não tinha nenhum para mim. Acredito que não me orgulhava nem da maneira de ela se vestir.

Mas a paixão dela por Jimmy não era nem uma paixão, e por louca que possa parecer a sugestão, ela temia pela própria vida. Sim, ela tinha medo de mim. Vou contar para você o que aconteceu.

Eu tinha, antigamente, um criado negro, chamado Julius, que era meu valete, cuidava de mim, gostava de mim, como um tesouro. Ora, quando saímos de Waterbury para o *Pocahontas*, Florence confiou a mim uma maleta de couro muito especial e muito preciosa. Ela me disse que sua vida podia depender daquela maleta, que continha os remédios contra ataque cardíaco. Como nunca fui muito bom em levar coisas, confiei a maleta, por minha vez, a Julius, que era um homem grisalho de seus sessenta anos e muito pitoresco por isso. Ele impressionou Florence a tal ponto que ela o via como uma espécie de pai e se recusou terminantemente a me permitir que o levasse para Paris. Ele seria um inconveniente para ela.

Bem, Julius ficou tão tomado de tristeza por ser deixado para trás que acabou perdendo a preciosa maleta. Fiquei furioso, perdi a cabeça. Voei para cima de Julius. No *ferry*, foi isso, soquei um olho dele; ameacei estrangulá-lo. E como um negro que não resiste é capaz de fazer um barulho deplorável e um espetáculo deplorável e uma vez que era a primeira aventura de Florence em estado civil de casada, ela teve uma boa idéia do meu caráter. Confirmou nela a desesperada determinação de esconder de mim o fato de que não era o que seria chamado de "uma mulher pura". Porque isso era realmente a mola principal de suas fantásticas atitudes. Ela temia que eu pudesse matá-la...

Então, ela teve o ataque cardíaco, na primeira oportunidade, a bordo do navio. Talvez não possa ser considerada inteiramente culpada. Você deve lembrar que ela era da Nova Inglaterra, e que a Nova Inglaterra ainda não havia passado a abominar negros como abomina agora. Enquanto se ela viesse de um lugar um pouquinho que fosse mais ao sul, como a Filadélfia, e de uma família de certa antiguidade, ela teria achado que eu chutar Julius não era um ato tão corajoso quanto o de seu primo, Reggie Hurlbird, dizer (como o ouvi dizer a seu mordomo inglês) que por dois tostões espancaria seu traseiro. Além disso, a mala de remédios não tinha tanta importância aos olhos dela quanto aos meus, para os quais era o símbolo da existência de uma esposa adorada por um dia. Para ela, era apenas uma mentira útil...

Bem, aí tem você a posição das coisas, tão clara como sou capaz de colocar: o marido, um tolo ignorante; a mulher, uma sensualista fria com medos imbecis, pois eu era um tolo tamanho que jamais saberia o que ela era ou deixava de ser; e o amante chantagista. E então o outro amante entrou em cena...

Bem, valia a pena ter Edward Ashburnham como companhia. Será que passei para você o sujeito esplêndido que ele era: bom soldado, excelente senhorio, magistrado excepcionalmente bom, cuidadoso e empenhado, a personalidade pública equilibrada, justa, honesta, direita? Acho que não passei isso para você. A verdade é que não percebi isso enquanto a pobre menina não apareceu: a pobre menina que era tão direita, tão esplêndida e correta quanto ele. Juro que era. Acho que eu devia ter sabido. Acho que por isso, realmente, é que eu gostava tanto dele, tão infinitamente. Pensando bem, posso me lembrar de mil pequenos atos de gentileza, de consideração por seus inferiores, mesmo no Continente. Olhe aqui, sei de duas famílias pobres, sujas, nada atraentes, de origem alemã, que o sujeito, com uma paciência infinita, desencavou, pediu sua ficha policial, pôs de pé ou exportou para minha terra paciente. E ele fazia isso bem desarticuladamente, comovido por ver uma criança chorando na rua. Ele batalhava com dicionário naquela língua da qual não tinha conhecimento... Bem, ele não agüentava ver uma criança chorar. Talvez conseguisse agüentar ver uma mulher chorar e não lhe dar o conforto de seus atrativos físicos.

Mas, embora eu gostasse dele tão intensamente, eu era perfeitamente capaz de achar que eram naturais. Elas me faziam sentir confortável com ele, à vontade; faziam com que confiasse nele. Mas acho que eu pensava que isso fazia parte do caráter de qualquer cavalheiro inglês. Ora, um dia ele pôs na cabeça que o chefe dos garçons do Excelsior havia chorado, o sujeito de rosto cinzento e bigodes grisalhos. E então passou a maior parte da semana se correspondendo com o cônsul britânico, para conseguir que a mulher do sujeito voltasse de Londres e trouxesse de volta a filhinha deles. Ela havia fugido com um ajudante de cozinha suíço. Se ela não tivesse voltado até o final da semana, ele teria ido a Londres pessoalmente para buscá-la. Ele era assim.

Edward Ashburnham era assim, e eu achava que isso era apenas o dever de sua classe e posto. Talvez fosse só isso, mas rezo a Deus para que me faça cumprir também com o meu dever. E, não fosse pela pobre menina, suponho que eu nunca teria entendido o meu dever, por mais que o sentimento pudesse estar em mim. Ela sentia por ele tal entusiasmo que, embora mesmo agora eu não entenda os detalhes técnicos da vida inglesa, sou capaz de ao menos perceber. Ela ficou com ele durante toda a nossa última estada em Nauheim.

Nancy Rufford era seu nome; era a filha única da única amiga de Leonora, e Leonora era sua guardiã, se é que esse é o termo correto. Ela morava com os Ashburnham desde a idade de treze anos, quando diziam que sua mãe havia cometido suicídio devido às brutalidades do pai da menina. É, uma história bem alegre...

Edward sempre a chamava de "a menina" e era muito bonito de ver o evidente afeto que sentia por ela e ela por ele. E ela teria beijado os pés de Leonora: aqueles dois eram para ela o melhor homem e a melhor mulher da terra — e do céu. Acho que ela não possuía um único pensamento mau, pobrezinha...

Bem, de qualquer forma, ela passava horas inteiras a entoar loas a Edward para mim, mas, como eu disse, eu não levava muito em conta. Parece que ele tinha a O.S.P., a Ordem de Serviços Prestados, e que sua tropa o amava além do amor de companheiros. Você nunca viu uma tropa como a dele. E ele possuía a medalha da Sociedade Real Humanitária com um broche. Ao que parece, isso queria dizer que duas vezes ele havia pulado do convés de um barco de tropas para resgatar o que a menina chamava de "Tommies" que haviam caído na água no mar Vermelho, em lugares assim. Ele fora duas vezes recomendado para a Cruz de Victoria, seja lá o que for que isso quer dizer e, embora devido a certos detalhes técnicos nunca tenha recebido essa condecoração aparentemente muito cobiçada, ele ocupou um lugar algo especial na coroação de sua soberana. Ou talvez algum posto nos Beefeaters. Ela o via como um cruzamento entre Lohengrin e o *chevalier* Bayard.* Talvez ele fosse... Mas era um sujeito silencioso demais para tornar esse seu lado realmente decorativo. Lembro-me de ter ido procurá-lo na época para perguntar o que era a O.S.P. e ele resmungara:

— É o tipo de coisa que dão para comerciantes que forneceram honrosamente café adulterado para as tropas durante a guerra — alguma coisa assim. Aquilo não me convenceu inteiramente, de forma que acabei perguntando diretamente a Leonora. Falei-lhe com franqueza, com todas as letras, pre-

* Lohengrin é personagem lendário do ciclo do rei Artur. Era filho de Percival, modelo de coragem e valentia, Cavalheiro do Santo Graal. O *chevalier* Bayard era o francês Pierre Terrail (1473–1524), conhecido como *le bon chevalier sans peur et sans reproche*, "o bom cavaleiro sem medo e sem mácula".

faciando a pergunta com algumas observações, como aquelas que já contei para você, quanto à dificuldade de realmente se conhecer as pessoas cuja intimidade é conduzida à maneira de um relacionamento inglês. Perguntei a ela se seu marido não era realmente um sujeito esplêndido, pelo menos no que dizia respeito a suas funções públicas. Ela olhou para mim com um ar ligeiramente alarmado, com um ar que seria quase assustado, se Leonora fosse capaz de se assustar algum dia.

— Você não sabia? — ela perguntou. — No meu entender não existe ninguém mais esplêndido em quaisquer três condados, procure onde procurar, nessa área dele. — E acrescentou, depois de olhar pensativamente para mim durante o que pareceu um longo tempo: — Justiça seja feita, não pode haver na terra homem melhor que meu marido. Não haveria espaço para isso, na área dele.

— Bom — eu disse —, então ele deve ser mesmo Lohengrin e o Cid num corpo só. Porque não existe nenhuma outra área que importe.

Novamente ela ficou olhando para mim um longo tempo.

— É sua opinião que nenhuma outra área importa? — perguntou, devagar.

— Bom — respondi alegremente —, você não vai acusá-lo de não ser um bom marido, ou de não ser um bom guardião para a sua protegida?

Ela falou, então, bem devagar, como uma pessoa que está escutando os ruídos do mar numa concha junto à orelha e — você acredita nisso? — me disse mais tarde que, diante daquele meu discurso, pela primeira vez tivera um vago indício da tragédia que iria acontecer logo a seguir, embora a menina morasse com eles havia oito anos mais ou menos:

— Ah, nem penso dizer que ele não seja o melhor dos maridos, ou que não goste muito da menina.

E eu então disse algo como:

— Bom, Leonora, um homem percebe melhor essas coisas do que mesmo uma esposa. E permita-me dizer que, em todos estes anos que conheço Edward, ele nunca, em sua ausência, prestou qualquer atenção a outra mulher, nem por um segundo. E ele fala de você como se fosse um anjo do céu.

— Ah — ela reagiu à altura, como se podia ter a certeza de que Leonora sempre reagia à altura —, tenho certeza absoluta de que ele sempre fala bem de mim.

Suponho que ela devia ter prática em cenas desse tipo, as pessoas deviam estar sempre elogiando a fidelidade e a adoração de seu marido. Porque meio mundo... todo mundo que conhecia Edward e Leonora acreditava que sua condenação no caso Kilsyte havia sido um desvio da justiça, uma conspiração de provas falsas, recolhidas por adversários não-conformistas. Mas veja você que bobo eu fui...

II

Me deixe pensar onde estávamos. Ah, sim... essa conversa aconteceu no dia quatro de agosto de 1913. Lembro-me de ter dito a ela que, nesse dia, exatamente nove anos antes, eu os tinha conhecido, de forma que parecera bem apropriado e quase um discurso de aniversário pronunciar meu pequeno testemunho a meu amigo Edward. Eu podia dizer com bastante segurança que, embora nós quatro tivéssemos estado juntos em todos os lugares, durante todo o tempo, eu não tinha, de minha parte, uma única reclamação de nenhum deles. E acrescentei que isso era um raro recorde para gente que passava tanto tempo junta. Você não deve pensar que era só em Nauheim que nos encontrávamos. Isso não conviria a Florence.

Verifico, olhando meus diários, que no dia quatro de setembro de 1904 Edward acompanhou a Florence e a mim a Paris, onde o hospedamos até o dia vinte e um desse mês. Ele nos fez uma outra breve visita em dezembro daquele ano, o primeiro ano de nossa amizade. Deve ter sido durante essa visita que ele fez o sr. Jimmy engolir os dentes. Suponho que Florence deva ter pedido a ele para vir com esse propósito. Em 1905, ele esteve em Paris três vezes: uma com Leonora, que queria comprar vestidos. Em 1906, passamos juntos quase seis semanas completas em Mentone, e Edward ficou conosco em Paris no caminho de volta para Londres. Foi assim.

O fato é que em Florence o coitado havia encontrado um dragão, comparado ao qual Leonora era um bebê de peito. Ele deve ter se divertido muito. Leonora queria conservá-lo pelo, como dizer?, pelo bem de sua igreja, por assim dizer, para mostrar que mulheres católicas não perdem seus homens. Vamos deixar isso de lado, por enquanto. Vou escrever mais sobre os motivos dela depois, talvez. Mas Florence estava se ligando ao proprietário do lar de seus ancestrais. Sem dúvida, ele era também um amante muito apaixonado. Mas estou convencido de que ele enjoou de Florence depois de três anos de companhia mesmo intermitente e da vida a que ela o levava...

Se Leonora apenas mencionava em uma carta que tinham hospedado uma mulher em casa deles, ou se ela chegava a mencionar um nome de mulher numa carta para mim, lá ia um telegrama desesperado em código ao pobre coitado em Branshaw, ordenando a ele, sob pena de uma imediata e horrível revelação, que viesse e jurasse a ela sua fidelidade. Suponho que ele enfrentaria isso; suponho que ele teria jogado Florence de lado e assumido o risco da exposição. Mas era preciso pensar em Leonora. E Leonora garantia a ele que se o mais minúsculo fragmento da real situação chegasse a meus ouvidos ela despejaria sobre ele a mais terrível vingança que conseguisse imaginar. E ele não vivia uma situação muito tranqüila. Florence exigia dele mais e mais atenção com o passar do tempo. Ela o fazia beijá-la a qualquer momento do dia; e só deixando bem claro que uma dama divorciada nunca poderia assumir uma posição no condado de Hampshire é que ele conseguia impedir que ela fugisse com ele no trem. Ah, sim, era uma situação difícil para ele.

Porque Florence, saiba você, ganhando com o tempo uma visão mais comportada da natureza e dominada por seus hábitos de tagarelice, chegou a uma posição em que achava quase necessário me contar tudo a respeito, nada menos que isso. Ela disse que sua situação era insuportável demais com relação a mim.

Ela se propôs a me contar tudo, a me garantir um divórcio e a ir viver com Edward na Califórnia... não acho que estivesse realmente falando sério a respeito. Isso teria significado a extinção de toda esperança em Branshaw Manor para ela. Além disso, ela havia posto na cabeça que Leonora, que era forte como uma rocha, estava tuberculosa. Estava sempre implorando a Leonora, na minha frente, que fosse consultar um médico. No entanto, o pobre Edward parece ter acreditado em sua determinação de conquistá-lo. Ele nunca teria ido;

gostava demais da esposa. Mas se Florence tivesse conseguido levá-lo a isso, teria significado eu ficar sabendo e ele incorrer na vingança de Leonora. E ela poderia ter tornado as coisas bem difíceis para ele de uma porção de maneiras. E ela me garantiu que teria lançado mão de cada uma delas. Estava decidida a poupar meus sentimentos. E estava bem consciente de que, naquela época, a maior dificuldade que podia criar para ele teria sido se recusar a vê-lo algum dia outra vez...

Bem, acho que tornei tudo bem claro. Deixe-me voltar ao 4 de agosto de 1913, último dia de minha absoluta ignorância e, garanto a você, minha perfeita felicidade. Porque a vinda daquela querida menina só enfatizou tudo.

Naquele 4 de agosto, eu estava sentado no salão com um inglês bastante odioso chamado Bagshawe, que chegara aquela noite, tarde demais para o jantar. Leonora tinha acabado de ir para a cama, e eu estava esperando Florence, Edward e a menina voltarem de um concerto no Cassino. Eles não tinham ido lá todos juntos. Florence, eu me lembro, dissera, de início, que ia ficar com Leonora e comigo, e Edward e a menina tinham ido sozinhos. E então Leonora disse a Florence com perfeita calma:

— Gostaria que você fosse junto com esses dois. Acho que a menina precisa dar a aparência de estar acompanhada quando vai com Edward a esses lugares. Acho que chegou a hora. — Então Florence, com o passo leve, deslizara atrás deles. Ela estava toda de preto, de luto por causa de alguma prima. Americanos são muito cuidadosos com essas coisas.

Continuamos sentados no salão até as dez, quando Leonora se levantou para ir para a cama. O dia havia sido muito quente, mas agora estava fresco. O homem chamado Bagshawe estivera lendo o *Times* do outro lado da sala, mas então veio até mim com alguma pergunta boba como prelúdio para sugerir uma aproximação. Acho que me perguntou alguma coisa acerca dos impostos pessoais sobre os hóspedes do *Kur* e se não dava para escapar deles. Era esse tipo de pessoa.

Bem, ele era um homem inconfundível, com uma figura militar, bastante exagerado, os olhos bulbosos que evitavam os seus, e uma compleição pálida que sugeria vícios praticados em segredo, ao lado de um inquieto desejo de fazer amizade a qualquer custo... O sapo imundo...

Ele começou a me contar que vinha de Ludlow Manor, perto de Ledbury. O nome soava ligeiramente familiar, embora eu não conseguisse localizá-lo. Ele então começou a falar sobre um imposto sobre o lúpulo, sobre o lúpulo californiano, sobre Los Angeles, onde havia estado. Estava cavando um assunto que pudesse conquistar minha afeição.

E então, subitamente, à luz brilhante da rua, vi Florence correndo. Foi assim: vi Florence correndo com o rosto mais branco que papel e a mão sobre o tecido preto em cima do coração. Confesso a você que o meu coração parou; confesso que não consegui me mexer. Ela entrou depressa pela porta giratória. Olhou em torno daquele ambiente de cadeiras de vime, mesas de junco e jornais. Ela me viu e abriu os lábios. Viu o homem que estava conversando comigo. Cobriu o rosto com as mãos como se quisesse arrancar os olhos. E não estava mais lá.

Não consegui me mexer; não consegui mexer um dedo. E então o homem disse:

— Minha nossa: Florry Hurlbird. — Virou-se para mim com um ruído untuoso e inquieto que pretendia ser riso. Estava realmente achando que ia ficar meu amigo.

— Sabe quem é essa? — perguntou. — A última vez que vi essa garota ela estava saindo do quarto de um rapaz chamado Jimmy às cinco da manhã. Na minha casa em Ledbury. Você viu que ela me reconheceu. — Ele estava de pé, a cabeça abaixada olhando para mim. Não sei que aparência eu tinha. De qualquer forma, ele deu uma espécie de gorgolejo e gaguejou:

— Ah, quero dizer... — Foram as últimas palavras que ouvi do sr. Bagshawe. Muito tempo depois, consegui sair do salão e subi para o quarto de Florence. Ela não havia trancado a porta, pela primeira vez em nossa vida de casados. Estava deitada, bem respeitavelmente arrumada na cama, ao contrário da sra. Maidan. Tinha na mão direita um pequeno frasco que com toda a certeza devia conter nitrato de amila. Isso foi no dia quatro de agosto de 1913.

PARTE TRÊS

I

O estranho é que em minha lembrança o que se destaca do restante daquela noite é Leonora dizendo:

— Claro que você pode casar com ela — e, quando perguntei quem, ela respondeu: — Com a menina.

Agora, isso é para mim uma coisa muito estranha, estranha à luz das possibilidades que abre para o coração humano. Pois eu nunca tivera a menor idéia consciente de casar com a menina; nunca tivera sequer a mais leve idéia de gostar dela. Devo ter falado de um jeito estranho como quem está se recuperando de uma anestesia. É como se a pessoa tivesse uma dupla personalidade, um eu inteiramente inconsciente do outro. Eu não havia pensado nada; tinha dito uma coisa tão extraordinária.

Não sei se a análise de minha psicologia pode ser de qualquer interesse para esta história. Eu pensaria que não ou, pelo menos, que eu já havia fornecido o suficiente dela. Mas aquela minha fortuita observação teve uma forte influência sobre o que veio depois. Quero dizer que Leonora provavelmente jamais teria me falado nada sobre as relações de Florence com Edward se eu não tivesse dito, duas horas depois da morte de minha esposa:

— Agora posso me casar com a menina.

Ela havia suposto, então, que eu viera sofrendo tudo o que ela viera sofrendo ou, pelo menos, que eu havia permitido tudo o que ela havia permitido. De forma que, um mês atrás, cerca de uma semana depois do enterro do pobre Edward, ela conseguiu me contar da maneira mais natural do mundo — eu estivera falando sobre a duração de minha estada em Branshaw —, ela falou com sua entonação clara, reflexiva:

— Ah, fique aqui para todo o sempre, se puder. — E acrescentou: — Não poderia haver melhor irmão para mim, ou melhor conselheiro, ou maior apoio do que você. Você é a consolação que tenho no mundo. E não é estranho pensar que se sua esposa não tivesse sido amante de meu marido você provavelmente nunca teria vindo aqui?

Foi assim que fiquei sabendo: direto na cara, assim. Eu não disse nada e não acho que tenha sentido nada, a menos talvez que tenha sido com aquele eu misterioso e inconsciente que está por baixo da maior parte das pessoas. Talvez um dia, quando eu estiver inconsciente ou num ataque de sonambulismo, eu possa ir e cuspir no túmulo do pobre Edward. Parece a coisa menos provável de eu fazer; mas aí está.

Não, eu não me lembro de absolutamente nenhuma emoção, apenas a sensação clara que se tem de quando em quando ao se ouvir que a sra. Fulana de Tal está *au mieux** com certo cavalheiro. De repente, deixava as coisas mais simples para a minha curiosidade. Era como se eu, naquele momento, tivesse pensado na ventania de uma noite de novembro, e quando vim a refletir sobre isso depois, uma porção de coisas sem explicação de repente se encaixou em seus lugares. Mas eu não estava pensando nas coisas então. Lembro-me distintamente disso. Eu estava sentado, um tanto rigidamente, numa funda poltrona. É disso que me lembro. Estava anoitecendo.

Branshaw Manor fica numa pequena depressão com gramados em toda a volta e uma floresta de pinheiros na borda dos barrancos. O vento intenso, vindo da floresta, rugia no alto. Mas a vista da janela era perfeitamente calma e cinzenta. Nada se mexia, a não ser uns coelhos na extremidade do gramado. Era no estudiozinho de Leonora que estávamos, à espera de que trouxessem o chá. Eu, como disse, estava sentado numa funda poltrona, Leonora de pé ao lado da janela, rodando e rodando distraidamente a bolota de madeira da ponta do cordão da persiana. Ela olhou o gramado e disse, pelo que me lembro:

— Edward morreu há apenas dez dias e os coelhos já estão no gramado.

---

* Nas melhores relações, em francês no original.

Pelo que entendo, os coelhos prejudicam muito a grama nova na Inglaterra. E então ela se voltou para mim e disse sem nenhum rodeio, pois me lembro de suas palavras exatas:

— Acho que foi uma bobagem Florence cometer suicídio.

Não consigo expressar a excepcional sensação de alívio que nós dois parecemos ter gozado naquele momento. Não era como se estivéssemos esperando um trem, não era como se estivéssemos esperando uma refeição: era apenas como se não houvesse nada a esperar. Nada.

Havia uma extrema quietude com o som remoto e intermitente do vento. Havia a luz cinzenta naquela sala pequena, marrom. E parecia não existir mais nada no mundo.

Entendi então que Leonora estava a ponto de me admitir em sua confiança absoluta. Era como se (ou não, era fato real que) Leonora, com um estranho senso de decência inglês, tivesse determinado que ia esperar até Edward estar em seu túmulo por uma semana inteira antes de falar. E com algum vago motivo de passar a ela a idéia de até que ponto ela podia se permitir fazer-me confidências, eu disse, devagar, e dessas palavras também eu me lembro exatamente:

— Florence cometeu suicídio? Eu não sabia.

Eu estava apenas, você entende, tentando fazê-la saber que, se ela ia falar, ia ter de falar de um âmbito de coisas muito mais amplo do que antes pensara ser necessário.

De forma que essa foi a primeira noção que tive de que Florence havia se suicidado. Isso nunca me ocorrera. Você pode achar que eu havia sido especialmente desprovido de suspeita; você pode considerar até que fui um imbecil. Mas pense um pouco, exatamente, na minha posição.

Em um momento de tamanho tumulto, de gritos, de muita gente correndo ao mesmo tempo, das reticências profissionais de pessoas como funcionários de hotel, da tradicional reticência da "boa gente" como os Ashburnham, em tais circunstâncias, é algum pequeno objeto material, sempre, que chama nossa atenção e que exerce seu apelo sobre a imaginação. Eu não tinha nenhum indício possível para a idéia de suicídio, e a visão do frasquinho de nitrato de amila na mão de Florence sugeriu instantaneamente à minha mente a idéia de uma falha cardíaca. Nitrato de amila, você sabe, é a droga que se dá para aliviar os que sofrem de *angina pectoris*.

Ao ver Florence, como eu a vira, correndo com o rosto branco e uma das mãos apertada ao coração, e ao vê-la, como a vi imediatamente depois, deitada na cama com o frasquinho marrom tão conhecido apertado nos dedos, a idéia me veio com naturalidade à mente. Pensei que, conforme acontecia de vez em quando, ela havia saído sem o remédio e, sentindo que um ataque estava a caminho quando se encontrava no jardim, ela correra para pegar o nitrato, a fim de obter alívio o mais depressa possível. E era igualmente inevitável que minha mente formulasse a idéia de que o coração dela, incapaz de suportar o excesso da corrida, havia se rompido em seu peito. Como eu podia saber que, durante todos os anos de nossa vida de casados, aquele frasquinho marrom continha não nitrato de amila, mas ácido prússico? Era inconcebível.

Ora, nem mesmo Edward Ashburnham, que era, afinal de contas, muito mais íntimo dela do que eu, fazia a menor idéia da verdade. Ele apenas achara que ela havia caído morta do coração. De fato, creio que as únicas pessoas que souberam que Florence havia cometido suicídio eram Leonora, o grão-duque, o chefe de polícia e o gerente do hotel. Mencionei estes três últimos porque minha lembrança daquela noite é apenas uma espécie de rosado fulgor das luzes elétricas do salão do hotel. Parecem aflorar em minha consciência, como bolhas flutuantes, os rostos desses três. Ora era a cabeça benevolente, monárquica, barbada do grão-duque; depois os traços duros, marrons, com o bigode de cavalaria do chefe de polícia; depois a vacuidade globular, polida, de colarinho alto que representa monsieur Schontz, o proprietário do hotel. Às vezes, uma cabeça estava sozinha, outra vez o capacete com espeto do oficial estava ao lado da saudável careca do nobre; então os cachos oleosos de M. Schontz se enfiavam entre os dois. A voz macia, finamente educada, do soberano diz: "*Ja, ja, ja!*", cada palavra pingando como gotas macias de gordura; o rouco abafado do oficial dizendo: "*Zum Befehl, Durchlaucht*",* como cinco tiros de revólver; a voz de M. Schontz continuava e continuava, sussurrada, como a de um padre impuro recitando o breviário no canto de um vagão de trem. Era assim que a coisa se apresentava a mim.

Eles pareciam não me notar; acho que nenhum deles nem se dirigiu a mim. Mas, contanto que um ou outro, ou os três estivessem lá, ficavam ao meu lado como se eu, sendo o possuidor titular do corpo, tivesse o direito de estar presente a suas conferências. Depois, foram todos embora e fui deixado sozinho por um longo tempo.

E não pensei em nada; absolutamente nada. Eu não tinha idéias; não tinha força. Não sentia tristeza, nem desejo de agir, nem vontade de subir e cair em cima do corpo de minha mulher. Só enxergava o fulgor rosado, as mesas de junco, as palmeiras, os porta-fósforos globulares, os cinzeiros denteados. E então Leonora veio até mim e parece que dirigi a ela aquela observação singular:

— Agora posso casar com a menina.

Mas já passei a você a totalidade de minhas lembranças daquela noite, que constitui a totalidade de minhas lembranças dos três ou quatro dias seguintes. Eu estava em um estado simplesmente cataléptico. Puseram-me na cama e fiquei na cama; trouxeram minhas roupas e me vesti; me levaram a um túmulo aberto e fiquei ao lado dele. Se tivessem me levado para a beira de um rio, ou se tivessem me jogado debaixo de um trem, eu teria morrido afogado ou sido despedaçado com o mesmo espírito. Eu era um morto vivo.

Bem, essas são as minhas impressões.

O que realmente aconteceu foi o seguinte. Juntei os pedaços depois. Você há de lembrar que contei que Edward Ashburnham e a menina haviam saído aquela noite, para um concerto no Cassino, e que Leonora pedira a Florence, quase imediatamente depois da partida deles, que fosse com eles e fizesse o papel de acompanhante. Florence, você deve se lembrar

* "Às ordens, Vossa Alteza Sereníssima", em alemão no original.

também, estava toda de preto, luto que usava por uma prima falecida, Jean Hurlbird. Era uma noite muito escura, e a menina estava vestida de musselina cor de creme, que devia refulgir debaixo das árvores altas do parque escuro como um peixe fosforescente num armário. Não podia haver melhor farol.

E parece que Edward Ashburnham não levou a menina pela alameda reta que conduz ao Cassino, mas sim por baixo das árvores escuras do parque. Edward Ashburnham me contou tudo isso em sua declaração final. Contei a você que, na ocasião, ele se tornou extremamente loquaz. Eu não o estimulei. Não tinha nenhum motivo para isso. Naquela época, eu não o ligava em nada a minha mulher. Mas o sujeito falava como um romancista barato. Ou como um romancista muito bom nesse caso, se o negócio do romancista é fazer você enxergar as coisas com clareza. E vou lhe contar, eu via a coisa tão claramente como se fosse um sonho que nunca mais me deixaria. Parece que, não muito longe do Cassino, ele e a menina sentaram-se num banco público no escuro. As luzes daquele lugar de entretenimento deviam chegar até eles por entre os troncos das árvores, uma vez que, Edward contou, ele conseguia ver claramente o rosto da menina, aquele rosto adorado com a testa alta, a boca estranha, as sobrancelhas torturadas e os olhos diretos. E para Florence, que se esgueirava atrás deles, os dois deviam ter a aparência de silhuetas. Pois concluo que Florence foi se esgueirando atrás deles pela grama curta até uma árvore que, me lembro muito bem, ficava imediatamente atrás do banco público. Não era um feito muito difícil para um instinto feminino de ciúme. A orquestra do Cassino, como Edward relembrou para mim, tocava a marcha Rakocsy e, embora não fosse forte o suficiente para, àquela distância, encobrir a voz de Edward Ashburnham, era, decerto, suficientemente audível para confundir, entre os ruídos da noite, o ligeiro roçar e farfalhar que podiam produzir os pés de Florence ou seu vestido deslizando pela grama curta. E aquela mulher miserável deve ter recebido o golpe diretamente na face, forte e certeiro. Deve ter sido horrível para ela. Horrível! Bem, suponho que ela mereceu tudo o que recebeu.

De qualquer forma, aí tem você o quadro, as árvores imensamente altas, quase todas olmos, subindo como torres e se esfumando na negra névoa que as árvores parecem juntar em torno delas à noite; as silhuetas daqueles dois no banco; os raios de luz vindo do Cassino, a mulher toda de preto espiando com medo de trás do tronco de árvore. É melodramático; mas o que se pode fazer.

E então, ao que parece, alguma coisa aconteceu com Edward Ashburnham. Ele me garantiu, e não vejo razão para desacreditar, que até aquele momento ele não fazia nenhuma idéia de que gostava da menina. Ele disse que olhava para ela exatamente como olharia para uma filha. Ele com certeza a amava, mas com um amor muito profundo, muito terno e muito tranqüilo. Sentira falta dela quando fora para a escola no convento; estava contente de ela voltar. Mas qualquer coisa além disso era-lhe totalmente inconsciente. Se tivesse consciência, ele me garantiu, teria fugido daquilo como de uma coisa amaldiçoada. Ele se deu conta de que seria o insulto absoluto a Leonora. Mas a questão principal era sua total inconsciência. Tinha seguido com ela pelo caminho escuro sem nenhuma aceleração de pulsação, sem nenhum desejo da intimidade da solidão. Tinha seguido, pensando conversar sobre cavalos de pólo e raquetes de tênis; sobre o temperamento da reverenda madre do convento que ela acabara de deixar e sobre o vestido azul ou branco que devia usar na festa a que iriam ao voltar. Não lhe passara pela cabeça que fosse falar de uma única coisa de que não falassem sempre; nem lhe passara pela cabeça que o tabu que a envolvia não era inviolável. E então, de repente, aquilo...

Ele teve todo o cuidado de me garantir que no momento não houve nenhum motivo físico para sua declaração. Não lhe pareceu que fosse uma questão da noite escura, da proximidade, nada disso. Não, foi simplesmente do efeito que ela exercia no lado moral da vida dele que ele parece ter falado. Ele disse que jamais teve a mais leve idéia de apertá-la nos braços ou sequer tocar sua mão. Ele jurou que não tocou a mão dela. Disse que ficaram sentados, ela numa ponta do banco, ele na outra, ele ligeiramente inclinado para ela, e ela olhando diretamente para as luzes do Cassino, o rosto iluminado pelas lâmpadas. A expressão do rosto dela ele conseguiu descrever apenas como "estranha".

Num outro momento, efetivamente, ele fez parecer que achou que ela ficou contente. É fácil imaginar que a menina tenha ficado contente, uma vez que naquela época ela não podia fazer nenhuma idéia do que estava realmente acontecendo. Francamente, ela adorava Edward Ashburnham. Ele era para ela, em tudo o que ela dizia naquela época, o modelo de humanidade, o herói, o atleta, o pai de seu país, o legislador. Então para ela, ver-se, de repente, íntima e arrebatadoramente elogiada deve ter sido motivo de mera alegria, por mais arrebatadora que fosse. Deve ter sido como se um deus tivesse aprovado seu trabalho manual ou um rei a sua lealdade. Ela simplesmente ficou sentada imóvel, ouvindo, sorrindo.

E pareceu a ela que toda a amargura da infância, os terrores do pai tempestuoso, os lamentos da língua cruel da mãe simplesmente recebiam sua compensação. Ela recebia seu prêmio afinal. Porque, é claro, se você pensar um pouco, a súbita declaração de paixão de um homem que você vê como uma mistura de pastor com pai deve, para uma mulher, assumir o aspecto de mero elogio por boa conduta. O que quero dizer é que não pareceria de forma alguma uma tentativa de tomar posse. A menina, ao menos, o via como firmemente ancorado a sua Leonora. Não fazia a menor idéia de qualquer infidelidade. Ele sempre falara da esposa em tom de reverência e profunda afeição. Ele passara a ela a idéia de que via Leonora como absolutamente impecável e absolutamente satisfatória. A união deles parecia a ela uma daquelas coisas benditas que são faladas e reverenciadas pela igreja.

De forma que, quando ele lhe disse que era a pessoa de quem ele mais gostava no mundo, ela naturalmente pensou que ele queria dizer exceto Leonora e ficou apenas muito contente. Era como um pai dizendo que aprovava a filha casadoura... E Edward, quando se deu conta do que estava fazendo, calou imediatamente a boca. Ela estava simplesmente contente e continuou simplesmente contente.

Acho que essa foi a coisa mais monstruosamente perversa que Edward Ashburnham fez na vida. E, no entanto, sou tão próximo de toda essa gente que não consigo pensar em nenhum deles como perverso. É impossível para mim pensar em Edward Ashburnham como qualquer coisa que não direito, correto e honrado. É assim, quero dizer, apesar de tudo, que eu o vejo permanentemente. Tento às vezes, ao me deter em algumas das coisas que ele fez, afastar a imagem dele, como se tenta afastar um grande pêndulo. Mas ela sempre volta: a lembrança de seus inúmeros atos de bondade, sua eficiência, sua língua sem veneno. Ele era um sujeito tão bom.

Então me sinto forçado a tentar desculpá-lo disso, assim como de tantas outras coisas. Não tenho nenhuma dúvida de que é uma coisa absolutamente monstruosa tentar corromper uma mocinha que acabou de sair de um convento. Mas acho que Edward não tinha nenhuma intenção de corrompê-la. Acredito que ele simplesmente a amava. Ele disse que era assim e eu, pelo menos, acredito nele e acredito também que ela foi a única mulher que ele amou de verdade. Ele disse que assim era; e ele fez o bastante para dar provas disso. E Leonora disse que assim era, e Leonora o conhecia do fundo do coração.

Passei a ser muito cínico nessas questões; quero dizer que é impossível acreditar na permanência do amor do homem ou da mulher. Ou, de qualquer forma, é impossível acreditar na permanência de qualquer paixão precoce. No meu entender, ao menos, com relação ao homem, um caso amoroso, um amor por qualquer mulher determinada, é algo na natureza de uma expansão da experiência. Com cada nova mulher pela qual o homem se sente atraído parece vir uma expansão de vistas, ou, se preferir, a aquisição de um novo território. Um alçar de sobrancelha, um tom de voz, um gesto especial característico, todas essas coisas, e são essas coisas que fazem brotar a paixão de amor, todas essas coisas são como outros tantos objetos no horizonte de uma paisagem que atrai um homem a caminhar para além do horizonte, a explorar. Ele quer, por assim dizer, chegar além daquelas sobrancelhas com um alçar especial, como se quisesse ver o mundo com os olhos que elas sombreiam. Ele quer ouvir aquela voz a se aplicar a toda e qualquer proposição possível, a todo e qualquer assunto possível; ele quer ver aqueles gestos característicos contra todo pano de fundo possível. Sobre a questão do instinto sexual, entendo muito pouco e não acho que entre muito em conta numa paixão realmente grande. Ela pode ser despertada por coisas tão triviais, por um cadarço de sapato desamarrado, por um relance de olhar passageiro, que penso que o instinto deve ficar de fora da avaliação. Não quero dizer que qualquer grande paixão possa existir sem o desejo de consumação. Isso me parece ser um lugar-comum e, portanto, uma questão que não precisa ser comentada absolutamente. É uma coisa, com todos os seus acidentes, que já vem implícita, como, num romance, ou numa biografia, está implícito que os personagens fazem suas refeições com alguma regularidade. Mas a verdadeira ferocidade do desejo, o verdadeiro calor de uma paixão duradoura e que consome a alma de um homem é a fome de identidade com a mulher que ele ama. Ele deseja ver com os mesmos olhos, tocar com o mesmo sentido do tato, ouvir com os mesmos ouvidos, perder sua identidade, ser envolvido, ser sustentado. Pois seja o que for que se possa dizer da relação entre os sexos, não existe homem que ame uma mulher e não deseje ir a ela para renovar sua coragem, para se distanciar de suas dificuldades. E isso será a mola principal de seu desejo por ela. Nós todos temos tanto medo, nós todos somos tão sozinhos, nós todos precisamos tanto que venha de fora a garantia de nosso próprio valor para existir.

Então, por algum tempo, se uma paixão assim vem a ser fruída, o homem terá o que quer. Terá o suporte moral, o encorajamento, o alívio da sensação de solidão, a garantia do próprio valor. Mas essas coisas passam; inevitavelmente elas passam como as sombras passam pelos relógios de sol. É triste, mas assim é. As páginas do livro ficarão conhecidas, a bela curva da estrada terá de ser virada muitas vezes. Bem, esta é a história mais triste.

E, no entanto, realmente acredito que para cada homem existe, afinal, uma mulher, ou não, esse é o jeito errado de formular a questão. Para cada homem existe, afinal, um momento na vida em que a mulher que então põe seu selo na imaginação dele o põe definitivamente. Ele não viajará mais por nenhum horizonte; nunca mais jogará a mochila sobre os ombros; ele se retirará desses cenários. Ele estará fora de ação.

Esse, de qualquer forma, foi o caso de Edward e da pobre menina. Quase literalmente foi esse o caso. Quase literalmente o caso foi que suas paixões (pela amante do grão-duque, pela sra. Basil, pela pequena sra. Maidan, por Florence, por quem você quiser), essas paixões eram meramente um aquecimento preliminar comparado com a corrida final com a morte por ela. Tenho certeza disso. Não vou ser tão americano a ponto de dizer que todo amor verdadeiro exige algum sacrifício. Não exige. Mas acho que o amor será mais verdadeiro e mais permanente quando dele se extrai o auto-sacrifício. E, no caso de outras mulheres, Edward simplesmente entrava e saía como fez com a bola de pólo bem debaixo do nariz do conde barão von Lelöffel. Não quero dizer que ele não dava tudo de si no empenho de capturar outras mulheres; mas pela menina ele chegou a um farrapo, à morte: no esforço de deixá-la em paz.

E ao falar com ela aquela noite ele não estava, disso tenho certeza, cometendo uma baixeza. Era como se sua paixão por ela não existisse; como se as próprias palavras que falava, sem saber que falava, criassem a paixão à medida que eram pronunciadas. Antes de falar, não havia nada; depois, era o fato essencial de sua vida. Bem, tenho de voltar à minha história.

E minha história diz respeito a Florence, a Florence que ouviu aquelas palavras de trás da árvore. Isso, claro, é apenas conjetura, mas acho que uma conjetura muito bem justificada. Tenho o fato de que aqueles dois saíram, que ela os seguiu quase imediatamente depois pelo escuro e, um pouco mais tarde, voltou correndo para o hotel com aquele rosto pálido e a mão apertando o vestido em cima do coração. Não pode ter sido apenas Bagshawe. O rosto dela estava contorcido em agonia antes mesmo de seus olhos pousarem em mim ou nele a meu lado. Mas suponho que Bagshawe possa ter sido a influência determinante de seu suicídio. Leonora diz que ela possuía aquele frasco, aparentemente de nitrato de amila, mas na realidade de ácido prússico, fazia muitos anos e estava decidida a usá-lo se eu algum dia descobrisse a natureza de seu relacionamento com aquele sujeito, Jimmy. Você sabe, a mola principal da natureza dela devia ser a vaidade. Não há razão por que não fosse; creio que é a vaidade que faz a maioria de nós nos manter na linha, se é que nos mantemos na linha neste mundo.

Se fosse apenas uma questão das relações de Edward com a menina, suponho que Florence teria encarado. Teria sem dúvida aprontado cenas com ele, ameaçado, apelado para o senso de honra dele, para as promessas dele. Mas o sr. Bagshawe e o fato de estarmos no dia 4 de agosto devem ter sido demais para sua mente supersticiosa. Sabe, havia duas coisas que ela queria. Queria ser uma grande dama, instalada em Branshaw Teleragh. Queria também conservar o meu respeito.

Isto é, ela queria conservar meu respeito enquanto vivesse comigo. Acho que, se tivesse convencido Edward Ashburnham a fugir com ela, teria deixado tudo rolar. Ou talvez tivesse tentado arrancar de mim um novo respeito pela grandeza de sua paixão, ao estilo de “tudo por amor e perdida para o mundo”. Seria bem típico de Florence.

Em todas as associações matrimoniais existe, acredito, um fator constante: um desejo de enganar a pessoa com quem se vive quanto a algum ponto fraco da nossa personalidade ou carreira. Porque é intolerável viver constantemente com um ser humano que percebe nossas pequenas mesquinharias. É realmente a morte, isso, razão por que tantos casamentos acabam infelizes.

Eu, por exemplo, sou um homem bastante voraz; tenho gosto pela boa cozinha e fico com água na boca ao mero som dos nomes de certos alimentos. Se Florence tivesse descoberto este segredo meu, eu teria considerado esse conhecimento dela tão insuportável que nunca teria aceitado todas as outras privações do regime que ela impunha a mim. Devo dizer que Florence nunca descobriu esse segredo.

Ela, decerto, nunca o mencionou; suponho que nunca teve suficiente interesse em mim.

E a fraqueza secreta de Florence, a fraqueza que ela não suportaria que eu descobrisse, era apenas aquela primeira escapada com o sujeito chamado Jimmy. Permita que eu, como muito provavelmente é a última vez que menciono o nome de Florence, me detenha um pouco na mudança que ocorreu na psicologia dela. Quero dizer que ela não teria se importado se eu descobrisse que era amante de Edward Ashburnham. Teria até gostado disso. Na verdade, o maior problema da pobre Leonora naquela época era impedir que Florence desse, na minha frente, demonstrações teatrais de um estilo ou outro desse fato. Ela queria, por um lado, vir correndo até mim, atirar-se de joelhos aos meus pés e declamar um desabafo cuidadosamente preparado, horrivelmente emocional, de sua paixão. Isso para mostrar que ela era como uma daquelas mulheres eróticas de que a História nos fala. Por outro lado, ela desejaria vir a mim cheia de desdém e me dizer que eu era bem menos que um homem e que o que acontecera era o que tinha de acontecer quando um homem de verdade aparecia. Ela queria dizer isso em frases frias, equilibradas e sarcásticas. Isso quando ela pensava parecer a heroína de uma comédia francesa. Porque evidentemente ela estava sempre representando.

Mas o que ela não queria que eu soubesse era o fato de sua primeira escapada com o sujeito chamado Jimmy. Ela chegara a se dar conta do tipo baixo e grosso que aquele sujeito era. Sabe o que significa estremecer, no fim da vida, por alguma pequena e tola ação, geralmente algum pequeno, bem genuíno deslize de emocionalidade, de sua vida juvenil? Bem, era esse tipo de arrepio que Florence sentia ao pensar que havia se entregado a um sujeito tão baixo. Não sei se ela precisava ter estremecido. Foi obra de seu velho tio rico; ele nunca devia ter levado aqueles dois juntos numa volta ao mundo e se trancado em sua cabine a maior parte do tempo. De qualquer forma, estou convencido de que ver o sr. Bagshawe e a idéia de que o sr. Bagshawe, pois ela conhecia aquela desagradável personagem de sapo, a idéia de que o sr. Bagshawe quase certamente teria revelado a mim que a havia surpreendido saindo do quarto de Jimmy às cinco da manhã de 4 de agosto de 1900, isso foi uma influência determinante para seu suicídio. E, sem dúvida, o efeito da data foi demais para sua personalidade supersticiosa. Ela nascera em quatro de agosto; havia começado a viagem de volta ao mundo em quatro de agosto. No mesmo dia do ano, casou-se comigo; no dia quatro perdeu o amor de Edward e Bagshawe apareceu como um agouro sinistro, como um riso mau na cara do Destino. Foi a última gota. Ela correu para cima, arrumou-se decorativamente em cima da cama, era uma mulher de doce beleza com faces lisas, brancas e rosadas, cabelo comprido, cílios como uma minúscula cortina sobre as faces. Bebeu o que havia no pequeno frasco de ácido prússico e lá ficou. Ah, extremamente fascinante e nítida olhando com uma expressão intrigada a luz da lâmpada elétrica que pendia do teto, ou talvez, através dele, até as estrelas do céu. Quem sabe? De qualquer forma, foi o fim de Florence.

Você não faz idéia de como foi extraordinário para mim ser esse o fim de Florence. Desde esse dia até hoje, nunca mais pensei nela uma única vez; não dediquei a ela nem ao menos um suspiro. Claro, quando era preciso falar sobre ela com Leonora, ou em função destes escritos tentei compreendê-la, pensei nela como poderia pensar sobre um problema de álgebra. Mas sempre foi uma matéria de estudo, não de lembrança. Ela passou a deixar de existir completamente, como jornal de ontem.

Eu estava tão absolutamente cansado. E suponho que minha semana ou dez dias de *affaissement*,* de algo que foi

* Esgotamento, estafa, em francês no original.

praticamente catalepsia, foi o repouso que minha natureza exausta reclamou depois de doze anos de repressão de meus instintos, depois de doze anos de fazer o papel de poodle treinado. Porque era só isso que eu havia sido. E suponho que foi o efeito do choque, os diversos choques. Mas não gosto de atribuir meus sentimentos daquela época a nada tão concreto como um choque. Era uma sensação tão tranqüila. Era como se uma mochila pesada, insuportavelmente pesada, presa por correias aos meus ombros, tivesse caído e deixado meus próprios ombros que as correias apertavam amortecidos e sem sensação de vida. Vou dizer uma coisa: não me arrependo. O que eu tinha a lamentar? Suponho que minha alma interior, minha dupla personalidade, havia compreendido muito antes que Florence era uma personalidade de papel, que ela representava um ser humano real com um coração, com sentimentos, com simpatia e com emoções apenas como uma nota de dinheiro representa determinada quantidade de ouro. O que sei é que esse tipo de sensação veio à tona no momento em que aquele Bagshawe me contou que a tinha visto saindo do quarto do sujeito. Pensei, de repente, que ela não era real; ela era apenas uma massa de frases saídas de guias turísticos, de desenhos de revistas de moda. É até possível que, se esse sentimento não tivesse tomado conta de mim, eu tivesse corrido mais cedo para o quarto dela e impedido que bebesse o ácido prússico. Mas simplesmente não consegui; seria como correr atrás de um pedaço de papel, uma ocupação ignóbil para um homem adulto.

E assim como começou, essa questão permanece. Não me importou saber se ela saiu ou não daquele quarto. Simplesmente não me interessou. Florence não importava.

Suponho que você vá me dizer que eu estava apaixonado por Nancy Rufford e que minha indiferença era, portanto, indigna. Bem, não estou procurando evitar a desonra. Eu estava apaixonado por Nancy Rufford, assim como estou apaixonado pela memória da pobre menina, sossegadamente e bem ternamente à minha maneira americana. Eu nunca havia pensado nisso, até Leonora dizer que eu agora podia casar com ela. Mas daquele momento até o que ela enfrentou, pior do que a morte, não acho que eu tenha pensado muito sobre qualquer outra coisa. Não quero dizer que não suspirei ou que não gemi por ela; eu só queria casar com ela como algumas pessoas querem ir a Carcassonne.

Você entende a sensação: o tipo de sensação de que é preciso tirar da frente certas questões, aplainar certas complicações pouco importantes antes de se poder ir a um lugar que, durante toda a vida, foi uma espécie de cidade dos sonhos? Eu não dava muita importância aos anos que eu tinha a mais que ela. Eu estava com quarenta e cinco e ela, pobrezinha, apenas chegando aos vinte e dois. Mas era mais madura que sua idade e mais calada. Parecia ter uma estranha qualidade de santidade, como se fosse inevitavelmente terminar num convento com uma coifa branca a emoldurar-lhe o rosto. Mas ela me dissera com freqüência que não tinha vocação; simplesmente não existia o desejo de se tornar freira. Bem, creio que eu próprio era uma espécie de convento; parecia bastante adequado que ela fizesse seus votos a mim.

Não, não vejo nenhum impedimento em razão da idade. Suponho que nenhum homem vê e eu tinha plena confiança de que, com uma pequena preparação, podia fazer a felicidade de uma jovem. Podia mimá-la como poucas garotas foram mimadas; e não conseguia me ver como pessoalmente repulsivo. Nenhum homem consegue, ou, se chega um dia a fazê-lo, isso é o seu fim. Mas assim que saí de minha catalepsia, pareci me dar conta de que meu problema, de que aquilo que eu precisava fazer para me preparar para o contato com ela, era apenas retomar o contato com a vida. Por doze anos eu fora mantido numa atmosfera rarefeita; o que eu tinha de fazer era lutar um pouco com a vida real, lutar um pouco com homens de negócios, viajar por cidades maiores, alguma coisa áspera, alguma coisa masculina. Não queria me apresentar a Nancy Rufford como uma espécie de solteirona velha. Foi por isso que, apenas duas semanas depois do suicídio de Florence, parti para os Estados Unidos.

II

Imediatamente depois da morte de Florence, Leonora começou a pôr as rédeas em Nancy Rufford e Edward. Ela adivinhara o que havia acontecido debaixo das árvores perto do Cassino. Eles ficaram em Nauheim algumas semanas depois que fui embora, e Leonora me contou que foi a época mais mortal de sua existência. Parecia um longo e silencioso duelo com armas invisíveis, disse ela. E ficava ainda mais difícil por causa da total inocência da menina. Porque Nancy estava sempre tentando sair sozinha com Edward, como havia feito toda a vida, sempre que ia passar as férias em casa. Ela apenas queria que ele lhe dissesse coisas bonitas de novo.

Você vê que a posição era extremamente complicada. Tão complicada quanto podia ser, em linhas muito delicadas. Havia a complicação causada pelo fato de Edward e Leonora nunca falarem um com o outro a não ser quando havia outras pessoas presentes. Então, como eu disse, o comportamento dos dois era perfeito. Havia a complicação causada pela total inocência da menina; havia ainda a complicação de que tanto Edward como Leonora realmente viam a menina como sua filha. Ou talvez possa ser mais exato dizer que a viam como filha de Leonora. E Nancy era uma menina estranha; muito difícil descrevê-la a você.

Era alta e assustadoramente magra; tinha uma boca torturada, olhos agoniados e um senso de diversão bastante extraordinário. Pode-se dizer que ela às vezes era extremamente grotesca e às vezes excepcionalmente bonita. Ora, tinha a cabeleira negra mais pesada que já vi na vida; eu costumava me perguntar como ela conseguia suportar o peso daquilo. Tinha pouco mais de vinte e um anos e às vezes parecia mais velha que as montanhas, às vezes não mais de dezesseis anos.

Num momento ela podia estar falando da vida dos santos e no momento seguinte estar rolando no gramado com o filhote de são-bernardo. Podia cavalgar com os cães como uma mênade e ficar sentada durante horas perfeitamente imóvel, umedecendo lenço após lenço com vinagre quando Leonora tinha uma de suas dores de cabeça. Era, em resumo, um milagre de paciência capaz de ser quase milagrosamente impaciente. Sem dúvida, a educação no convento é que havia produzido aquilo. Lembro-me que uma de suas cartas para mim, quando tinha seus dezesseis anos, era algo assim:

"No dia de Corpus Christi", ou pode ter sido algum outro dia santo, não consigo guardar essas coisas na cabeça, "nossa escola enfrentou a Roehampton no jogo de hóquei. E vendo que nosso lado estava perdendo por três a um no fim do primeiro tempo, nós nos retiramos para a capela e rezamos pela vitória. Vencemos por cinco a três." E me lembro de ela ter descrito depois uma espécie de saturnália. Ao que parece, quando as quinze ou onze vencedoras entraram no refeitório para o jantar, a escola inteira subiu nas mesas, deu vivas, quebrou cadeiras no chão, e estilhaçou a louça durante algum tempo, até a reverenda madre tocar a sineta. Isso, claro, é tradição católica: uma saturnália que pode acabar em um momento, como o estalar de um chicote. Claro que não gosto da tradição, mas sou forçado a admitir que isso dava a Nancy, ou, pelo menos, que Nancy possuía um senso de retidão que nunca vi outro superior. Era uma coisa como uma faca saindo de seus olhos e que falava em sua voz, só de vez em quando. Definitivamente, me assustava. Acho que eu tinha quase medo de estar num mundo em que pudesse haver um padrão tão bom. Lembro-me uma vez quando, aos quinze ou dezesseis anos, ela ia voltar para o convento e eu lhe dei de presente duas moedas de ouro. Ela me agradeceu de um jeito especialmente sincero, dizendo que aquilo seria extremamente útil. Perguntei por que e ela explicou. Havia uma regra na escola: as alunas não podiam conversar quando atravessavam o jardim da capela para o refeitório. E como essa regra parecia idiota e arbitrária, ela a desrespeitava de propósito dia após dia. À noite, as crianças eram interrogadas se haviam cometido alguma falta durante o dia e toda noite Nancy confessava ter desrespeitado essa regra particular. Isso lhe custava seis pence de cada vez, que era a multa atribuída ao crime. Só para você saber, perguntei por que ela sempre confessava, e ela me respondeu com estas palavras exatas:

— Ah, as meninas da Holy Child sempre foram conhecidas por sua sinceridade. É uma chatice sem tamanho, mas tenho de fazer isso.

Suponho que a natureza miserável de sua infância, diante da mistura de saturnália e disciplina que era sua vida no convento, acrescentava algo a sua esquisitice. O pai dela era um louco violento, major de um daqueles regimentos das Highlands, acho que se chamam assim. Ele não bebia, mas tinha um temperamento desgovernado, e a primeira coisa de que Nancy se lembrava era ver o pai bater na mãe com o punho cerrado de forma que a mãe caiu de lado em cima da mesa de café-da-manhã e ali ficou imóvel. A mãe era, sem dúvida, uma mulher irritante, e os membros daquele regimento pareciam ser também irritantes, de forma que a casa era um local de gritos e perturbações perpétuas. A sra. Rufford era a amiga mais querida de Leonora, e Leonora podia ser sarcástica às vezes. Mas creio que não o era com a sra. Rufford. Na hora do almoço, o major chegava em casa alterado e já cuspindo ofensas pelos exercícios matinais insatisfatórios com seus homens teimosos debaixo do sol quente. E então a sra. Rufford fazia alguma observação cortante e o pandemônio começava. Uma vez, quando tinha uns doze anos, Nancy tentou intervir. O pai lhe deu um golpe na testa tão terrível que ela ficou inconsciente três dias. No entanto, Nancy parecia preferir o pai à mãe. Ela se lembrava de ásperas gentilezas dele. Uma ou duas vezes, quando era pequena, em que ele a havia vestido, desajeitado, impaciente, mas com muita ternura. Era quase impossível conseguir que uma criada ficasse com a família e, ao que parece, durante dias seguidos, a sra. Rufford ficava incapacitada. Eu acho que ela bebia. De qualquer forma, tinha uma língua tão ferina que até Nancy tinha medo dela, de tal forma caçoava de qualquer ternura, de qualquer demonstração de emoção. Nancy deve ter sido uma criança muito emotiva.

Então, um dia, repentinamente, ao voltar de uma cavalgada a Fort William, Nancy havia sido mandada, com sua governanta, que tinha a cara branca, diretamente para o sul, para aquela escola de convento. Ela esperava ir para lá dois meses depois. A mãe desapareceu de sua vida nessa época. Duas semanas depois, Leonora foi ao convento e contou que a mãe tinha morrido. Talvez tivesse. De qualquer forma, eu nunca soube, até o fim, o que aconteceu com a sra. Rufford. Leonora nunca falava dela.

E então o major Rufford foi para a Índia, de onde voltava muito raramente e apenas em visitas muito breves; e Nancy passou aos poucos a viver a vida de Branshaw Teleragh. Acho que, dessa época em diante, ela teve uma vida feliz, até o final. Havia cachorros e cavalos, velhos criados e a floresta. E havia Edward e Leonora que a amavam.

Eu sempre a encontrava, quer dizer, ela sempre vinha ficar com os Ashburnham, em Nauheim na última quinzena da estada deles, e eu a vi crescer aos poucos. Ela era muito alegre comigo. Até me beijava, de manhã e à noite, até completar dezoito anos. E corria a pegar coisas para mim e ria de minhas histórias da vida na Filadélfia. Mas por baixo dessa alegria, creio que espreitavam alguns terrores. Lembro-me de um dia, quando Nancy tinha acabado de completar dezoito anos, durante uma das raras visitas de seu pai à Europa, estávamos sentados no jardim, perto da fonte de ferro. Leonora estava com uma de suas dores de cabeça e estávamos esperando Florence e Edward saírem do banho. Não faz idéia de como Nancy estava bonita essa manhã.

Falávamos sobre a conveniência de comprar bilhetes de loteria, do lado moral disso, quero dizer. Ela estava toda de branco e era tão alta e frágil! Havia acabado de prender o cabelo, de forma que o porte do pescoço apresentava aquele encantador toque de juventude e estranheza. Na garganta brincavam os reflexos de uma pequena poça de água, deixada por uma tempestade na noite anterior, e todos os seus outros traços estavam à sombra difusa e luminosa do guarda-sol branco. O cabelo escuro quase não aparecia debaixo do chapéu de abas largas, de palha branca, rendada; o pescoço muito longo estava inclinado para a frente, e as sobrancelhas, um pouco arqueadas ao rir de alguma frase antiquada que eu disse, haviam abandonado sua linha tensa. E havia um certo rosado em suas faces, um brilho em seus olhos azuis. E pensar que essa coisa branca e viva, esse ser santificado que parecia um cisne, pensar que... Ora, ela era como a vela de um navio, tão branca e firme em seus movimentos. E pensar que ela nunca... Ora, ela nunca fará mais nada. Não posso acreditar...

De qualquer forma, estávamos conversando sobre a moralidade das loterias. E então, de repente, dos arcos às nossas costas ressoou o tom de voz inconfundível de seu pai; era como se uma sirene modificada tivesse tocado com uma vareta dentro dela. Virei-me para olhar. Um homem alto, de cabelo claro, rígido, de seus cinqüenta anos, estava se afastando junto com um barão italiano que tinha muito a ver com o Congo Belga. Eles deviam estar discutindo o tratamento adequado aos nativos, porque ouvi quando ele disse:

— Ah, dane-se o humanitarismo!

Quando olhei de novo para Nancy, os olhos dela estavam fechados e o rosto mais branco que o vestido, que pelo menos tinha algum reflexo rosado do cascalho. Era horrível vê-la com os olhos fechados daquele jeito.

— Ah! — ela exclamou, e a mão que parecia tatear pousou um momento em meu braço. — Não fale disso. Prometa que não vai falar nada disso com meu pai. Vai me lembrar aqueles sonhos horríveis... — Quando ela abriu os olhos, fixou diretamente os meus. — Os santos do céu — disse ela — deviam nos proteger dessas coisas. Não há pecado no mundo que mereça um sonho desses.

Dizem que deixavam a coitadinha ficar sempre com uma luz acesa à noite, mesmo em seu quarto... E, no entanto, não havia menina que pudesse brincar mais alegre e amorosamente com um pai adorado. Ela estava sempre segurando as lapelas do paletó dele; interrogando como passava o tempo; beijando o alto de sua cabeça. Ah, ela era bem-educada, muito bem-educada.

O pobre homem, coitado, encolhia-se diante dela, mas ela não podia fazer mais para deixá-lo à vontade. Talvez tivesse tido lições disso no convento. Era apenas aquela nota peculiar na voz dele, usada quando ele era dominador ou dogmático, que conseguia atemorizá-la, e isso só era visível quando acontecia inesperadamente. Isso porque os pesadelos que os santos do céu permitiam que ela tivesse por causa de seus pecados sempre lhe pareciam se anunciar no som trovejante da voz de seu pai. Era esse som que sempre precedia a entrada dele para os terríveis almoços de sua infância...

Já relatei, no começo deste capítulo, que Leonora disse que, durante o restante da estada deles em Nauheim, depois que fui embora, parecera-lhe estar travando um longo duelo com armas invisíveis contra adversários silenciosos. Nancy, como eu disse, estava sempre tentando sair sozinha com Edward. Era seu hábito havia anos. E Leonora achava seu dever interromper aquilo. Era muito difícil. Nancy estava acostumada a ter as coisas a seu modo e durante anos acostumara-se a sair com Edward, a caçar ratos, coelhos, a pescar salmão em Fordingbridge, a fazer as visitas que Edward se permitia fazer ao distrito, ou a visitar os moradores. E em Nauheim, ela e Edward haviam sempre ido ao Cassino sozinhos à noite, pelo menos quando Florence não aparecia para solicitar as atenções dele. Isso comprova a natureza obviamente inocente do olhar daqueles dois que jamais despertara ciúmes nem em Florence. Leonora cultivara o hábito de ir para a cama às dez da noite.

Não sei como ela conseguiu, mas, durante todo o tempo em que estiveram em Nauheim, ela achou um jeito de nunca deixar aqueles dois sozinhos, a não ser em plena luz do dia, em lugares muito cheios de gente. Se um protestante tivesse feito isso, sem dúvida haveria despertado um constrangimento na menina. Mas católicos, que sempre têm reservas e estranhos pontos secretos, conseguem lidar melhor com essas coisas. E suponho que duas coisas facilitaram isso: a morte de Florence e o fato de Edward estar obviamente adoecendo. Ele parecia realmente muito doente; os ombros começaram a curvar, havia bolsas debaixo dos olhos, ele apresentava extraordinários momentos de desatenção.

E Leonora descreve a si mesma a vigiá-lo como um gato feroz vigia um pombo distraído na calçada. Nessa vigília silenciosa, uma vez mais, creio que ela era uma católica, uma gente capaz de pensar pensamentos estranhos aos nossos e calá-los. E as idéias passavam por sua cabeça; algumas até chegavam a Edward sem que uma palavra fosse dita. De início, ela achou que aquilo que o oprimia podia ser remorso, ou tristeza, pela morte de Florence. Mas observou e observou, e pronunciou frases sobre Florence aparentemente ao acaso na frente da menina e percebeu que ele não apresentava sinal de dor nem de remorso. Ele não fazia idéia de que Florence pudesse ter cometido suicídio sem escrever ao menos um recado para ele. A ausência disso lhe dava a certeza de que havia sido problema do coração. Porque Florence nunca o enganara sobre essa questão. Ela achava que isso a deixava mais romântica.

Não, Edward não tinha nenhum remorso. Ele podia dizer a si mesmo que havia tratado Florence com a atenção galante do tipo que ela desejava até duas horas antes de sua morte. Leonora concluiu isso pelo olhar dele e pela maneira como ele endireitava os ombros ao lado de seu caixão, por isso e por outras mil pequenas coisas. De repente, ela falava de Florence para a menina, e ele não se abalava em nada; nem prestava atenção, mas ficava sentado, os olhos congestionados fixos na toalha da mesa. Ele bebia bastante nessa época, uma boa quantidade de bebida toda noite até muito depois de elas terem ido para a cama.

Leonora fazia a menina ir deitar às dez, por menos razoável que isso parecesse a Nancy. Ela entendia que, enquanto estavam em uma espécie de semiluto por Florence, não devia ser vista em lugares públicos como o Cassino; mas não via por que não podia acompanhar o tio em seus passeios noturnos pelo parque. Não sei que desculpa Leonora dava, algo, acredito, no estilo de uma oração noturna que ela e a menina celebravam pela alma de Florence. E então, uma noite, cerca de quinze dias depois, quando a menina, inquieta até mesmo para exercícios devocionais, reclamou uma vez mais permissão para dar um passeio com Edward, e Leonora se encontrava no limite, Edward entregou-se nas mãos dela. Ele estava se levantando da mesa do jantar, com o rosto virado para o outro lado.

Mas virou a cabeça pesada e os olhos congestionados para a esposa e olhou diretamente para ela.

— O doutor Von Hauptmann — disse ele — me mandou ir para a cama imediatamente depois do jantar. Meu coração está muito pior.

Continuou olhando para Leonora durante um longo minuto, com uma espécie de pesado desdém. E Leonora entendeu que, com esse discurso, ele estava lhe dando a desculpa de que ela precisava para separá-lo da menina e com os olhos ele ainda a censurava por pensar que tentaria corromper Nancy.

Ele subiu silenciosamente para o quarto e ficou lá sentado um longo tempo — até a menina estar bem adormecida —, lendo o livro de orações anglicanas. E por volta das dez e meia, ela ouviu passos diante de sua porta, saindo. Duas horas e meia depois os passos voltaram, cambaleando pesadamente.

Ela ficou refletindo sobre essa posição até a última noite da estada deles em Nauheim. Então, de repente, agiu. E, do mesmo jeito, repentinamente, depois do jantar, olhou para ele e disse:

— Teddy, não acha que podia tirar uma noite de folga das suas ordens médicas e levar Nancy ao Cassino. Tanta coisa estragou as férias da menina.

Ele ficou olhando para ela um longo e instável momento.

— Ora, claro — disse, por fim.

Nancy saltou da cadeira e deu um beijo nele.

Aquelas duas palavras, disse Leonora, deram-lhe o maior alívio que já sentira na vida. Pois se deu conta de que Edward estava cedendo, não sob o desejo de posse, mas de sua teimosa determinação. Ela podia relaxar um pouco a vigilância.

Mesmo assim, ficou sentada no escuro atrás das persianas semifechadas, olhando a rua, a noite e as árvores até, muito tarde, ouvir a voz clara de Nancy se aproximando e dizendo:

— Você parecia mesmo um velho com aquele nariz postiço.

Tinha havido alguma espécie de comemoração de um feriado no *Kursaal*. E Edward replicou com aquela espécie de zangado bom humor:

— E você parecia a velha Mãe Sideacher.

A menina vinha gingando, uma silhueta debaixo da luz de gás; Edward outra, relaxada, ao seu lado. Conversavam como sempre haviam conversado desde que a menina tinha dezessete anos; no mesmo tom de voz, a mesma piada sobre uma velha mendiga, que sempre achavam engraçada em Branshaw. A menina, um pouco depois, abriu a porta de Leonora enquanto ainda beijava Edward na testa como fazia toda noite.

— Foi uma noite gloriosa — ela disse. — Ele está tão melhor. Apostou corrida comigo durante uns cem metros na volta. Por que você está no escuro?

Leonora podia ouvir Edward se aprontando no seu quarto, mas, devido à conversa da menina, não conseguiu perceber se ele tornou a sair ou não. E então, muito mais tarde, porque pensou que se ele estivesse bebendo de novo alguma coisa teria de ser feita para impedir, ela abriu pela primeira vez e bem devagarinho a nunca aberta porta de comunicação entre os quartos. Queria ver se ele havia saído de novo. Edward estava ajoelhado ao lado da cama, com a cabeça escondida na colcha. Os braços esticados seguravam diante dele uma imagem da Virgem Santa, uma coisa berrante, escarlate e azul-da-prússia que a menina havia lhe dado de presente na primeira vez que voltara do convento. Os ombros dele se convulsionaram três vezes e ele soltou grandes soluços antes que ela fechasse a porta. Ele não era católico; mas foi assim que aquilo o pegara.

Essa noite, pela primeira vez, Leonora dormiu um sono sem nenhum sobressalto.

III

E então Leonora despencou totalmente, no dia em que voltaram a Branshaw Teleragh. É o fardo de nossas mentes miseráveis, é o flagelo do destino atroz, mas provavelmente justo, que nenhuma tristeza venha sozinha. Não, qualquer grande tristeza, embora a tristeza em si possa ter passado, deixa em seu lugar uma trilha de horrores, de miséria e desespero. Porque Leonora estava, ela própria, aliviada. Sentia que podia confiar em Edward com a menina e sabia que Nancy merecia confiança absoluta. E então, com o relaxamento de sua vigilância, veio o relaxamento de toda a sua mente. Esta é talvez a parte mais triste de toda a história. Porque é triste ver uma inteligência límpida vacilar; e Leonora vacilou.

Você tem de entender que Leonora amava Edward com uma paixão que era ao mesmo tempo como uma agonia de ódio. E tinha vivido com ele durante anos e anos, sem lhe dirigir uma única palavra de ternura. Não sei como ela conseguia isso. No começo daquela relação, ela estivera simplesmente casada com ele. Era uma de sete filhas de um solar irlandês desarrumado e vazio para o qual voltou do convento de que falei tantas vezes. Tinha saído fazia apenas um ano e tinha dezenove anos. É impossível imaginar uma experiência como a dela. Você pode quase dizer que ela nunca havia falado com um homem que não fosse padre. Vindo diretamente do convento, ela fora para detrás dos altos muros do solar que era tão parecido com um claustro quanto pode ser qualquer convento. Havia sete moças, havia a mãe cansada, havia o pai preocupado em quem, três vezes naquele ano, os locatários haviam atirado sem nenhuma razão de trás da moita. As mulheres, de forma geral, os locatários respeitavam. Uma vez por semana, cada uma das meninas, já que eram sete, saía com a mãe numa charrete de vime puxada por um cavalo muito gordo e muito lento. Faziam uma visita ocasional, mas mesmo essas eram tão raras que, Leonora me garantiu, apenas três vezes no ano seguinte à sua volta do convento entrara na casa de outra pessoa. Durante o restante do tempo, as sete irmãs corriam pelos jardins descuidados entre os arbustos sem poda. Ou jogavam tênis, jogavam bola, num canto do grande muro que cercava o jardim, um canto onde as árvores frutíferas tinham morrido havia muito. Pintavam aquarelas, bordavam, copiavam versos em álbuns. Uma vez por semana, iam à missa; uma vez por semana, iam à confissão, acompanhadas por uma velha babá. Eram felizes, uma vez que não conheciam outra vida.

Pareceu-lhes uma singular extravagância quando, um dia, trouxeram um fotógrafo da capital do condado para fotografá-las em pé, as sete juntas, à sombra de uma velha macieira com líquen verde no tronco retorcido.

Mas não era uma extravagância.

Três semanas antes, o coronel Powys havia escrito ao coronel Ashburnham:

"Digamos, Harry, será que seu Edward não podia casar com uma das minhas meninas? Seria uma bênção do céu para mim, pois estou no fim de minhas forças e, se uma menina for embora, as outras logo vão atrás."

Ele prosseguia, dizendo que todas as filhas eram altas, direitas, de membros sadios e absolutamente puras, e lembrou ao coronel Ashburnham que, como haviam se casado no mesmo dia, embora em igrejas diferentes, já que um era católico e o outro anglicano, haviam combinado, na noite anterior, que, quando chegasse a hora, um dos filhos de um se casaria com uma das filhas do outro. A sra. Ashburnham era uma Powys e continuava boa amiga da sra. Powys. Tinham corrido o mundo como soldados ingleses faziam, raramente se encontravam, mas as esposas sempre se correspondiam. Escreviam sobre coisas banais como a troca de dentes de Edward e das primeiras filhas ou a melhor maneira de consertar um desfiado numa meia. E, embora se encontrassem raramente, encontravam-se o bastante para uma conservar a personalidade da outra fresca na lembrança, à medida que ficavam aos poucos um pouco rijas nas juntas, mas sempre com assunto suficiente para conversar e uma bagagem de reminiscências. Então, como suas meninas começaram a chegar à idade em que tinham de deixar o convento no qual haviam sido internas durante seus anos de serviço ativo, o coronel Powys aposentou-se do Exército com a necessidade de estabelecer um lar para elas. Acontece que os Ashburnham nunca tinham visto nenhuma das meninas Powys, embora, sempre que os quatro pais se encontravam em Londres, Edward fizesse parte do grupo. Ele tinha na época vinte e dois anos e, acredito, era quase tão puro quanto a própria Leonora. Estranho como um rapaz pode ter sua virgem inteligência intocada neste mundo.

Isso se devia, em parte, aos cuidados da mãe dele, em parte ao fato de a casa à qual ele ia em Winchester possuir um tom particularmente puro e em parte à própria peculiar aversão de Edward por qualquer coisa como linguajar grosseiro ou histórias vulgares. Em Sandhurst, ele simplesmente mantivera-se longe desse tipo de coisas. Ele gostava de ser soldado, gostava de matemática, era bom em avaliação de terras, em política e, numa estranha virada mental, gostava de literatura. Mesmo aos vinte e dois anos, era capaz de passar horas lendo os romances de Scott ou as *Crônicas* de Froissart.

A sra. Ashburnham achava que estava de parabéns, e quase toda semana escrevia à sra. Powys estendendo-se sobre sua satisfação.

Então, um dia, caminhando pela Bond Street com o filho, depois de ter estado no Lord's*, ela notou que Edward de repente virou a cabeça para dar uma segunda olhada em uma moça bem vestida que passara por eles. Escreveu sobre isso também à sra. Powys e expressou algum alarme. Da parte de Edward, havia sido a mais simples ação reflexa. Ele andava tão abstraído naquela época, devido à pressão do professor que

* Famoso campo de críquete em Londres.

o preparava para os exames, que certamente nem sabia o que estava fazendo.

Essa carta da sra. Ashburnham à sra. Powys é que havia motivado a carta do coronel Powys ao coronel Ashburnham: uma carta que era meio bem-humorada, meio saudosa. A sra. Ashburnham fez o marido responder com uma carta um pouco mais divertida, algo no sentido de que o coronel Powys devia dar alguma idéia dos bens que estava colocando no mercado. Essa era a causa da fotografia. Eu vi a foto, as sete moças, todas de vestido branco, todas muito parecidas de traços, todas, exceto Leonora, de queixo um pouco pesado e olhos pouco inteligentes. Suponho que deixava Leonora também um pouco pesada e pouco inteligente, porque não era uma boa fotografia. Mas a sombra escura de um dos galhos da macieira caía exatamente sobre seu rosto, praticamente invisível.

Seguiu-se um momento extremamente opressivo para o coronel e a sra. Powys. A sra. Ashburnham escrevera dizendo que, sinceramente, nada daria maior tranqüilidade a suas ansiedades maternas do que ter seu filho casado com uma das filhas da sra. Powys, se ele demonstrasse qualquer inclinação para isso. Pois no caso de Edward, acrescentou, não se podia pensar em nada que não fosse um casamento por amor. Mas o pobre casal Powys tinha de levar as coisas com tamanha cautela que mesmo promover o encontro dos jovens era um risco desesperado.

O mero gasto de mandar uma das meninas até Branshaw, na Irlanda, era aterrorizante para eles; e a menina que escolhessem podia não ser aquela que faria tocar os sinos para Edward. Por outro lado, os gastos com a mera comida e lençóis a mais para a visita dos Ashburnham também era aterrorizante. Significaria, matematicamente, privar-se de umas tantas refeições, eles próprios, depois. Mesmo assim, arriscaram, e os três Ashburnham vieram fazer uma visita à solitária mansão. Podiam oferecer a Edward um pouco de caça rústica, de pesca rústica e um torvelinho de feminilidade, mas devo dizer que as meninas na verdade impressionaram mais à sra. Ashburnham do que ao próprio Edward. A ela as meninas pareceram tão bem-educadas e tão confiáveis! Eram de fato tão bem-comportadas que, de um jeito um tanto vago, Edward parecia vê-las mais como rapazes do que como moças. E então, uma noite, a sra. Ashburnham teve com o rapaz uma daquelas conversas que as mães inglesas têm com seus filhos ingleses. Parece ter sido uma espécie de procedimento criminal, embora eu não saiba o que aconteceu na conversa. De qualquer forma, na manhã seguinte, o coronel Ashburnham pediu, em nome do filho, a mão de Leonora em casamento. Isso causou certa consternação no casal Powys, uma vez que Leonora era a terceira filha, e Edward devia casar com a mais velha. A sra. Powys, com seu rígido senso de retidão, quase desejou rejeitar a proposta. Mas o coronel, seu marido, observou que a visita tinha custado a eles sessenta libras, com a contratação de uma criada extra, de um cavalo com carruagem, e a compra de camas, lençóis e toalhas de mesa extras. Não havia nada a fazer, senão o casamento. Dessa forma, Edward e Leonora tornaram-se marido e mulher.

Não sei se um estudo muito minucioso sobre o progresso deles para a desunião se faz necessário. Talvez sim. Mas existem muitas coisas que não consigo compreender bem, sobre as quais não posso interrogar Leonora, ou sobre as quais Edward não me contou. Não sei se jamais houve qualquer questão de amor de Edward por ela. Ele a via, certamente, como desejável entre as irmãs. Era obstinado a ponto de dizer que, se não pudesse ser ela, não aceitaria nenhuma das outras. E, sem dúvida, antes do casamento, ele fez para ela lindos discursos dos livros que tinha lido. Mas até onde era capaz de descrever os próprios sentimentos, depois, parece que com calma e sem nenhuma aceleração do coração, ele simplesmente levou embora a garota, não havendo nenhuma oposição. Tudo isso acontecera, porém, havia tanto tempo que parecia-lhe, no final de sua pobre vida, uma coisa nebulosa e apagada. Ele tinha a maior admiração por Leonora.

Tinha a maior das admirações. Ele a admirava por sua sinceridade, pela limpeza de sua mente, e pela firmeza de seus membros, por sua eficiência, pela brancura da pele, pelo ouro do cabelo, por sua religião, por seu senso de dever. Era uma satisfação levar Leonora com ele.

Mas ela não exercia sobre ele nenhum toque de magnetismo. Acho, realmente, que ele não a amava porque ela nunca ficava triste; o que realmente o fazia se sentir bem na vida era consolar alguém que estivesse sombria e misteriosamente triste. Isso ele nunca teve de fazer por Leonora. Talvez, também, ela fosse, no início, obediente demais. Não quero dizer que fosse submissa, que submetesse seus julgamentos aos dele. Isso ela não fazia. Mas fora entregue a ele como uma paciente virgem medieval; aprendera a vida toda que o primeiro dever de uma mulher é obedecer. E lá estava ela.

Nela, ao menos, a admiração pelas qualidades dele logo se transformaram em amor da mais pura natureza. O coração dele podia nunca bater mais forte, mas ela, pelo que me disseram, tornava-se o que se chama de um ser alterado quando ele se aproximava dela do outro lado do salão de baile. Os olhos dela o seguiam cheios de fidelidade, de admiração, de gratidão e de amor. Ele era também, num sentido amplo, seu pastor, seu guia e a orientou a algo que, para uma menina saída do convento, era quase o céu. Não faço a menor idéia de como deva ser a existência da esposa de um oficial inglês. De qualquer forma, havia banquetes, conversas, homens interessantes que lhe prestavam o tipo certo de admiração, e mulheres interessantes que a tratavam como se fosse um bebê. O confessor dela aprovava sua vida, Edward a deixava dar pequenos presentes para as garotas do convento de onde saíra, e a reverenda madre o aprovava. Não podia haver garota mais feliz durante cinco ou seis anos.

Porque foi só ao final desse tempo que, como diz o ditado, as nuvens começaram a escurecer. Ela estava com quase vinte e três anos e sua eficiência objetiva a fazia, talvez, ter um desejo de mando. Começou a perceber que Edward era extravagante em sua generosidade. Os pais dele tinham morrido mais ou menos nessa época, e Edward, embora ambos tivessem resolvido que ele devia continuar sendo soldado, dedicava grande atenção ao gerenciamento de Branshaw, por intermédio de um capataz. Aldershot não ficava muito longe e passavam lá todas as folgas dele.

E, de repente, ela começou a achar que percebia que as generosidades dele eram quase fantásticas. Ele colaborava demais com as coisas ligadas à caserna, pagava aposentadoria aos criados do pai, velhos ou novos, com generosidade excessiva. Tinham grandes rendas, mas, de vez em quando, se viam apertados. Ele começara a falar de hipotecar uma ou duas fazendas, embora nunca tenham chegado a isso.

Ela fazia tentativas hesitantes de protestar. O pai dela, que visitava de vez em quando, dizia que Edward era generoso demais com seus locatários; as esposas de seus colegas oficiais ralhavam com ela em particular; as grandes doações que ele fazia criavam dificuldades para seus maridos acompanharem. Ironicamente, o primeiro problema real entre eles foi o desejo dele de construir uma capela católica romana em Branshaw. Ele queria fazer isso em honra de Leonora, e fez uma proposta muito cara. Leonora não queria isso; podia perfeitamente ir de carruagem de Branshaw até a igreja católica mais próxima toda vez que quisesse. Não havia locatários católicos romanos, nem criados católicos romanos a não ser a velha babá que podia sempre ir com ela. Ela hospedava tantos padres quanto necessário, e nem mesmo os padres queriam uma capela deslumbrante naquele lugar onde seria vista apenas como um hostil exemplo de ostentação. Estavam inteiramente dispostos a rezar missa para Leonora e sua babá numa edícula bem arrumada, quando ficavam em Branshaw. Mas Edward foi mais teimoso que uma mula a respeito.

Ficou realmente ofendido com a falta de sentimento da mulher, com sua recusa em receber aquele tanto de homenagem pública da parte dele. Ela lhe parecia carente de imaginação, fria, dura. Não sei exatamente qual o papel que os padres dela desempenharam na tragédia em que tudo se transformou; suponho que eles se comportaram com muita propriedade, mas equivocadamente. Porém, o que não seria equivocado com Edward? Acredito que ele chegou a ficar magoado porque o confessor de Leonora não fez esforços insistentes para ele se converter. Houve um período em que ele esteve bem disposto a se transformar num católico fervoroso.

Não sei por que não o pegaram desprevenido; mas essa gente tem estranhas sabedorias, e um estranho tipo de tato. Talvez achassem que a conversão precoce de Edward fosse assustar outros protestantes desejáveis de se casar com moças católicas. Talvez percebessem Edward com mais profundidade do que ele mesmo e achassem que ele não constituiria uma espécie de convertido muito recomendável. De qualquer forma, eles, e Leonora, o deixaram em paz. Isso o mortificou bastante. Ele me disse que, se Leonora tivesse levado a sério suas aspirações nessa época, tudo teria sido diferente. Mas suponho que seja bobagem.

De qualquer forma, foi a respeito da questão da capela que tiveram a primeira e realmente desastrosa briga. Edward nessa época não estava bem; achava que estava sobrecarregado com os problemas de seu regimento: naquele momento, ele gerenciava a caserna. E Leonora não estava bem: começava a temer que a união deles fosse estéril. Então o pai dela veio de Glasmoyle para ficar com eles.

Era um momento conturbado na Irlanda, creio. De qualquer forma, o coronel Powys estava com os locatários na cabeça: seus próprios locatários haviam atirado nele com armas de fogo. E em conversas com o capataz de Edward, ele pôs na cabeça que Edward gerenciava suas propriedades com uma louca generosidade por seus locatários. Acredito também que aquela época, os anos 1890, foram muito ruins para a produção agrícola. O trigo alcançava poucos xelins por saca; o preço da carne era tão baixo que não valia a pena criar o gado; condados ingleses inteiros se arruinaram. E Edward concedia descontos muito altos a seus locatários.

Para fazer justiça a ambos, Leonora depois admitiu que ela estava errada nessa época e que Edward estava fazendo uma política de visão mais ampla ao proteger locatários realmente muito bons durante um mau período. Não que a totalidade do dinheiro dele viesse da terra; uma boa parte estava aplicada em ferrovias. Mas o velho coronel Powys estava enquizilado com aquilo e, mesmo não abordando diretamente o próprio Edward sobre o assunto, falava sem parar, sempre que tinha a oportunidade, para Leonora. Sua idéia mais querida era que Edward despedisse todos os locatários e importasse um grupo de fazendeiros da Escócia. Era isso que estavam fazendo em Essex. Ele era da opinião que Edward estava galopando para a ruína.

Isso preocupou muito Leonora, preocupou-a horrivelmente; ela passou noites acordada; tinha uma ruga de ansiedade em torno da boca. E isso, uma vez mais, preocupou Edward. Não digo que ela tenha falado efetivamente com Edward sobre os locatários, mas ele deve ter sabido que alguém, provavelmente o pai dela, andava falando com ela sobre o assunto. Ele ficou sabendo disso devido ao hábito do capataz de aparecer toda manhã por volta do horário do café para relatar qualquer pequeno acontecimento. E havia um fazendeiro chamado Mumford que havia pago apenas metade do aluguel nos últimos três anos. Uma manhã, o capataz contou que Mumford não ia conseguir pagar o aluguel aquele ano inteiro. Edward refletiu um momento e depois disse algo como:

— Ah, muito bem, ele é um velho conhecido, e a família dele vive em nossas terras há mais de duzentos anos. Deixe que não pague nada.

E então Leonora, você há de lembrar que ela possuía razões para estar muito nervosa e infeliz nessa época, emitiu um som que parecia um gemido. Isso surpreendeu Edward, que estava mais que desconfiado com o que se passava na cabeça dela, lançou-o num estado de cólera. Ele disse, duro:

— Você não vai querer que eu mande embora gente que nos dá dinheiro há séculos, gente com quem temos responsabilidade, para admitir um bando de fazendeiros escoceses?

Leonora contou que ele olhou para ela com o que era, praticamente, um ar de ódio, e então deixou precipitadamente a mesa do café. Leonora sabia que as coisas ficavam ainda piores por ele ter se traído numa manifestação de raiva diante de terceiros. Foi a primeira e última vez que ele se deixou trair numa tal manifestação de raiva. O capataz, um homem moderado e bem equilibrado, cuja família também servia os Ashburnham havia mais de um século, assumiu o encargo de explicar que achava que Edward estava adotando um proceder absolutamente correto com seus locatários. Ele talvez errasse um pouco na questão da generosidade, mas tempos difíceis são tempos difíceis, e todo mundo tinha de viver o apuro, os donos da terra assim como os locatários. Uma coisa muito importante era não deixar a terra cair num estado de cultivo empobrecido. Os fazendeiros escoceses apenas roçavam a terra e deixavam que ficasse menos e menos produtiva. Mas Edward tinha um grupo de locatários muito bom que fazia o máximo por ele e por si próprios. Esses argumentos, naquela época, foram muito pouco convincentes para Leonora. Ela ficou, porém, bastante preocupada com a explosão de raiva de Edward.

O fato é que Leonora vinha fazendo economias em seu departamento. Duas das criadas-faxineiras tinham ido embora, e ela não as substituíra; gastou naquele ano muito menos com roupas. A mesa que apresentara nos jantares que davam havia sido menos farta e nem de longe tão dispendiosa quanto fora nos anos precedentes, e Edward começou a perceber uma dureza e determinação no caráter de sua esposa. Ele parecia ver uma rede se fechando em torno dele, uma rede em que seriam forçados a viver como uma daquelas famílias comparativamente pobres do condado. E daquele jeito misterioso que duas pessoas, vivendo juntas, acabam sabendo os pensamentos um do outro sem trocar uma palavra, ele sabia, mesmo antes de sua explosão, que Leonora estava preocupada com seu gerenciamento das propriedades. Isso lhe pareceu intolerável. Edward tinha também uma grande sensação de autodepreciação por ter se traído ao falar asperamente com Leonora diante daquele capataz. Ele imaginava que devia estar perdendo o controle, e poucos homens foram mais atormentados que ele durante esse período.

Sabe, ele era de fato uma alma muito simples, muito simples. Imaginava que nenhum homem pode realizar satisfatoriamente a obra de sua vida sem a cooperação leal e sincera da mulher com quem vive. E ele estava começando a perceber ligeiramente que, enquanto suas tradições eram inteiramente coletivas, sua esposa era uma total individualista. Sua própria teoria — a teoria feudal de que se um senhor faz o máximo por seus dependentes, os dependentes fazem o máximo por seu senhor — essa teoria era inteiramente estranha à natureza de Leonora. Ela vinha de uma família de pequenos proprietários irlandeses, essa hostil guarnição em um país saqueado. E pensava sem cessar nos filhos que queria ter.

Não sei por que eles nunca tiveram nenhum filho. Não que eu acredite realmente que filhos teriam feito alguma diferença. A dessemelhança entre Edward e Leonora era profunda demais. Para dar a você alguma idéia da extraordinária ingenuidade de Edward Ashburnham, na época de seu casamento e durante, talvez, uns dois anos depois, ele não sabia de fato como as crianças eram produzidas. Nem Leonora. Não quero dizer que esse estado de coisas tenha persistido, mas lá estava. Suponho que deva ter influenciado muito suas mentalidades. De qualquer forma, nunca tiveram um filho. Foi a Vontade de Deus.

Isso certamente se apresentou a Leonora como a Vontade de Deus, como uma misteriosa e horrível punição do Todo-poderoso. Pois ela descobriu, pouco depois desse período, que seus pais não haviam exigido da família de Edward a promessa de que os filhos que tivessem fossem criados como católicos. Ela própria nunca falara do assunto nem com seu pai, nem com sua mãe, nem com seu marido. Quando, finalmente, o pai dela deixou escapar algumas palavras levando a crer que isso era um fato, ela tentou desesperadamente extrair a promessa de Edward. Encontrou uma inesperada obstinação. Edward estava inteiramente disposto a permitir que as meninas fossem católicas; os meninos tinham de ser anglicanos. Eu não entendo o alcance dessas coisas na sociedade inglesa. Na verdade, os ingleses me parecem um pouco loucos em questões de política e religião. Com Edward isso era particularmente estranho, porque ele próprio estava perfeitamente pronto a se tornar um romano. Ele parecia, porém, considerar a possibilidade de ele próprio ir a Roma, mas fazer com que seus meninos fossem educados na religião de seus ancestrais imediatos. Isso pode parecer ilógico, mas suponho que não seja tão ilógico quanto parece. Edward, quero dizer, considerava que ele próprio tinha seu corpo e sua alma à sua própria disposição. Mas sua lealdade às tradições de sua família não permitia que comprometesse quaisquer futuros herdeiros de seu nome ou beneficiários pela morte de seus ancestrais. Quanto às meninas, não importava tanto. Elas iriam conhecer outros lares e outras circunstâncias. Além disso, era o usual. Mas os meninos deviam ter a oportunidade de escolher. E deviam ter em primeiro lugar um ensino anglicano. Ele era absolutamente inabalável a esse respeito.

Leonora ficou em agonia durante todo esse tempo. Você deve se lembrar de que ela acreditava seriamente que os filhos que pudesse ter correriam perigo, se não absolutamente de danação, ao menos de receber falsas doutrinas. Era uma agonia mais terrível do que ela podia descrever. Ela efetivamente não tentava descrever, mas posso dizer isso pelo tom de sua voz quando disse, quase negligentemente: "Eu passava noites inteiras acordada. Não adiantava meus conselheiros espirituais tentarem me consolar." Pelo tom de voz dela, eu sabia como essas noites devem ter sido terríveis e longas e como de nada deviam adiantar as consolações de seus conselheiros espirituais. Seus conselheiros espirituais pareciam enfrentar o assunto com um pouco mais de calma. Eles certamente diziam a ela que não devia considerar, sob nenhuma hipótese, que havia pecado. Não, eles parece que até a exortaram, a ameaçaram, com vistas a removê-la do que consideravam um estado de espírito mórbido. Ela devia apenas fazer o que era melhor: influenciar os filhos quando viessem, não com propaganda, mas com sua personalidade. E alertaram-na de que estaria cometendo um pecado se continuasse a pensar que havia pecado. No entanto, ela continuou achando que havia pecado.

Leonora não conseguia perceber que o homem que ela amava apaixonadamente e que, mesmo assim, estava começando a tentar dominar com uma barra de ferro, que esse homem estava se tornando mais e mais distante dela. Ele parecia vê-la não apenas como física e mentalmente fria, mas até mesmo como efetivamente perversa e mesquinha. Havia momentos em que ele chegava a estremecer se ela falava com ele. E ela não podia entender como ele podia considerá-la perversa ou mesquinha. Apenas lhe parecia uma espécie de loucura dele tomar sobre os próprios ombros o peso de sua tropa, de seu regimento, de sua propriedade e de metade do país. Ela não conseguia entender que ao tentar domar o que considerava megalomania estivesse fazendo alguma coisa perversa. Estava apenas tentando manter as coisas no lugar em favor dos filhos que não vieram. Pouco a pouco, todo o relacionamento deles passou a ser simplesmente uma relação de agoniadas discussões quanto a Edward patrocinar esta ou aquela instituição ou tentar recuperar este ou aquele bêbado. Ela simplesmente não conseguia entender.

Em meio a essa realmente terrível situação de tensão, da qual parecia não haver saída, o caso Kilsyte veio quase como um alívio. Faz parte da peculiar ironia das coisas que Edward certamente jamais teria beijado a babá se não estivesse tentando agradar Leonora. Babás não viajam de primeira classe, e, aquele dia, Edward viajou num vagão de terceira classe a fim de provar a Leonora que era capaz de fazer economia. Eu disse que o caso Kilsyte veio quase como um alívio para a tensa situação que então existia entre eles. Forneceu a Leonora uma oportunidade de se manter ao lado dele de uma forma sincera e absolutamente leal. Deu-lhe a oportunidade de portar-se com ele como achava que uma esposa deveria se portar com o marido.

Sabe, Edward viu-se num vagão com uma garota bem bonita de dezenove anos. E a garota bem bonita de dezenove anos, com cabelo escuro, faces vermelhas e olhos azuis, estava chorando baixinho. Edward estava sentado em seu canto sem pensar em absolutamente nada. Tinha olhado de relance a babá; duas grossas e lindas lágrimas saíram de seus olhos e caíram em seu colo. Ele imediatamente sentiu que tinha de fazer alguma coisa para consolá-la. Era a sua função na vida. Ele próprio estava desesperadamente infeliz e pareceu-lhe a coisa mais natural do mundo que fundissem suas tristezas. Ele era bem democrático; a idéia da diferença de classes parece não lhe ter ocorrido. Começou a conversar com ela. Descobriu que o namorado dela vinha saindo com Annie do número 54. Ele passou para o lado dela no vagão. Disse que a história provavelmente não era verdadeira; que afinal de contas um rapaz podia sair para dar uma volta com a Annie do número 54 sem que isso indicasse nada sério. E me garantiu que se sentiu ao menos meio paternal quando passou o braço pela cintura dela e a beijou. A garota, porém, não havia esquecido a diferença de classes.

Durante toda a vida, sua mãe, as outras garotas, as professoras e toda a tradição de sua classe a alertaram contra cavalheiros. Estava sendo beijada por um cavalheiro. Ela gritou, empurrou-o, pôs-se de pé e puxou o cordão de alarme.

Edward saiu-se bastante bem desse caso no apreço público; mas lhe fez, mentalmente, muito mal.

IV

É muito difícil dar uma impressão completa de qualquer homem. Pergunto-me até que ponto consegui com Edward Ashburnham. Suponho que não tenha conseguido nada. É sempre muito difícil ver o quanto essas coisas importam. Era importante acerca do pobre Edward que fosse de boa constituição, que tivesse boa postura, fosse moderado à mesa e levasse uma vida regular, que possuísse, de fato, todas as virtudes geralmente consideradas inglesas? Ou terei ao menos conseguido comunicar que ele era todas essas coisas e possuía todas essas virtudes? Ele decerto era e as tinha até os últimos meses de sua vida. Eram as coisas que se poriam em sua lápide. Elas serão, de fato, colocadas em sua lápide pela viúva.

E será que terei, me pergunto, dado a devida impressão de como sua vida foi partilhada e o seu tempo empregado? Porque, até o fim, a quantidade de tempo tomada por suas várias paixões foi relativamente pequena. Fui forçado a escrever muito sobre suas paixões, mas você tem de levar em conta, gostaria de ajudá-lo a levar em conta, que ele se levantava toda manhã às sete horas, tomava um banho frio, fazia o desjejum às oito, ocupava-se com seu regimento das nove até a uma; jogava pólo ou críquete com os homens quando era a temporada de críquete, até a hora do chá. Depois, ocupava-se com as cartas do capataz ou com os negócios da caserna, até a hora do jantar. Jantava e passava a noite jogando cartas ou jogando bilhar com Leonora, ou em funções sociais de um tipo ou outro. E a maior parte de sua vida foi tomada por isso, de longe a maior parte de sua vida. Seus casos amorosos, até o fim, eram encaixados em momentos livres ou aconteciam durante as noites sociais, os bailes e jantares. Mas acho que criei dificuldades para você, ó ouvinte silencioso, captar essa impressão.

De qualquer forma, espero que não tenha lhe dado a idéia de que Edward Ashburnham era um caso patológico. Não era. Era apenas um homem normal e muito sentimental. Suponho que a qualidade de sua juventude, a natureza da influência de sua mãe, suas ignorâncias, a formação que recebeu das mãos dos treinadores do Exército, suponho que todas essas excelentes influências sobre a sua adolescência foram muito ruins para ele. Mas todos temos que suportar esse tipo de coisas e sem dúvida é muito ruim para todos nós. No entanto, o perfil da vida de Edward foi um perfil inteiramente normal para a vida de um homem eficiente, sentimental e que trabalhava duro.

Essa questão de primeiras impressões sempre me incomodou bastante, mas sempre academicamente. Quero dizer, de quando em quando me perguntei por que seria ou não seria melhor confiar nas primeiras impressões ao se relacionar com as pessoas. Mas nunca tive de me relacionar com ninguém a não ser garçons e camareiras e os Ashburnham, com quem eu não sabia que estava me relacionando. E no tocante a garçons e camareiras, concluí no geral que minhas primeiras impressões eram bastante corretas. Se minha primeira idéia de um homem era que ele era civilizado, gentil e atencioso, ele geralmente parecia continuar sendo todas essas coisas. Uma vez, porém, em nosso apartamento em Paris, tivemos uma empregada que parecia ser encantadora e de transparente honestidade. Mesmo assim, roubou um dos anéis de brilhante de Florence. Ela o fez, porém, para impedir que o namorado fosse para a prisão. De forma que esse era, como alguém diz em algum lugar, um caso especial.

E mesmo em minha breve incursão na vida empresarial americana, uma incursão que durou parte de agosto e quase todo setembro, descobri que confiar nas primeiras impressões era a melhor coisa que se pode fazer. Descobri-me automaticamente definindo e rotulando cada homem que me era apresentado, pelo jeito de seus traços e pelas primeiras palavras que falava. Não se pode, porém, dizer que realmente fiz negócios durante o tempo que passei nos Estados Unidos. Eu estava apenas aquecendo as coisas. Se não fosse minha idéia de casar com a menina, eu talvez tivesse procurado alguma coisa para fazer em meu próprio país. Porque minhas experiências lá foram intensas e divertidas. Era exatamente como se eu tivesse saído de um museu para um louco baile à fantasia. Durante minha vida com Florence, eu quase esquecera que havia coisas como modas, ou ocupações, ou a ambição do lucro. Eu de fato esquecera que havia uma coisa como o dólar e que o dólar pode ser extremamente desejável se acontece de você não possuí-lo. E eu esquecera também que havia uma coisa como a intriga, que era importante. Nesse particular, a Filadélfia era o lugar mais incrível em que eu já havia estado na vida. Não fiquei nessa cidade mais do que uma semana ou dez dias, e não realizei ali nenhuma transação de negócios; no entanto, o número de vezes em que fui alertado por alguém contra alguma outra pessoa foi simplesmente incrível. Um homem que eu não conhecia veio por trás de minha cadeira no hotel e, cochichando cautelosamente ao meu ouvido, alertou-me contra algum outro homem que eu igualmente não conhecia, mas que estaria parado junto ao bar. Não sei o que acharam que fui fazer ali, talvez saldar o débito da cidade ou obter o controle acionário de alguma ferrovia. Ou, talvez, imaginassem que eu queria comprar um jornal, pois eles eram ou políticos ou repórteres, o que, evidentemente, resulta na mesma coisa. Efetivamente, minha propriedade na Filadélfia era em sua maior parte imobiliária, na parte antiquada da cidade, e tudo o que eu queria fazer ali era apenas me certificar de que as casas estavam bem conservadas e as portas mantidas devidamente pintadas. Eu queria também ver meus parentes, os poucos que tinha. Eram, em sua maioria, profissionais e estavam no geral em dificuldades por causa da grande quebra bancária de 1907 e pouco depois. Mesmo assim, foram muito simpáticos. E seriam ainda melhores se não tivessem, todos, aquilo que me pareceu ser a mania de que aquilo que chamavam de influências estava trabalhando contra eles. De qualquer forma, a impressão daquela cidade foi de salas antiquadas, de tipo bastante mais inglês que americano, em que damas bonitas, mas carentes de trato, primas minhas, conversavam principalmente sobre os misteriosos movimentos que estavam em curso contra elas. Jamais consegui entender o que significava aquilo; talvez achassem que eu sabia ou talvez não existisse movimento nenhum. Era tudo muito secreto, sutil e subterrâneo. Mas havia um bom sujeito chamado Carter que era uma espécie de sobrinho-neto meu, em segundo grau. Era bonito, moreno, cavalheiresco, alto e modesto. Soube também que era bom jogador de críquete. Era funcionário dos agentes imobiliários que coletavam meus aluguéis. Foi ele, portanto, que me levou a ver minhas próprias propriedades e estive muito com ele e com uma ótima moça chamada Mary, de quem estava noivo. Naquela época, tomei uma atitude que certamente não tomaria agora: fiz uma cuidadosa investigação sobre seu caráter. Com seus empregadores descobri que ele era exatamente o que parecia: honesto, industrioso, animado, simpático e pronto a servir a qualquer um. Os parentes dele, porém, que eram meus parentes também, pareciam ter alguma coisa sombria e misteriosa contra ele. Imagino que ele possa ter se envolvido em algum caso de corrupção ou que havia, ao menos, traído diversas confiantes e inocentes donzelas. Porém forcei um esclarecimento desse mistério em particular e descobri simplesmente que ele era um democrata. Minha parentela era principalmente republicana. Parecia-lhes ainda pior e ainda mais misterioso e sombrio que o jovem Carter fosse o que chamavam de uma espécie de democrata de Vermont, o que era inadmissível, sem dúvida. Mas não sei o que isso quer dizer. De qualquer forma, creio que todo o meu dinheiro vai para ele quando eu morrer. Gosto da lembrança de sua figura simpática e da boa moça de quem estava noivo. Que o Destino seja muito gentil com eles.

Eu disse há pouco que, em minha posição atual, nada jamais me faria investigar o caráter de qualquer homem de que eu gostasse à primeira vista. (A pequena digressão sobre minhas experiências na Filadélfia tinham por fim realmente chegar a isto.) Pois quem neste mundo pode atribuir um caráter a alguém? Quem neste mundo sabe alguma coisa do coração de qualquer outro, ou do seu próprio? Não quero dizer que não se possa formar uma estimativa média do modo como a pessoa irá se comportar. Mas não se pode ter certeza da maneira como qualquer homem irá se comportar em todos os casos. E até que se possa fazer isso, um "caráter" não tem nenhum uso para ninguém. Foi, por exemplo, o que aconteceu com a criada de Florence em Paris. Costumávamos confiar àquela moça cheques bancários para pagar as compras. Durante um bom tempo, confiamos nela a esse ponto. Depois, subitamente, ela roubou um anel. Não acreditávamos que fosse capaz disso; ela não devia se acreditar capaz disso. Não tinha nada a ver com seu caráter. Talvez, com Edward Ashburnham fosse a mesma coisa.

Ou talvez não. Não, acho que não. É difícil chegar a uma conclusão. Eu disse que o caso Kilsyte relaxou a tensão imediata entre ele e Leonora. Fez com que visse que ela era capaz de ser leal a ele; deu a ela a chance de mostrar que acreditava nele. Ela aceitou sem questionar a declaração dele de que, ao beijar a garota, não estava tentando mais que administrar consolação paternal a uma criança que chorava. E, de fato, seu próprio mundo, inclusive os magistrados, assumiu essa visão do caso. Digam o que disserem as pessoas, o mundo de alguém pode às vezes ser perfeitamente caritativo... Mas uma vez mais, como eu disse, isso fez muito mal a Edward.

Essa, pelo menos, era a visão dele. Ele me garantiu que, antes de aquele caso ocorrer e ser discutido por advogados com todo tipo de pensamentos sujos que advogados são capazes de imputar a esses casos, ele não tivera a menor idéia de que fosse capaz de ser infiel a Leonora. Mas em meio àquele tumulto, ele diz que de repente lhe veio à cabeça, enquanto estava no banco das testemunhas, em meio àquelas augustas cerimônias da lei, lhe veio subitamente à mente a lembrança da maciez do corpo da garota quando a apertara contra si. E a partir daquele momento, aquela garota lhe pareceu desejável, e Leonora inteiramente sem atrativos.

Ele começou a se abandonar a divagações em que se aproximava da babá com mais tato e levava o assunto muito mais longe. De vez em quando, pensava em outras mulheres em termos de cautelosa corte, ou talvez fosse mais exato dizer que ele pensava nelas em termos de uma consolação cheia de tato que terminava em absorção. Era assim que ele via a coisa. Via a si mesmo como uma vítima da lei. Não quero dizer que se visse como uma espécie de Dreyfus. A lei, praticamente, foi bem branda com ele. Declarou que a seu ver o capitão Ashburnham fora desencaminhado por um desejo deslocado de consolar um membro do sexo oposto, e multou-o em cinco xelins por sua falta de tato, ou de conhecimento do mundo. Mas Edward sustentava que isso pusera idéias em sua cabeça.

Não acredito nisso, mas ele certamente sim. Tinha vinte e sete anos na época, e sua mulher não estava a seu favor: algum choque era inevitável. Houve entre eles um momentâneo *rapprochement*;* mas não podia durar. E as coisas ficavam ainda piores, provavelmente, porque nessa questão específica Leonora se comportara tão absolutamente bem. Pois enquanto Edward a respeitava mais e sentia gratidão por ela, o caso fizera com que parecesse ainda mais fria em outras questões que eram caras ao coração dele: suas responsabilidades, sua carreira, sua tradição. Isso levou o desespero dele em relação a ela ao ponto de exasperação e fixou nele a idéia de que podia encontrar alguma outra mulher que lhe desse o suporte moral de que precisava. Ele queria ser visto como uma espécie de Lohengrin.

Naquela época, diz ele, saiu procurando deliberadamente alguma mulher que pudesse ajudá-lo. Encontrou várias, pois havia um bom número de damas em seu universo capazes de concordar com aquele sujeito bonito e bom que os deveres de um cavalheiro feudal eram feudais. Ele teria gostado de passar seus dias conversando com uma ou outra dessas damas. Mas sempre havia um obstáculo: se a dama era casada, havia um marido que requisitava a maior parte do tempo e da atenção dela. Se, por outro lado, fosse uma moça solteira, ele não podia estar muito com ela com medo de comprometê-la.

---

* Aproximação, em francês no original.

Naquele tempo, você entende, ele não fazia a menor idéia de seduzir nenhuma dessas damas. Ele queria apenas suporte moral nas mãos de alguma mulher, porque achava difícil conversar com homens sobre ideais. De fato, não acredito que ele tivesse, em qualquer época, qualquer idéia de transformar alguém em sua amante. Isso soa estranho, mas acredito que seja bem verdadeiro como uma declaração de caráter.

Acredito que foi um dos padres de Leonora, um homem do mundo, quem sugeriu que ela o levasse a Monte Carlo. Ele tinha a idéia de que aquilo que Edward precisava para adequá-lo à sociedade com Leonora era um toque de irresponsabilidade. Porque Edward, naquela época, parecia muito um puritano. O que quero dizer é que ele jogava pólo e era excelente dançarino, mas fazia uma coisa para se manter em forma e a outra porque era um dever social aparecer em bailes e, quando lá, dançar bem. Ele não fazia nada por divertimento, a não ser o que considerava ser seu trabalho na vida. Na opinião do padre, isso haveria de mantê-lo para sempre distante de Leonora. Não porque Leonora contasse muito com a alegria de viver, mas porque não acreditava no trabalho de Edward. Por outro lado, Leonora gostava, sim, de se divertir de vez em quando e, na visão do padre, caso se pudesse conseguir que Edward se divertisse de vez em quando também, haveria um elo de simpatia entre eles. Era uma boa idéia, mas que deu errado.

Resultou, de fato, na amante do grão-duque. Para qualquer pessoa menos sentimental que Edward, isso não teria importado. Com Edward foi fatal. Pois era tão honrada a sua natureza que gozar os favores de uma mulher fazia com que sentisse que tinha com ela uma ligação para a vida inteira. Era assim que funcionava na prática. Psicologicamente, significava que ele não era capaz de ter uma amante sem se apaixonar violentamente por ela. Ele era uma pessoa séria e nesse caso particular essa atitude foi muito dispendiosa. A amante do grão-duque, uma dançarina espanhola de aparência apaixonada, selecionou Edward com seus olhares em um baile que foi dado no hotel onde estavam todos. Edward era alto, bonito, louro e muito rico pelo que ela sabia; e Leonora foi para a cama cedo. Ela não gostava de bailes públicos, mas ficou aliviada de ver que Edward parecia estar se divertindo muito com diversas garotas afáveis. E esse foi o fim de Edward porque a dançarina de aparência apaixonada queria uma noite com ele por seus *beaux yeux.** Ele a levou para o jardim escuro e, ao lembrar-se de repente da garota do caso Kilsyte, beijou-a. Beijou-a apaixonadamente, violentamente, com uma súbita explosão da paixão que estivera represada a vida inteira, porque Leonora era fria, ou, ao menos, bem-comportada. La Dolciquita gostou dessa reversão, e ele passou a noite na cama dela.

Quando a criatura palpitante estava finalmente adormecida em seus braços, ele descobriu que estava loucamente, arrebatadamente, esmagadoramente apaixonado por ela. Era uma paixão que havia subido como fogo no milharal seco. Ele não conseguia pensar em mais nada; não conseguia viver para mais nada. Porém, La Dolciquita era uma criatura racional, sem um grama de paixão dentro dela. Queria uma certa satisfação de seus apetites e Edward tinha lhe sido atraente a noite passada. Agora, aquilo estava acabado e, bem friamente, ela disse que queria dinheiro, se ele quisesse mais dela. Era uma transação comercial perfeitamente razoável. Ela não ligava a mínima para Edward, nem para homem nenhum, e ele estava pedindo a ela que colocasse em risco uma situação muito boa com o grão-duque. Se Edward conseguisse juntar dinheiro suficiente para servir como uma espécie de seguro contra acidentes, ela estava pronta a gostar de Edward durante o tempo que estivesse coberto, por assim dizer, pela apólice. Ela recebia cinqüenta mil dólares anuais do grão-duque; Edward teria de pagar o prêmio equivalente a dois anos para um mês de sua companhia. Não haveria muito perigo de o grão-duque descobrir e não era certo que fosse lhe mostrar a porta da rua se descobrisse. Mas havia risco, um risco de vinte por cento, ela calculava. La Dolciquita conversou com Edward como se fosse um advogado com uma propriedade à venda, perfeitamente tranqüila,

* "belos olhos", em francês no original.

perfeitamente fria, sem nenhuma inflexão na voz. Ela não queria ser indelicada com ele; mas não via razão para ser delicada com ele. Era uma virtuosa mulher de negócios com uma mãe e duas irmãs e a própria velhice a ser confortavelmente garantida. Não esperava mais do que outros cinco anos de atividade. Tinha vinte e quatro anos, e, nas suas palavras: "Nós, espanholas, ficamos um horror aos trinta." Edward jurou que a sustentaria a vida inteira se ficasse com ele e parasse de falar coisas tão horríveis; mas ela apenas sacudiu um ombro devagar, desdenhosa. Ele tentou convencer essa mulher que, a seus olhos, havia submetido a ele sua virtude, pois ele via aquilo como um caso em que seu dever era sustentá-la, estimá-la e até amá-la, pela vida inteira. Em troca do sacrifício dela, ele faria isso. E em troca de seu amor honrado, ela ouviria para sempre seus relatos sobre suas propriedades. Era assim que ele planejava.

Ela mexeu o mesmo ombro com o mesmo gesto e estendeu a mão esquerda com o cotovelo grudado no corpo:

— *Enfin, mon ami** — disse ela —, ponha aqui nesta mão o preço daquela tiara da Forli senão... — E virou de costas para ele.

Edward ficou louco; seu mundo virou de pernas para o ar; as palmeiras em frente ao mar azul dançavam danças grotescas. Você sabe, ele acreditava na virtude, na ternura e no suporte moral de mulheres. Mais que qualquer outra coisa, ele queria conversar com La Dolciquita; retirar-se com ela para uma ilha e mostrar-lhe a danação de seu ponto de vista e como a salvação só pode ser encontrada no amor verdadeiro e no sistema feudal. Ela uma vez havia sido sua amante, ele pensou, e por todas as leis morais tinha de continuar sendo sua amante, ou, no mínimo, sua compadecida confidente. Mas os aposentos dela estavam fechados para ele; ela não apareceu no hotel. Nada: silêncio absoluto. Para romper isso, ele precisava de vinte mil libras. Você já sabe o que aconteceu.

Ele passou uma semana de loucura; não comia; os olhos ficaram fundos; ele estremecia ao toque de Leonora. Suponho

* "Enfim, meu amigo", em francês no original.

que nove décimos do que ele tomava por paixão por La Dolciquita era realmente incômodo com a idéia de que havia sido infiel a Leonora. Ele se sentia excepcionalmente mal, quer dizer, ah, insuportavelmente mal, e tomava tudo por amor. Pobre coitado, era incrivelmente ingênuo. Bebia como um gambá depois que Leonora ia para a cama e se desmanchava nas mesas de jogo, e isso continuou durante duas semanas. Deus sabe o que teria acontecido; ele teria jogado fora cada tostão que possuía.

Na noite seguinte àquela em que perdera quarenta mil libras e enquanto todo o hotel murmurava a respeito, La Dolciquita entrou, muito composta, em seu quarto. Ele estava bêbado demais para reconhecê-la, e ela sentou na poltrona, tricotando e fazendo com que ele aspirasse sais aromáticos, porque estava bem apagado de envenenamento alcoólico, e assim que foi capaz de entendê-la, ela disse:

— Olhe aqui, *mon ami*, não vá mais às mesas de jogo. Durma bastante agora e venha me ver hoje à tarde.

Ele dormiu até a hora do almoço. Por essa altura, Leonora já sabia da notícia. Uma certa sra. coronel Whelen lhe contara. A sra. coronel Whelen parece ter sido a única pessoa sensata ligada aos Ashburnham. Ela havia aventado a hipótese de que devia haver alguma mulher do tipo harpia ligada ao incrível comportamento e aparência de Edward; e aconselhou Leonora a ir direto para Londres (o que podia obter o efeito de trazer Edward de volta a seu juízo), para consultar seu advogado e seu conselheiro espiritual. Era melhor que fosse aquela mesma manhã; não adiantava discutir com um homem no estado de Edward.

Edward, de fato, não sabia que ela havia ido. Assim que acordou, ele foi direto para o quarto de La Dolciquita e ela lhe serviu o almoço em seu próprio apartamento. Ele caiu nos braços dela e chorou, e ela agüentou aquilo um momento. Era uma mulher até bondosa. Então, ela o acalmou com *eau de mélisse** e falou:

* Água de melissa, calmante natural brando, hoje em desuso. Em francês no original.

— Escute aqui, meu amigo, quanto dinheiro você ainda tem? Cinco mil dólares? Dez? — Porque corria o rumor de que Edward havia perdido o equivalente a dois resgates de reis por noite durante catorze noites, e ela imaginava que ele devia estar perto do fim de seus recursos.

A *eau de mélisse* havia acalmado Edward a tal ponto que, durante um momento, ele realmente estava com a cabeça no lugar. E não fez mais que resmungar:

— E aí?

— Bom — ela respondeu —, posso muito bem aceitar os dez mil dólares no lugar das mesas de jogo. Por esse valor, passo uma semana com você em Antibes.

Edward fungou:

— Cinco.

Ela tentou conseguir sete mil e quinhentos; mas ele ficou em cinco mil dólares e as despesas do hotel em Antibes. O sedativo o levou até esse ponto, e ele despencou outra vez. Tinha de partir para Antibes às três; não podia perder a chance. Deixou um recado para Leonora, dizendo que tinha ido passar uma semana num iate com os Clinton Morley.

Ele não se divertiu muito em Antibes. La Dolciquita não falava de nada com grande entusiasmo, a não ser em dinheiro, e o cansava incessantemente, a todas as horas do dia, com pedidos de presentes os mais extravagantes. E, ao final de uma semana, ela simplesmente o chutou para fora tranqüilamente. Ele ainda ficou em Antibes três dias. Estava curado da idéia de que tinha qualquer obrigação com La Dolciquita, feudal ou não. Mas seu sentimentalismo exigia dele uma atitude de melancolia byroniana, como se sua corte tivesse se transformado em meio-luto. Então, seu apetite de repente voltou, e ele se lembrou de Leonora. Encontrou no hotel em Monte Carlo um telegrama dela, enviado de Londres, dizendo: "Por favor, volte assim que conveniente." Ele não entendeu por que Leonora o havia abandonado com tamanha precipitação se pensava que ele tinha ido apenas passear de iate com os Clinton Morley. Depois descobriu que ela havia deixado o hotel antes de ele escrever o recado. Fez uma viagem bem acidentada de volta a Londres; estava completamente apavorado, e Leonora nunca lhe parecera tão desejável.

V

Chamo este relato de A História Mais Triste, e não de "A Tragédia Ashburnham", só porque é tão triste, só porque não havia nenhuma corrente para conduzir as coisas a um fim rápido e inevitável. Não existe nela nada da elevação que acompanha a tragédia; não existe nela nenhuma nêmesis, nenhum destino. Eis duas pessoas nobres, pois estou convencido de que tanto Edward como Leonora tinham naturezas nobres, eis, portanto, duas naturezas nobres, deslizando pela vida como navios de fogo deslizam por uma lagoa e causam misérias, mágoas, agonia mental e morte. E elas próprias se deterioram a ritmo constante? E por quê? Com que finalidade? Para dar qual lição? É tudo uma escuridão.

Não há nem mesmo um vilão na história, pois mesmo o major Basil, marido da dama que em seguida, e efetivamente, consolou o infeliz Edward, nem mesmo o major Basil foi um vilão nesta história. Ele era um sujeito frouxo, perdido, confuso, mas não fez nada para Edward. Enquanto estavam no mesmo quartel na Birmânia, ele tomou emprestado um bom dinheiro. Embora, realmente, como o major Basil não tinha nenhum vício específico, fique difícil saber para que queria aquilo. Ele colecionava diferentes tipos de freios de cavalo, desde os de tempos remotos até os de hoje, mas como não desenvolvia nem mesmo essa ocupação com qualquer vigor, não pode ter precisado de muito dinheiro para adquirir, digamos, o freio do cavalo de batalha de Gêngis Khan, se é que Gêngis Khan possuía um cavalo de batalha. E quando digo que tomou emprestado de Edward uma boa quantia de dinheiro, não quero dizer que tivesse recebido dele mais de mil libras durante os cinco anos que durou a ligação deles. Edward, claro, não tinha muito dinheiro; Leonora cuidava que assim fosse. Porém, devia ter quinhentas libras inglesas por ano, para seus prazeres à mesa, para o patrocínio a seu regimento e para manter seus homens satisfeitos. Leonora detestava isso; ela preferiria comprar vestidos para ela ou empregar esse dinheiro no pagamento de uma hipoteca. Mesmo assim, com seu senso de justiça, ela via que, uma vez que estava administrando uma propriedade que rendia três mil por ano, visando restabelecê-la como uma propriedade de cinco mil por ano e uma vez que a propriedade realmente, se não legalmente, pertencia a Edward, era razoável e justo que Edward recebesse a sua fatia. Claro que Leonora tinha um trabalho infernal.

Não sei se compreendi exatamente os detalhes financeiros. Tenho uma cabeça bastante boa para números, mas às vezes ainda misturo libras com dólares e chego a valores errados. De qualquer forma, a proposição era algo assim: devidamente trabalhada e sem abatimentos para os locatários, nem a manutenção de escolas e outras coisas, a propriedade Branshaw devia render cerca de cinco mil por ano quando Edward a possuía. Na verdade, rendia cerca de quatro (estou falando de libras, não dólares). Os excessos de Edward com a dama espanhola reduziram esse valor a cerca de três, no máximo, sem reduções. Leonora queria fazer voltar aos cinco.

Claro que ela era jovem demais para se ver frente a uma proposição dessas, vinte e quatro anos não é idade muito avançada. Então fazia as coisas com um vigor juvenil que ela teria, muito provavelmente, tornado mais misericordioso se soubesse mais sobre a vida. Incrível como trazia Edward sob controle. Ele teve de enfrentá-la em um hotel de Londres quando rastejou de volta de Monte Carlo com o pobre rabo entre as pobres pernas. Pelo que sei, ela cortou os primeiros resmungos dele, as primeiras tentativas de discurso afetuoso com palavras algo como:

— Estamos à beira da ruína. Você pretende me deixar arranjar as coisas? Se não, eu me retiro para Hendon com o meu dote. (Hendon representava um convento ao qual ela ia ocasionalmente para o que chamam de "retiro" em círculos católicos.)

E o pobre e caro Edward não sabia de nada, absolutamente nada. Ele não sabia quanto dinheiro tinha, como ele dizia, "evaporado" nas mesas de jogo. Podia ter sido um quarto de milhão pelo que se lembrava. Ele não sabia se ela sabia de La Dolciquita ou se imaginava que ele tinha ido viajar de iate, ou ficado em Monte Carlo. Ele estava simplesmente tonto e queria se enfiar num buraco para não ter de falar. Leonora não o fez falar e não falou nada ela própria.

Não sei muita coisa sobre os procedimentos legais ingleses, quer dizer, não tenho como fornecer detalhes técnicos de como fecharam a situação. Mas sei que, dois dias depois, sem ter dito nada além do que contei para você, Leonora e seu advogado haviam se tornado curadores, acredito que é assim que se chama, de toda a propriedade de Edward e acabou-se o Edward bom senhorio e pai de sua gente. Ele estava fora.

Leonora então tinha três mil anuais à sua disposição. Ela achou ocupação para Edward ao conseguir que fosse transferido para uma parte de seu regimento que estava na Birmânia, se é assim que se coloca. Ela própria teve uma conversa que durou quase uma semana, com o capataz de Edward. Fez com que ele entendesse que a propriedade ia ter de render até o último centavo. Mas, antes de partirem para a Índia, ela alugou Branshaw por sete anos a mil libras por ano. Vendeu dois retratos de Vandyke* e um pouco de prataria por onze mil libras e levantou, em hipotecas, vinte e nove mil libras. Que foram para os amigos de Edward que lhe haviam emprestado dinheiro em Monte Carlo. Ela, então, tinha de conseguir as vinte e nove mil de volta, pois não via os Vandykes e a prata como coisas que tivesse de substituir. Eram apenas afetação da vaidade Ashburnham. Edward chorou durante dois dias pelo desaparecimento de seus ancestrais, e ela então desejou não ter feito aquilo; mas para ela não foi nenhuma lição e só fez diminuir a estima que sentia por ele. Ela não entendia também que alugar Branshaw o afetava com uma sensação de estar fisicamente

---

* Anton van Dyck (1599–1641), pintor flamengo, famoso retratista, trabalhou principalmente na corte inglesa a partir de 1632.

conspurcado, que isso era para ele quase tão ruim como se uma mulher que pertencesse a ele tivesse se tornado uma prostituta. Era assim que o afetava; mas suponho que ela devia se sentir também assim tão mal em relação à dançarina espanhola.

Ela, então, seguiu em frente. Passaram oito anos na Índia, e durante todo esse tempo ela insistiu que fossem auto-suficientes, que vivessem do seu soldo de capitão, mais a gratificação por estar no *front*. Ela lhe dava quinhentas libras por ano para afetações Ashburnham, como chamava, e considerava que estava fazendo um bem a ele.

Efetivamente, de certa forma, ela fez muito bem a ele, mas não era o jeito dele. Ela estava sempre comprando coisas caras que, por assim dizer, pagava de seu próprio bolso. Falei, por exemplo, das malas de couro de Edward. Bem, elas não eram de Edward absolutamente; eram manifestações de Leonora. Ele gostava de andar limpo, mas preferia, por assim dizer, viver maltrapilho. Ela nunca entendeu isso e todo aquele couro de porco era o que ela considerava uma recompensa a ele por tê-la induzido a uma pequena especulação com a qual ganhou onze mil libras. Ela fez, ela própria, o negócio maltrapilho. Quando foram para um lugar chamado Simla, onde, pelo que sei, é fresco no verão e muito social, quando foram a Simla tratar da saúde, foi ela que ostentou o marido, como diríamos nos Estados Unidos, num cavalo de mil dólares coberto com os mais alegres dos trapos; ela própria costumava ir para o "retiro". Acredito que fosse bom para a saúde dela e era também muito barato.

Era, provavelmente, muito bom para a saúde de Edward também, porque ele ostentava sobretudo para a sra. Basil, que era uma boa mulher e muito, muito atenciosa com ele. Acredito que fosse sua amante, mas nunca ouvi isso de Edward, claro. A mim me parece que eles se portavam de um modo altamente romântico, muito adequado a ambos, ou, pelo menos, a Edward; ela parece ter sido uma alma terna e delicada que fazia o que ele queria. Não quero dizer que ela não tivesse personalidade; essa era a tarefa dela, fazer o que Edward quisesse. Então concluí que, durante esses cinco anos, Edward queria longas passagens de profundo afeto sustentadas por longas e longas conversas e que, de quando em quando, eles "rompiam", o que dava a Edward uma oportunidade de remorso e uma desculpa para emprestar mais cinqüenta libras ao major. Não creio que a sra. Basil considerasse aquilo um "rompimento"; ela apenas tinha pena dele e o amava.

Sabe, Leonora e Edward tinham de conversar sobre alguma coisa durante todos esses anos. Não se pode ficar absolutamente mudo quando se vive com uma pessoa, a menos que se more no norte da Inglaterra ou no estado do Maine. Então Leonora imaginou o alegre recurso de permitir que ele visse os relatórios de suas propriedades e de discutir os relatórios com ele. Edward não discutia muito; tentava se comportar bem. Mas foi o velho sr. Mumford, o camponês que não pagava o aluguel, quem o jogou nos braços da sra. Basil. A sra. Basil foi ter com Edward ao entardecer, no jardim birmanês, com todo tipo de flores e coisas. E ele estava derrubando aquilo tudo, com a espada, não com uma bengala. Estava também furioso e xingando de um jeito que você não iria acreditar.

Ela foi informada que um velho cavalheiro chamado Mumford havia sido expulso da fazenda dele e recebera um chalezinho para morar sem pagar aluguel, onde vivia com dez xelins por semana de uma sociedade filantrópica de fazendeiros, suplementados por sete xelins mais que lhe eram dados pelos curadores dos bens Ashburnham. Edward havia acabado de descobrir o fato pelos relatórios da propriedade. Leonora os havia deixado no quarto de vestir, e ele começara a lê-los antes de pegar seu equipamento de caminhada. Por isso é que estava com uma espada. Leonora considerava que havia sido excepcionalmente generosa com o sr. Mumford por permitir que morasse num chalé sem pagar aluguel e por lhe dar sete xelins por semana. No entanto, a sra. Basil jamais havia visto um homem no estado em que Edward se encontrava. Ela estava perdidamente apaixonada por ele fazia algum tempo, e ele ansiava por seu interesse e admiração com paixão igualmente profunda. Foi assim que vieram a falar do assunto, no jardim birmanês, debaixo de um céu pálido, com feixes de vegetação cortada, escura e olorosa a seus pés na noite. Acho que se portaram com decoro durante um bom tempo depois disso, embora a sra. Basil passasse tantas horas ouvindo falar dos relatórios sobre a propriedade dos Ashburnham que sabia o nome de cada campo de cor. Edward tinha um imenso mapa de suas terras na sala de arreios, e o major Basil parecia não se importar. Acredito que as pessoas não se importam com muitas coisas em lugares solitários.

Podia ter durado para sempre se o major não tivesse sido promovido ao que se chamava de coronel honorário, durante a movimentação de tropas que ocorreu imediatamente antes da guerra sul-africana. Ele foi mandado para algum outro lugar, e, é claro, a sra. Basil não podia ficar com Edward. Acho que Edward devia ter ido para o Transvaal. Teria sido muito bom para ele ser morto lá. Mas Leonora não permitiu; tinha ouvido histórias horríveis da extravagância do regimento hussardo em tempo de guerra: que haviam deixado nas *velds* centenas de caixas de champanha, a cinco guinéus a garrafa, e assim por diante. Além disso, ela preferia ver como Edward estava gastando suas quinhentas libras anuais. Não quero dizer que Edward tivesse qualquer ressentimento por isso. Nunca foi o tipo do homem de feitos heróicos e para ele tanto fazia ser morto por um atirador nas colinas da fronteira noroeste como levar um tiro de algum velho cavalheiro de cartola ao pé de um regato. Essas foram, mais ou menos, as palavras dele a respeito. Acredito que ele se distinguiu bastante por lá. De qualquer forma, recebeu sua Ordem de Serviços Prestados e foi feito major honorário.

Leonora, porém, não gostava nada de sua vida de soldado. Detestava também seus atos de heroísmo. Uma das piores brigas dos dois ocorreu quando ele, pela segunda vez, no mar Vermelho, saltou do navio para resgatar do mar um soldado raso. Ela agüentou da primeira vez e até o cumprimentou. Mas o mar Vermelho estava horrível naquela viagem, e os soldados rasos pareciam ter desenvolvido uma espécie de mania de suicídio. Aquilo mexeu com os nervos de Leonora; ela imaginou Edward, durante o resto da viagem, saltando do convés a cada dez minutos. E o mero grito de "Homem ao mar" é uma coisa alarmante e perturbadora. O navio foi detido e houve todo tipo de gritos. E Edward não prometia não fazer aquilo de novo, embora, felizmente, tenham pegado um trecho de tempo melhor quando estavam no golfo Pérsico. Leonora pôs na cabeça que Edward estava tentando cometer suicídio, de forma que deve ter sido bem horrível para ela quando ele se recusou a prometer. Leonora não devia ter ido naquele navio de tropas; mas seguiu junto, de alguma forma, por economia.

O major Basil descobriu a relação da esposa com Edward pouco antes de ser mandado para o outro posto. Não sei se foi um expediente de chantagista ou apenas um golpe do destino. Ele pode ter sabido o tempo todo, ou não. De qualquer forma, ele descobriu, naquele momento, algumas cartas e coisas. Isso, de imediato, custou a Edward trezentas libras. Não sei como foi feito o arranjo; não consigo imaginar como até mesmo um chantagista pode fazer seus pedidos. Acho que existe algum jeito de livrar sua cara. Imagino o major mostrando as cartas para Edward com xingamentos furiosos, depois aceitando sua explicação de que as cartas eram perfeitamente inocentes se não se projetasse nelas a construção errada. Então o major teria dito: "Bom, meu amigo, eu estou muito apertado de dinheiro. Será que podia me emprestar umas trezentas libras?" Imagino que deva ter sido assim. E ano após ano depois disso, vinha uma carta do major dizendo que estava muito apertado de dinheiro e se Edward não podia lhe emprestar trezentas libras?

Edward ficou muito abalado quando a sra. Basil teve de ir embora. Ele realmente gostava muito dela e continuou fiel à sua memória durante um longo tempo. E a sra. Basil o amava muito e continuou a alimentar uma esperança de reencontrá-lo. Três dias atrás, chegou uma carta bastante bem-comportada, mas muito tristonha, dela para Leonora, pedindo detalhes da morte de Edward. Ela leu a notícia em um jornal indiano. Acho que devia ser uma boa mulher...

E então os Ashburnham foram deslocados para algum posto ao norte, perto de um lugar ou distrito chamado Chitral. Não sou bom em geografia do império indiano. Por essa época, eles haviam assentado como um casal-modelo e nunca falavam um com o outro em particular. Leonora havia desistido até de mostrar os relatórios da propriedade Ashburnham para Edward. Ele achava que era porque ela havia juntado tanto dinheiro que não queria que ele soubesse como ela estava agindo. Mas na realidade, depois de cinco ou seis anos, havia entrado na cabeça dela que devia ser penoso para Edward ter de olhar os relatórios de suas propriedades e não ter voz ativa no gerenciamento delas. Ela tentava ser gentil com ele. E lá em Chitral entrou em cena a pobrezinha da Maisie Maidan...

De todos os casos de Edward, esse foi o mais perturbador para ele. Levou-o a desconfiar que era inconstante. O caso com Dolciquita havia se limitado a um breve ataque de loucura, como hidrofobia. Suas relações com a sra. Basil não lhe pareciam implicar qualquer baixeza grosseira. O marido havia sido complacente; os dois haviam realmente se amado; sua esposa era muito cruel com ele e havia muito deixara de ser esposa para ele. Pensava que a sra. Basil havia sido sua alma gêmea, separada dele por um destino cruel, alguma coisa sentimental nessa linha.

Mas descobriu que, enquanto escrevia longas cartas semanais para a sra. Basil, estava começando a ficar furiosamente impaciente quando não encontrava Maisie Maidan no curso do dia. Descobriu-se vigiando as portas com impaciência; descobriu que antipatizava com o marido menino dela durante horas seguidas. Descobriu que estava levantando em horários malucos, a fim de ter tempo depois, mais tarde na manhã, para dar um passeio com Maisie Maidan. Descobriu-se usando palavrinhas de gíria que ela usava e atribuindo um valor sentimental a essas palavras. Essas descobertas, você entende, chegaram tão tarde que ele não conseguiu fazer nada senão se deixar levar. Estava perdendo peso; os olhos ficando fundos; tinha acessos de febre alta. Estava, conforme descreveu, indisposto.

E num dia horrivelmente quente, de repente, ouviu-se dizendo para Leonora:

— Veja, será que não podemos levar a sra. Maidan conosco para a Europa e colocar a moça em Nauheim?

Ele não fazia a menor idéia de dizer isso a Leonora. Estava apenas ali parado, olhando um jornal ilustrado, à espera do jantar. O jantar estava vinte minutos atrasado, senão os Ashburnham não estariam juntos sem mais ninguém. Não, ele não fazia a menor idéia de que ia dizer essa frase. Estava simplesmente parado em uma silenciosa agonia de medo, de desejo, de calor, de febre. Pensando que iam voltar para Branshaw dentro de um mês e que Maisie Maidan ia ficar para trás e morrer. E então, aquilo saiu.

O abanador de teto chiava no cômodo escuro; Leonora jazia, exausta e imóvel, em seu sofá de vime; nenhum dos dois se mexia. Na época, estavam ambos muito doentes de modos indefinidos.

E então Leonora disse:

— Sim. Prometi isso a Charlie Maidan hoje à tarde. Ofereci que todas as despesas dela ficassem por minha conta.

Edward escapou por pouco de dizer: "Meu Deus do céu!" Você sabe, ele não fazia a menor idéia do quanto Leonora sabia: a respeito de Maisie, da sra. Basil, mesmo a respeito de La Dolciquita. Era uma situação bem enigmática para ele. Ocorria-lhe que Leonora devia estar tentando gerenciar seus amores como gerenciava seus negócios financeiros e isso a tornava ainda mais odiosa para ele, e mais digna de respeito.

Leonora, de qualquer forma, havia gerenciado seu dinheiro com algum propósito. Falara com ele, na semana anterior, pela primeira vez em muitos anos, falara sobre dinheiro. Ela havia gerado vinte e duas mil libras com as terras de Branshaw e sete mil ao alugar Branshaw mobiliada. Com investimentos bem-sucedidos, nos quais Edward a havia ajudado, fizera mais umas seis ou sete mil que podiam bem vir a somar mais. As hipotecas estavam todas pagas, de forma que, a não ser pela perda dos dois Vandykes e da prataria, estavam tão bem como antes do ataque de gafanhoto da Dolciquita. Era a grande conquista de Leonora. Ela revelou os números diante de Edward, que não rompeu o próprio silêncio.

— Proponho — disse ela — que você peça dispensa do Exército e podemos voltar para Branshaw. Estamos ambos doentes demais para continuar aqui.

Edward não disse absolutamente nada.

— Este — Leonora continuou, apaixonadamente — é o grande dia de minha vida.

Edward disse:

— Você fez um trabalho deslumbrante. É uma mulher maravilhosa. — Ele estava pensando que se fossem para Branshaw deixariam Maisie Maidan para trás. Essa idéia o dominava inteiramente. Deviam, sem dúvida, voltar para Branshaw; não havia dúvidas de que Leonora estava doente demais para continuar naquele lugar. Ela disse:

— Você entende que o gerenciamento de todo o gasto das rendas estará em suas mãos. Haverá cinco mil por ano.

Ela pensava que ele dava grande importância ao gasto de uma renda de cinco mil libras anuais e que o fato de que fizera tanto por ele podia despertar nele algum afeto por ela. Mas ele pensava exclusivamente em Maisie Maidan, em Maisie, a milhares de quilômetros dele. Via as montanhas entre os dois, montanhas azuis, o mar e as planícies ensolaradas. Ele disse:

— É muita generosidade sua. — E ela não entendeu se aquilo era um elogio ou uma expressão de desprezo. Isso fora uma semana antes. E toda essa semana ele havia passado numa agonia cada vez maior pensando naquelas montanhas, naquele mar e naquelas planícies ensolaradas que ficariam entre ele e Maisie Maidan. Essa idéia o abalava nas noites tórridas; ele suava e tremia de frio no tórrido meio-dia, só de pensar nisso. Não tinha um minuto de descanso; as entranhas se retorciam dentro dele: a língua estava perpetuamente seca e parecia-lhe que o hálito entre os dentes era como o ar de uma casa com a peste.

Não pensou nem uma vez em Leonora; tinha encaminhado os papéis. Deviam partir dentro de um mês. Parecia-lhe seu dever partir daquele lugar e ir embora, sustentar Leonora. Ele cumpria esse dever.

O horrível na relação deles desse período era que tudo o que ela fazia o levava a odiá-la. Ele a odiou quando descobriu que ela propusera restaurá-lo como senhor de Branshaw outra vez, uma espécie de senhor títere, todo enfaixado. Ele imaginava que ela fizera isso a fim de separá-lo de Maisie Maidan. O ódio pairava em todas as noites pesadas e preenchia os cantos sombrios do quarto. Então quando ouviu que ela havia oferecido ao garoto Maidan levar sua esposa para a Europa com ele, automaticamente a odiou porque odiava tudo o que ela fazia. Pareceu-lhe, na época, que ela não conseguia ser senão cruel, mesmo que, por acidente, um ato seu fosse gentil... Sim, era uma situação horrível.

Mas as brisas frescas do oceano pareceram limpar aquele ódio como se fosse uma cortina. Pareceram lhe devolver a admiração e o respeito por ela. O prazer de ter muito dinheiro à disposição, o fato de que isso lhe trouxera a companhia de Maisie Maidan, essas coisas começaram a fazê-lo ver que a esposa podia ter tido razão na fome e na miséria em que havia insistido. Ele estava à vontade; estava até radiantemente feliz quando levava as canecas de caldo quente para Maisie Maidan no convés. Uma noite, quando estava debruçado junto a Leonora na lateral do navio, ele disse, de repente:

— Meu Deus, você é a melhor mulher do mundo. Queria que fôssemos mais amigos.

Ela simplesmente virou-se sem dizer uma palavra e foi para sua cabine. Porém estava muito melhor de saúde.

* * *

E agora, acho, devo dar a você o lado de Leonora no caso...

Isso é muito difícil. Porque Leonora, embora mantivesse uma fachada imutável, mudava muito freqüentemente de ponto de vista. Havia sido treinada, por sua tradição, por sua criação, a manter a boca fechada. Mas havia momentos, ela disse, em que chegava tão perto de ceder à tentação de falar que depois estremecia ao pensar nesses momentos. Você deve entender que o que ela desejava acima de tudo era manter a boca fechada para o mundo, para Edward e para as mulheres que ele amava. Se falasse, ia sentir desprezo por si mesma.

A partir do momento da infidelidade dele com La Dolciquita, ela nunca mais representou o papel de mulher de Edward. Não que ela tencionasse manter-se distante dele por princípio, para sempre. Seus conselheiros espirituais, acredito, proibiam isso. Mas ela estipulou que ele teria, de alguma forma, talvez simbólica, de voltar para ela. Não tinha muita clareza sobre o que queria dizer com isso; talvez ela própria não soubesse. Ou talvez soubesse.

Havia momentos em que ele parecia estar voltando para ela; havia momentos em que ela estava a um fio de cabelo de ceder a sua paixão física por ele. Da mesma forma, havia momentos em que ela quase cedia à tentação de denunciar a sra. Basil para seu marido ou Maisie Maidan para o dela. Ela desejava então provocar os horrores e dores dos escândalos públicos. Pois observando Edward com mais intensidade e com as orelhas mais espetadas do que um gato que observa um pássaro no alto, Leonora tinha consciência do desenvolvimento da paixão de cada uma dessas damas. Tinha consciência disso pelo jeito de ele olhar para portas e entradas; ela sabia, pelos momentos de tranqüilidade dele, quando havia recebido satisfações.

Às vezes, ela imaginava ver mais coisas do que devia. Imaginava que Edward estava mantendo relações com outras mulheres, com duas ao mesmo tempo; com três. Durante períodos inteiros, imaginava-o um monstro de libertinagem e não entendia como ele podia ter alguma coisa contra ela. Ela o deixava com sua liberdade; ela passava fome para aumentar a fortuna dele; ela não se permitia nenhuma das alegrias da feminilidade (vestidos, jóias), até mesmo amizades, por medo de que custassem dinheiro.

E, no entanto, estranhamente, não conseguia deixar de ter consciência de que tanto a sra. Basil como Maisie Maidan eram boas mulheres. O olho curioso, depreciativo, que uma mulher é capaz de voltar a outra não a impedia de ver que a sra. Basil era muito boa para Edward e a sra. Maidan muito boa para ele. Aquilo parecia ser uma obra monstruosa e incompreensível do Destino. Incompreensível! Por que, ela se perguntava insistentemente, nenhum dos bons atos que prestara a seu marido o tocavam, ou pareciam a ele bons atos? Que truque obsessivo era esse que não permitia que ele visse que era tão boa quanto a sra. Basil? A sra. Basil não era tão excepcionalmente diferente dela. Verdade que era alta, morena, com uma suave voz lamentosa e maneiras imensamente gentis com qualquer criatura, desde o homem do abanador *punkah* até as flores nas árvores. Mas não era tão lida quanto Leonora, pelo menos em termos de livros cultos. Leonora não suportava romances. Mas mesmo com todas as suas diferenças, a sra. Basil não parecia a Leonora muito diferente dela própria. Era sincera, honesta e, quanto ao resto, apenas uma mulher. E Leonora fazia uma vaga idéia de que, para um homem, todas as mulheres são a mesma depois de três semanas de relações íntimas. Ela achava que a bondade não seria mais atraente, a voz macia e lamentosa não mais emocionante, a morenice alta não daria mais a um homem a ilusão de que ele estava penetrando uma floresta inexplorada. Ela não conseguia entender como Edward podia continuar incessante atrás da sra. Basil. Não conseguia entender por que ele tinha de continuar escrevendo longas cartas para ela depois da separação. Depois disso, efetivamente, ela passou um momento muito ruim.

Ela viveu nesse período o que chamarei de teoria "monstruosa" de Edward. Estava sempre imaginando-o a cortejar toda mulher que encontrava. Esse ano, ela não foi ao "retiro" em Simla porque teve medo de que ele corrompesse a empregada em sua ausência. Imaginava-o envolvido com mulheres nativas ou eurasianas. Em bailes, ela entrava numa febre de vigilância.

Leonora se convenceu de que isso era porque ela detestava escândalos. Edward podia se envolver com a filha casadoura de algum homem que armaria uma confusão ou algum marido que se importasse. Mas, na realidade, ela reconheceu depois, para si mesma, que esperava que, com a sra. Basil fora do caminho, pudesse chegar o momento de Edward voltar para ela. Todo esse período ela passou numa agonia de ciúmes e medo, o medo de que Edward pudesse realmente ficar promíscuo em seus hábitos.

De forma que, de um jeito estranho, ela ficou contente quando Maisie Maidan entrou em cena, e ela entendeu que antes não sentira medo de maridos, nem de escândalos, e então fez o melhor possível para o marido de Maisie não suspeitar. Ela queria parecer tão confiante em Edward que Maidan não pudesse ter qualquer suspeita. Era uma péssima posição para ela. Mas Edward estava muito doente, e ela queria vê-lo sorrir novamente. Achava que se Edward conseguisse sorrir de novo por intermédio dela, ele poderia voltar para ela por meio da gratidão e do amor satisfeito. Naquela época, ela achava que Edward era uma pessoa de paixões ligeiras e transitórias. E conseguia entender a paixão de Edward por Maisie, uma vez que Maisie era uma daquelas mulheres que outras mulheres admitem ter magnetismo.

Ela era muito bonita, muito jovem; apesar do coração, era muito alegre e de pés ligeiros. E Leonora realmente gostava muito de Maisie, que gostava o suficiente de Leonora. Leonora, de fato, imaginava que conseguiria controlar bem aquele caso. Não fazia idéia de que Maisie pudesse ser levada ao adultério; ela imaginava que se conseguisse conduzir Maisie e Edward a Nauheim, Edward estaria com ela o suficiente para se cansar de suas conversinhas graciosas e dos movimentinhos graciosos de suas mãos e pés. E ela achava que podia confiar em Edward. Porque não havia nenhuma dúvida da paixão de Maisie por Edward. Ela se derramava em elogios a ele para Leonora como Leonora havia ouvido meninas se derramarem por professores de desenho em escolas. Ela estava perpetuamente perguntando a seu marido garoto por que ele não podia se vestir, montar a cavalo, atirar, jogar pólo e mesmo recitar poemas sentimentais, como o major. E o rapaz Maidan tinha a maior admiração por Edward, e adorava, estava enfeitiçado e confiava inteiramente na mulher. Parecia-lhe que Edward era dedicado a Leonora. E Leonora imaginava que, quando a pobre Maisie estivesse curada do coração e Edward tivesse estado com ela o suficiente, ele voltaria para ela. Alimentava uma vaga, apaixonada idéia de que, quando Edward esgotasse um determinado número de mulheres de outro tipo, acabaria voltando para ela. Por que o tipo dela não haveria de ter vez no coração dele? Ela imaginava que, agora, o entendia melhor, que ela o entendia melhor em suas vaidades e que, ao fazê-lo mais feliz, ela pudesse despertar seu amor.

Florence foi um golpe mortal nisso tudo.

PARTE QUATRO

I

Tenho consciência de que contei esta história de um jeito muito desconexo, de forma que pode ser difícil para qualquer um encontrar seu rumo em meio ao que pode ser uma espécie de labirinto. Não pude evitar. Fiquei preso à minha idéia de estar num chalé de alta classe com um ouvinte silencioso, que escuta entre as rajadas de vento, entre os ruídos do mar distante, a história como ela vem. E quando alguém discute um caso, um longo e triste caso, vai para trás, vai para a frente. A pessoa se lembra de pontos que havia esquecido e os explica com mais minúcias quando reconhece que esqueceu de mencioná-los em seus devidos lugares e que, ao omiti-los, podia ter dado uma falsa impressão. Eu me consolo a pensar que isto é uma história real e que, afinal de contas, histórias reais são provavelmente mais bem contadas da forma que a pessoa que conta a história a contaria. Elas então parecem mais reais.

De qualquer forma, acho que conduzi minha história até a data da morte de Maisie Maidan. Quero dizer que expliquei tudo o que aconteceu antes, a partir dos diversos pontos de vista necessários: o de Leonora, o de Edward e, até certo ponto, o meu. Você tem os fatos pelo trabalho de encontrá-los; tem os pontos de vista até onde fui capaz de transmiti-los ou colocá-los. Permita então que eu imagine a mim mesmo de volta ao dia da morte de Maisie, ou, melhor, ao momento da dissertação de Florence sobre o Protesto, lá no velho castelo na cidade de M... Vamos considerar o ponto de vista de Leonora em relação a Florence; o de Edward, evidentemente, não posso fornecer, porque Edward naturalmente nunca falava de seu caso com minha mulher. (No que vem a seguir, posso talvez ser um pouco duro com Florence; mas você deve lembrar que venho escrevendo esta história agora já há seis meses, refletindo mais e mais sobre esses casos.)

E, quanto mais penso neles, mais certo me sinto de que Florence era uma influência contaminadora: ela deprimia e deteriorava o pobre Edward; ela deteriorava, desesperadoramente, a pobre Leonora. Não há dúvidas de que fez a personalidade de Leonora se deteriorar. Se havia uma coisa excelente em Leonora era ela ser orgulhosa e quieta. Mas esse orgulho e esse silêncio se romperam quando ela teve aquela incrível explosão, no quarto sombrio que continha o Protesto e no terracinho que dava para o rio. Não quero dizer que ela estava agindo errado. Ela certamente estava agindo certo ao tentar me alertar de que Florence estava lançando olhares para o marido dela. Mas, se agia direito, o fazia do modo errado. Talvez devesse ter refletido mais; devesse ter falado, se queria falar, só depois de refletir. Ou teria sido melhor se ela agisse, se, por exemplo, tivesse ficado ao lado de Florence a tal ponto que a comunicação particular entre ela e Edward ficasse impossível. Ela devia ter espionado; devia ter vigiado portas de quartos. É odioso, mas é assim que se faz esse trabalho. Ela devia ter levado Edward embora no momento em que Maisie morreu. Não, ela agiu errado...

E, no entanto, coitadinha, tenho direito de condená-la? E o que isso importa, no fim das contas? Se não tivesse sido Florence, teria sido alguma outra... Porém podia ter sido uma mulher melhor que minha esposa. Porque Florence era vulgar; Florence era uma namoradeira comum que, em última análise, nunca iria *lâcher prise*;* e Florence era uma tagarela incessante. Ninguém conseguia calar-lhe a boca; nada a detinha. Edward e Leonora eram, ao menos, pessoas reservadas e orgulhosas. Orgulho e reserva não são as únicas coisas da vida; talvez não sejam nem as melhores coisas. Mas, se acontece de serem suas virtudes particulares, você cai aos pedaços se as abandona. E Leonora abandonou-as. Abandonou-as até antes do pobre Edward. Pense na posição dela quando explodiu na história do Protesto de Lutero... Pense em sua agonia...

---

* "Largar, soltar", em francês no original.

Você deve lembrar que a paixão maior de sua vida era conseguir Edward de volta; ela não tinha, até aquele momento, perdido a esperança de consegui-lo de volta. Isso pode parecer ignóbil; mas você deve lembrar também que consegui-lo de volta representava para ela não apenas uma vitória pessoal. Seria, ao que parece, uma vitória de todas as esposas e uma vitória para a sua Igreja. Era assim que a situação se apresentava a ela. Essas coisas são um pouco inescrutáveis. Não sei por que a volta de Edward representaria para ela uma vitória de todas as mulheres, da Sociedade e da sua Igreja. Ou talvez eu tivesse um vislumbre disso.

Ela via a vida como uma permanente batalha sexual entre maridos que desejam ser infiéis a suas esposas e esposas que desejam recapturar seus maridos no fim. Era uma visão triste e modesta do matrimônio. O homem, para ela, era uma espécie de bruto que devia ter suas divagações, seus momentos de excesso, suas noites fora, suas temporadas de cio. Ela havia lido poucos romances, então a idéia de um amor puro e constante depois do som dos sinos do casamento nunca esteve muito presente para ela. Tonta, aterrorizada, ela foi falar com a madre superiora do convento de sua infância, contar a história da infidelidade de Edward com a dançarina espanhola e tudo o que aquela velha freira, que lhe parecia infinitamente sábia, mística e venerável, tudo o que ela fez foi sacudir a cabeça com tristeza e dizer:

— Os homens são assim. Com as bênçãos de Deus, tudo chegará a bom termo.

Isso é que foi colocado diante dela por seus conselheiros espirituais como seu programa de vida. Ou, pelo menos, era assim que os ensinamentos deles chegavam a ela: essa era a lição que me contou ter aprendido com eles. Não sei exatamente o que lhe ensinaram. O destino da mulher era paciência, paciência e mais paciência, *ad majorem Dei gloriam*,* até o dia escolhido em que, se Deus achasse devido, ela receberia sua

* "Para maior glória de Deus"; lema da Companhia de Jesus, os severos jesuítas. Em latim no original.

recompensa. Se então, ao final, ela tivesse conseguido Edward de volta, teria conservado seu homem dentro dos limites, o que é tudo o que uma esposa pode esperar. Ensinaram-lhe até que esses excessos no homem eram naturais, desculpáveis, como se fossem crianças.

E o mais importante era que não devia haver escândalo diante da congregação. Ela então apegou-se à idéia de conseguir Edward de volta com uma feroz paixão que era como uma agonia. Ela havia fingido não ver, havia se ocupado absolutamente com uma única idéia. Essa idéia era que, quando o conseguisse de volta, Edward estivesse rico, glorioso, por assim dizer, por conta de suas terras, e direito. Ela seria a prova, de fato, de que num mundo infiel uma mulher católica havia conseguido reter a fidelidade do marido. E ela pensava ter chegado perto de seus desejos.

Seus planos com relação a Maisie pareceram ter funcionado maravilhosamente. Edward aparentava estar esfriando com a garota. Não tinha mais a ânsia de passar cada minuto do tempo em Nauheim ao lado da forma ociosa da garota; saía para partidas de pólo; jogava bridge à noite; estava alegre e brilhante. Leonora tinha certeza de que ele não estava tentando seduzir a pobre menina; estava começando a achar que ele nunca tentara isso. Ele parecia de fato estar voltando ao que havia sido com Maisie no começo: um oficial superior do regimento gentil, atento, prestando atenções galantes a uma noiva. Eram tão claros em seus pequenos flertes quanto o dia de primavera no céu. E Maisie parecia não se afligir quando ele saía em excursões conosco; tinha de ficar deitada tantas horas em sua cama todas as tardes e não parecia sentir necessidade das atenções de Edward nesses momentos.

E Edward estava começando a se aproximar ligeiramente de Leonora. Uma ou duas vezes, em particular, porque ele fazia isso muitas vezes em público, ele dissera: "Como você está bonita!" ou "Que lindo vestido!" Ela foi com Florence até Frankfurt, onde as pessoas se vestiam tão bem quanto em Paris, e comprou um ou dois vestidos. Podia pagar e Florence era excelente conselheira para roupas. Ela parecia ter encontrado a pista para a charada.

Sim, Leonora parecia ter encontrado a pista para a charada. Imaginava ter estado errada até certo ponto no passado. Não podia manter Edward com rédeas tão curtas no tocante a dinheiro. Pensava que estava seguindo o rumo certo ao permitir que ele — como fizera, mas com medo e indecisão — tivesse outra vez o controle de seus ganhos. Ele até tinha dado um passo à frente e admitido, espontaneamente, que ela fizera bem em administrar, durante todos aqueles anos, os recursos deles. Um dia, ele disse:

— Você fez muito bem, minha velha. A coisa de que mais gosto é ter um pouco para esbanjar. E posso fazer isso, graças a você.

Ela disse que aquele foi, realmente, o momento mais feliz de sua vida. E ele, parecendo compreender isso, havia se aventurado a dar uma palmadinha no ombro de Leonora. Aparentemente, ele havia entrado para pedir emprestado um alfinete de segurança.

E a ocorrência da bofetada em Maisie, depois de tudo passado, deixara em sua cabeça a idéia de que não havia nada escuso entre Edward e a sra. Maidan. Ela imaginou que, dali em diante, tudo o que ela teria de fazer seria mantê-lo suprido de dinheiro e com a cabeça ocupada com belas garotas. Estava convencida de que ele ia voltar para ela. Durante aquele mês, ela não mais repeliu os tímidos avanços dele, que nunca iam muito longe. Pois ele certamente fazia tímidas aproximações. Tocava um ombro dela; cochichava em seu ouvido pequenas piadas sobre as figuras estranhas que viam no Cassino. Não era muita coisa cochichar uma piadinha, mas o cochichar era uma preciosa intimidade...

E então, pronto!, tudo se foi. Partiu-se em pedaços no momento em que Florence pousou a mão no pulso de Edward que estava apoiado na vitrina protetora do manuscrito do Protesto, lá em cima da alta torre com as venezianas que deixavam o sol entrar aqui e ali. Ou melhor, partiu-se quando ela viu a expressão dos olhos de Edward para Florence. Ela conhecia aquele olhar.

Ela sabia desde o primeiro momento em que os dois se conheceram, desde o momento em que nós todos nos sentamos juntos para jantar, que Florence estava lançando olhares para Edward. Mas Leonora tinha visto tantas mulheres lançarem olhares a Edward, centenas e centenas de mulheres, em trens, hotéis, a bordo de navios, na esquina das ruas. E ela chegou a pensar que Edward não levava em conta mulheres que lhe lançavam olhares. Ela havia formado o que era, na época, uma estimativa bem correta dos métodos e das razões dos amores de Edward. Tinha certeza de que até então consistiam na breve paixão por Dolciquita, no amor de certa forma real pela sra. Basil e o que qualificou como bonita corte a Maisie Maidan. Além disso, ela desprezava Florence com tamanha altivez que não conseguia imaginar Edward atraído por ela. E ela e Maisie eram uma espécie de baluarte em torno dele.

Ela queria, além disso, ficar de olho em Florence, porque Florence sabia que ela havia esbofeteado Maisie. E Leonora desejava desesperadamente que sua união com Edward parecesse impecável. Mas tudo isso se foi...

Com o olhar de correspondência de Edward aos olhos azuis e revirados de Florence, ela entendeu que tudo havia se despedaçado. Sabia que aquele olhar significava que aqueles dois tinham tido longas conversas do tipo íntimo, sobre seus gostos e desgostos, sobre suas naturezas, sobre suas visões do casamento. Ela sabia o que significava, quando saíamos os quatro para passear juntos, que ela estivesse sempre comigo dez metros à frente de Florence e Edward. Ela não imaginava que tivesse ido além de conversas sobre seus gostos e desgostos, sobre suas naturezas, ou sobre o casamento enquanto instituição. Mas tendo observado Edward toda a sua vida, ela sabia que aquele toque de mãos, aquela reciprocidade de olhar com olhar, significava que a coisa era inevitável. Edward era uma pessoa tão séria.

Ela sabia que qualquer tentativa sua de separar aqueles dois só faria Edward aferrar-se a uma inabalável paixão; isso, como eu já disse antes a você, era um truque da natureza de Edward para acreditar que a sedução de uma mulher dava a ela um domínio inapelável sobre ele para a vida toda. E aquele toque de mãos, ela sabia, daria àquela mulher o direito inalienável de... ser seduzida. E ela então desprezou Florence a tal ponto que teria preferido que fosse uma copeira. Havia copeiras muito decentes.

E, de repente, surgiu em sua mente a convicção de que Maisie Maidan tinha uma verdadeira paixão por Edward; que aquilo ia partir-lhe o coração e que ela, Leonora, seria responsável por isso. Naquele momento, ela enlouqueceu. Agarrou-me pelo pulso; me arrastou por aquelas escadas abaixo e até o outro lado daquele sussurrante *Rittersaal*, com as altas colunas pintadas, a alta lareira pintada. Acredito que não enlouqueceu o suficiente.

Ela devia ter dito: "Sua mulher é uma vadia que vai ser amante de meu marido..." Isso teria resolvido. Mas, mesmo em sua loucura, ela teve medo de ir tão longe. Tinha medo de que, se o fizesse, Edward e Florence fugissem e que, se fizessem isso, ela perdesse para sempre toda chance de consegui-lo de volta no fim. Ela agiu muito mal comigo.

Bem, ela foi uma alma torturada que colocou sua Igreja na frente dos interesses de um *quaker* da Filadélfia. Tudo bem, suponho que a Igreja de Roma seja a mais importante dos dois.

Uma semana depois da morte de Maisie Maidan, ela se deu conta de que Florence havia se tornado amante de Edward. Ela esperou na frente da porta de Florence e encontrou Edward quando ele saiu. Não disse nada, e ele só grunhiu. Mas acho que foi um mau momento para ele.

Sim, a deterioração mental que Florence provocou em Leonora foi extraordinária; estilhaçou toda a sua vida e todas as suas chances. Deixou-a, em primeiro lugar, desesperançada, porque não conseguia ver como, depois daquilo, Edward pudesse voltar para ela, depois de um vulgar envolvimento com uma mulher vulgar. Seu caso com a sra. Basil, que era agora tudo o que tinha de levar em seu coração contra ele, ela não conseguia chamar de envolvimento. Era um caso de amor, uma coisa até pura de certa forma. Mas aquilo parecia-lhe um horror, uma devassidão, ainda mais detestável para ela por detestar tanto Florence. E Florence falava...

Isso é que era terrível, porque Florence forçava Leonora a deixar de lado sua alta reserva — Florence e a situação. Parece que Florence não conseguia decidir se confessava a mim ou a Leonora. Confessar era inevitável. E ela escolheu Leonora afinal, porque, se tivesse sido eu, ela teria de confessar muito mais coisas. Ou, pelo menos, eu poderia ter adivinhado muito mais coisas, sobre o "coração" dela e sobre Jimmy. Então, um dia, ela procurou Leonora e começou a insinuar e insinuar. E deixou Leonora a tal ponto furiosa, que por fim Leonora disse:

— Você quer me contar que é amante de Edward. Pois seja. Não tenho uso para ele.

Aquilo foi realmente uma calamidade para Leonora, porque, uma vez começada, a conversa não tinha fim. Ela tentou parar, mas não era possível. Descobriu que era preciso mandar recados a Edward através de Florence, pois não conseguia falar com ele. Tinha de fazê-lo entender, por exemplo, que se eu um dia viesse a saber do envolvimento dele, ela o deixaria irremediavelmente arruinado. E o que complicou bastante as coisas foi que Edward, por essa época, estava realmente um pouco apaixonado por ela. Ele achava que a tinha tratado tão mal; que ela era tão boa. Ela ficara tão triste que ele queria confortá-la, e achava que era tão canalha que não havia muito a fazer para remendar as coisas. E Florence comunicava essas informações a Leonora.

Não culpo Leonora nem um pouco por sua aspereza com Florence; deve ter feito muito bem a Florence. Mas culpo-a, sim, por ter cedido àquilo que, no fim, não passava de um desejo de comunicação. Você sabe, essa história a separou de sua Igreja. Ela não queria confessar o que estava fazendo porque tinha medo que seus conselheiros espirituais pudessem culpá-la por me enganar. Imagino mesmo que ela haveria de preferir a condenação a partir meu coração. Foi a isso que ela chegou. Não precisava ter se dado ao trabalho.

Mas não havendo padres com quem conversar, ela precisava conversar com alguém, e como Florence insistia em conversar com ela, ela retribuía, em frases curtas e explosivas, como uma amaldiçoada. Exatamente como uma amaldiçoada. Bem, se um bom período de inferno nesta terra pode lhe poupar algum período de dor na Eternidade, onde não há períodos, acredito que Leonora escapará do fogo do Inferno.

As conversas dela com Florence eram assim. Florence apareceu na frente dela enquanto estava penteando aquele cabelo maravilhoso, com uma proposta de Edward, que parecia, por essa época, ter concebido a ingênua idéia de que podia se tornar um polígamo. Suponho que foi Florence quem colocou isso na cabeça dele. De qualquer forma, não sou responsável pelas maluquices da psicologia humana. Mas certamente parecia que por volta desse momento Edward se sentia mais próximo de Leonora do que jamais estivera antes, ou, pelo menos, havia muito tempo. E se Leonora fosse uma pessoa que jogasse cartas e se jogasse suas cartas bem, e se não tivesse nenhum senso de vergonha etc., ela podia então ter repartido Edward com Florence até chegar o momento de atirar aquele pobre cuco para fora do ninho.

Bem, Florence procurou Leonora com uma proposição dessas. Não quero dizer que ela tenha colocado assim tão grosseiramente. Ela garantiu que não era amante de Edward, até Leonora dizer que tinha visto Edward saindo do quarto dela numa hora avançada da noite. Isso abalou um pouco Florence; mas ela apelou para seu "coração" e disse que estava apenas conversando com Edward para colocá-lo num melhor estado de espírito. Florence tinha, claro, de sustentar essa história; pois nem mesmo Florence teria tido coragem de implorar a Leonora para estender seus favores a Edward se admitisse que era amante dele. Isso não podia ser assim. Ao mesmo tempo, Florence tinha um desejo muito insistente de conversar sobre alguma coisa. Não havia mais nada sobre o que conversar, senão sobre uma reaproximação do casal abalado. Então Florence continuou tagarelando e Leonora continuou escovando o cabelo. E então Leonora disse, de repente, alguma coisa como:

— Eu me consideraria imunda se Edward me tocasse, agora que tocou você.

Isso desestimulou Florence um pouco; mas depois de uma semana mais ou menos, em outra manhã, ela tentou de novo.

E mesmo em outras coisas Leonora se deteriorava. Ela havia prometido a Edward deixar o gasto de suas próprias rendas nas mãos dele. E era absolutamente sincera a respeito. Suponho que teria de fazer isso mesmo; embora, sem dúvida, ela espionasse em segredo a conta de banco dele. Ela não era católica romana à toa. Mas ela passou a ver tão seriamente a deslealdade de Edward à memória da pobrezinha Maisie que não conseguia mais confiar nele absolutamente.

Então, quando voltou a Branshaw, ela começou, depois de menos de um mês, a preocupá-lo com os mais mínimos itens de seus gastos. Permitia que ele preenchesse seus próprios cheques, mas não havia praticamente nenhum cheque que ela não conferisse, a não ser os de uma conta privada de quinhentas libras anuais que, tacitamente, ela permitia que ele mantivesse para gastar com sua amante ou amantes. Ele tinha de dar suas escapadas a Paris; tinha de mandar dispendiosos telegramas em código para Florence duas vezes por semana. Mas ela o preocupava com seus gastos com vinhos, com árvores frutíferas, com arreios, com portões, com seu ferreiro pelo trabalho feito em um novo estribo patenteado para o Exército que ele estava tentando inventar. Ela não conseguia entender por que ele se dava ao trabalho de inventar um estribo novo para o Exército e ficou realmente furiosa quando, depois da invenção amadurecida, ele a deu de presente ao Departamento de Guerra com o projeto e os direitos da patente. Era um estribo incrivelmente bom.

Já contei a você que Edward gastou muito tempo e cerca de duzentas libras em taxas judiciárias para conseguir que uma pobre garota, filha de um de seus jardineiros, fosse absolvida da acusação de ter matado seu bebê. Este foi definitivamente o último ato da vida de Edward. Ocorreu num momento em que Nancy Rufford estava a caminho da Índia; quando a mais horrível tristeza pairava em toda a casa; quando o próprio Edward estava agoniado e se comportando tão bem quanto era capaz. No entanto, mesmo nesse momento Leonora armou uma cena terrível com ele por seu gasto de tempo e trabalho. Ela, de certa forma, fazia uma vaga idéia do que havia acontecido com a garota e todo o resto da história devia ter ensinado a Edward uma lição: uma lição de economia. Ela ameaçou tirar dele de novo a conta bancária. Acredito que isso fez com que ele cortasse a garganta. Ele podia ter encontrado outra saída, mas o pensamento de que tinha perdido Nancy e que, além disso, não lhe restava nada além de uma árida, árida sucessão de dias em que não podia prestar nenhum serviço público... Bem, isso acabou com ele.

Foi durante esses anos que Leonora tentou ter o seu próprio caso amoroso com um sujeito chamado Bayham, um sujeito decente. Um homem realmente bom. Mas o caso não foi nenhum sucesso. Já contei a você...

II

Bem, isso me traz até a data em que recebi, em Waterbury, o lacônico telegrama de Edward comunicando que queria que eu fosse a Branshaw para ter uma conversa. Eu estava muito ocupado na época e pretendia mandar um telegrama de resposta dizendo que partiria dentro de quinze dias. Mas estava realizando uma longa entrevista com os advogados do sr. Hurlbird e imediatamente depois tive de realizar longos encontros com as srtas. Hurlbird, de forma que demorei para telegrafar.

Eu esperava encontrar as srtas. Hurlbird extremamente velhas, com seus noventa anos, por aí. O tempo passara tão devagar que eu tinha a impressão de que fazia trinta anos que eu deixara os Estados Unidos. Eram apenas doze anos. Na realidade, a srta. Hurlbird tinha apenas sessenta e um anos e a srta. Florence Hurlbird cinqüenta e nove, e estavam ambas, mental e fisicamente, tão vigorosas quanto seria de se desejar. Estavam, na verdade, mais vigorosas mentalmente do que convinha aos meus propósitos, que era ir embora dos Estados Unidos o mais depressa possível. Os Hurlbird eram uma família extremamente unida, extremamente unida a não ser por um aspecto. Cada um dos três tinha um médico diferente, em quem confiavam cegamente, e cada um tinha um advogado diferente. E cada um deles incomodava o médico dos outros e o advogado dos outros. E, naturalmente, os médicos e advogados alertavam cada um, o tempo todo, contra o outro. Você não pode imaginar como a coisa ficou complicada para mim. Claro que eu tinha meu próprio advogado, recomendado pelo jovem Carter, meu sobrinho da Filadélfia.

Não estou querendo dizer que houvesse nada desagradável na linha da avidez. O problema era inteiramente outro:

um dilema moral. Pois, sabe, o velho sr. Hurlbird havia deixado toda a sua propriedade para Florence com a única exigência de que ela mandasse construir para ele na cidade de Waterbury, Connecticut, um memorial que devia assumir a forma de algum tipo de instituição de assistência aos que sofriam do coração. O dinheiro de Florence tinha vindo todo para mim, e com isso o do velho sr. Hurlbird. Ele morreu apenas cinco dias depois de Florence.

Bem, eu estava muito disposto a gastar um milhão de dólares na assistência aos doentes do coração. O velho cavalheiro deixara cerca de um milhão e meio; Florence deixara cerca de 800 mil e, pelo que calculei, eu devia contar com cerca de um milhão meu. De qualquer forma, havia muito dinheiro. Mas naturalmente eu quis consultar os desejos dos parentes sobreviventes e foi aí que os problemas realmente começaram. Sabe, descobriu-se que o sr. Hurlbird não tinha absolutamente nenhum problema no coração. Os pulmões tinham sido um pouco afetados ao longo de toda a sua vida e ele morrera de bronquite.

Ocorreu à srta. Florence Hurlbird que, uma vez que seu irmão havia morrido do pulmão, e não do coração, o dinheiro devia ir para os pacientes do pulmão. Isso, pensava ela, era o que o irmão teria desejado. Por outro lado, por uma esquisitice que não consegui entender na época, a srta. Hurlbird insistia que eu ficasse com o dinheiro todo para mim. Ela disse que não queria nenhum monumento à família Hurlbird.

Na época, achei que isso se devia a uma repulsa à ostentação necrológica, típica da Nova Inglaterra. Mas entendo agora, quando me lembro de certas insistentes e continuadas perguntas que me fazia sobre Edward Ashburnham, que ela estava com outra idéia na cabeça. E Leonora me contou que na mesa-de-cabeceira de Florence, ao lado de seu corpo morto, havia uma carta para a srta. Hurlbird, uma carta que Leonora enviara sem me contar. Não sei como Florence teve tempo de escrever à tia; mas entendo perfeitamente que ela não haveria de querer deixar o mundo sem fazer alguns comentários. Então, creio que Florence deve ter contado à srta. Hurlbird muita coisa sobre Edward Ashburnham em algumas palavras rabiscadas e que por isso a velha dama não queria o nome dos Hurlbird perpetuado. Talvez, também, ela achasse que eu merecia o dinheiro dos Hurlbird.

Isso implicou uma boa dose de discussões, com os médicos de cada um alertando um ao outro sobre os efeitos nocivos das discussões sobre a saúde das damas e um me alertando contra o outro, e dizendo que o velho sr. Hurlbird podia ter morrido do coração afinal, apesar do diagnóstico do médico *dele*. E os advogados todos tinham métodos diferentes para os arranjos de como o dinheiro devia ser investido, administrado, empregado.

Pessoalmente, eu queria investir o dinheiro de forma que os juros pudessem ser usados para alívio dos doentes do coração. Se o velho sr. Hurlbird não havia morrido de nenhum defeito nesse órgão, ele o considerava defeituoso. Além disso, Florence certamente havia morrido do coração, pelo que eu entendia. E quando a srta. Florence Hurlbird propôs que o dinheiro fosse para os doentes do pulmão, cheguei a pensar que devíamos fazer uma instituição para pulmão também, e adiantei que eu estava disposto a fornecer um milhão e meio de dólares. Isso daria setecentos e cinqüenta mil para cada classe de inválidos. Eu não queria o dinheiro tanto assim. Só o queria para poder oferecer a Nancy Rufford uma vida boa. Não sabia muita coisa sobre as despesas de manutenção de uma casa na Inglaterra, onde, eu presumia, ela iria querer viver. Sabia que suas necessidades naquela época limitavam-se a bons chocolates, a um ou dois bons cavalos, e vestidos simples, bonitos. Talvez viesse a querer mais do que isso mais tarde. Mas mesmo que eu desse um milhão e meio de dólares para essas instituições, ainda teria o equivalente a vinte mil libras inglesas anuais, e achava que Nancy poderia ter uma boa vida com isso ou com menos.

De qualquer forma, tivemos uma dura série de discussões na mansão Hurlbird que fica numa escarpa acima da cidade. Pode lhe parecer, ouvinte silencioso, engraçado, se você for europeu. Mas problemas morais desse tipo e a doação de milhões a instituições são questões muitíssimo sérias em meu país. Na verdade, são matéria de discussão obrigatória entre as classes abastadas. Não temos a nobreza e a ascensão social a nos ocupar muito tempo, e gente decente não se interessa por política, nem velhos por esportes. De forma que houve lágrimas reais derramadas tanto pela srta. Hurlbird quanto pela srta. Florence quando deixei a cidade.

Fui embora bem repentinamente. Quatro horas depois do telegrama de Edward chegou outro de Leonora, dizendo: "Venha, sim. Você pode ser útil." Eu simplesmente disse a meu advogado que havia um milhão e meio; que ele podia investir como quisesse e que o destino do dinheiro devia ser decidido pelas srtas. Hurlbird. Eu estava, de qualquer forma, bastante esgotado com todas as discussões. E como ainda não soube nada das srtas. Hurlbird, acredito que a srta. Hurlbird, seja por revelações, seja por força moral, convenceu a srta. Florence de que nenhum memorial em nome deles devia ser construído na cidade de Waterbury, Connecticut. A srta. Hurlbird chorou copiosamente quando soube que eu ia ficar com os Ashburnham, mas não fez nenhum comentário. Eu sabia, naquela época, que a sobrinha delas havia sido seduzida por aquele sujeito Jimmy antes de se casar comigo, mas decidi dar a ela a impressão de que considerava Florence uma esposa-modelo. Ora, naquela época eu ainda acreditava que Florence havia sido perfeitamente virtuosa depois do casamento comigo. Não tinha compreendido que ela podia ter jogado tão baixo a ponto de continuar seu envolvimento com aquele sujeito debaixo do meu teto. Bem, eu era um tolo. Mas não pensei muito em Florence naquela época. Minha mente estava ocupada com o que estava acontecendo em Branshaw.

Tinha botado na cabeça que os telegramas tinham alguma coisa a ver com Nancy. Ocorreu-me que ela podia ter dado sinais de estabelecer uma ligação com algum sujeito indesejável e que Leonora queria que eu voltasse e casasse com ela para afastá-la do perigo. Isso era o que estava muito firme em minha cabeça. E que ficou em minha cabeça durante quase dez dias depois de minha chegada àquele lindo e antigo lugar. Nem Edward nem Leonora haviam tido qualquer impulso de me falar de nada além do tempo e das colheitas. No entanto, embora houvesse diversos jovens em torno, eu podia ver que nenhum deles em particular merecia a preferência da menina. Ela sem dúvida parecia adoentada e nervosa, a não ser quando despertava para falar bobagens divertidas para mim. Ah, que coisa linda ela era...

Eu imaginava que o que acontecera era que os rapazes indesejáveis haviam sido proibidos de entrar no lugar e que Nancy estava um pouco nervosa.

O que acontecera era simplesmente o Inferno. Leonora havia falado com Nancy; Nancy falado com Edward; Edward falado com Leonora, e eles falavam e falavam. E falavam. Você precisa imaginar os horríveis quadros de melancolia e meias-luzes, e emoções percorrendo as noites silenciosas, noites inteiras. Você precisa imaginar minha linda Nancy a aparecer de repente para Edward, surgindo ao pé da cama dele, com o cabelo comprido caindo, como um cone fendido de sombra, na penumbra da luz noturna que queimava ao lado dele. Tem de imaginá-la, uma figura silenciosa, sem dúvida agoniada, como um espectro, de repente se oferecendo a ele, para salvar a razão dele! E você tem de imaginar a louca recusa dele, e ele falava. E falava! Meu Deus!

E, no entanto, para mim, viver na casa, envolvido pelo encantamento da vida calma e ordenada, com os criados silenciosos e hábeis, cuja mera arrumação das roupas para eu vestir era como uma carícia, para mim que estava com eles todas as horas, eles pareciam pessoas ternas, ordenadas e devotas, sorridentes, ausentando-se a intervalos adequados; levando-me a caçadas, apenas boa gente! Como, diabos, como fazem aquilo?

Ao jantar, uma noite, Leonora disse (tinha acabado de abrir um telegrama):

— Nancy está indo para a Índia amanhã, para ficar com o pai dela.

Ninguém falou nada. Nancy olhou para o prato; Edward continuou comendo o faisão. Eu me senti muito mal;

imaginava que dependia de mim fazer a proposta a Nancy aquela noite. Parecia-me estranho que não tivessem me alertado da partida de Nancy. Mas pensei que aquilo fosse apenas maneiras inglesas, algum tipo de delicadeza cujo jeito eu não captava. Você deve lembrar que naquele momento eu confiava em Edward e Leonora e em Nancy Rufford, e na tranqüilidade dos antigos abrigos de paz, como havia confiado no amor de minha mãe. E naquela noite Edward falou comigo.

O que acontecera no intervalo, havia sido isto:

Ao voltar de Nauheim, Leonora havia entrado em total colapso, porque sabia que podia confiar em Edward. Isso parece estranho mas, se você sabe alguma coisa sobre colapsos, saberá que por meio dos engenhosos tormentos que o destino nos prepara, essas coisas ocorrem assim que, relaxada a tensão, nada mais resta a fazer. É depois da longa doença e morte do marido que uma viúva se descontrola; é ao final de uma longa competição que uma equipe se esgota e cai por cima dos remos. E foi isso que aconteceu com Leonora.

Por certas inflexões na voz de Edward; pelo prolongado e firme olhar que lhe dirigira com os olhos congestionados ao se levantar da mesa de jantar do hotel em Nauheim, ela entendeu que, no caso com a pobre menina, encontrava-se uma situação em que os escrúpulos morais de Edward, ou seu código social, ou sua idéia de que seria um jogo muito baixo, deixava Nancy em perfeita segurança. A menina, Leonora tinha certeza, não corria qualquer risco da parte de Edward. E nisso ela estava perfeitamente certa. O colapso haveria de vir dela mesma.

Ela relaxou; ela caiu; ela deslizou, a princípio depressa, depois com impulso cada vez maior, na corrente do destino. Você pode argumentar que, liberada das amarras da religião, pela primeira vez na vida, ela agia orientada por seus desejos instintivos. Não sei se devo pensar que, sob esse aspecto, ela não era mais ela mesma; ou se, uma vez soltas as amarras de seus padrões, convenções e tradições, ela se via, pela primeira vez, como seu eu natural. Estava dividida entre o intenso amor materno pela menina e um intenso ciúme da mulher que compreende que o homem que ela ama encontrou o que parece ser a paixão final de sua vida. Ela estava dividida entre uma intensa repulsa pela fraqueza de Edward em conceber essa paixão, uma intensa piedade pelas misérias que ele estava suportando e uma sensação igualmente intensa, mas que escondia de si mesma, uma sensação de respeito pela determinação de Edward de se manter, neste caso particular, imaculado.

E o coração humano é uma coisa muito misteriosa. É impossível dizer que Leonora, agindo como agiu então, não estivesse cheia de uma espécie de ódio pela virtude final de Edward. Ela queria, acho, desprezá-lo. Compreendeu que ele havia se afastado dela para sempre. Então ele que sofresse, ele que agonizasse; se possível, ele que se espatifasse e fosse para aquele Inferno que é a morada das determinações quebradas. Ela podia seguir outro rumo. Teria sido tão fácil mandar a menina ficar com amigos; tê-la levado embora ela própria com um ou outro pretexto. Isso não teria resolvido as coisas, mas teria sido o caminho correto... Porém, naquele instante, a pobre Leonora era incapaz de tomar qualquer rumo.

Num momento, tinha uma tremenda pena de Edward e agia de acordo com essa pena; em outro, abominava-o e então agia conforme lhe ditava essa aversão. Ela puxava o ar como uma pessoa que está morrendo de tuberculose puxa o ar. Desejava loucamente comunicar-se com alguma outra alma humana. E a alma humana que escolheu foi a da menina.

Talvez Nancy fosse a única pessoa com quem ela podia conversar. Com sua necessidade de reticência, com sua frieza de maneiras, Leonora tinha poucos amigos. Não tinha nenhum, com exceção da sra. coronel Whelen, que a havia aconselhado no caso com La Dolciquita, e uma ou duas religiosas que a haviam orientado pela vida. A esposa do coronel estava, naquele momento, na ilha da Madeira; as religiosas ela agora evitava. Seu livro de endereços tinha setecentos nomes; não havia uma única alma com quem pudesse conversar. Ela era a sra. Ashburnham de Branshaw Teleragh.

Era a grande sra. Ashburnham de Branshaw e passava o dia inteiro na cama de seu maravilhoso quarto, claro e arejado, com os estofados de chintz, os *chippendale*, os retratos dos Ashburnham falecidos pintados por Zoffany e Zucchero. Quando havia uma caçada, ela fazia um esforço para se levantar, se fosse a uma distância confortável, e deixava que Edward levasse a ela e à menina para as encruzilhadas ou para a casa de campo. Ela voltava sozinha com a carruagem; Edward voltava a cavalo com a menina. Cavalgar Leonora não podia, naquela temporada, sua cabeça estava muito ruim. Cada passo de sua égua era uma angústia.

Mas conduzia a carruagem com eficiência e precisão; sorria para os Gimmer e Ffoulke e para os Hedley Seaton. Atirava com exatidão moedas para os meninos que abriam as porteiras para ela; sentava-se ereta no banco da alta carruagem de caça; acenava com as mãos para Edward e Nancy quando eles se afastavam com os cães, e todos ouviam sua voz clara e aguda, no tempo fresco, dizendo:

— Divirtam-se!

Pobre mulher desamparada!...

Havia, porém, uma fagulha de consolação. Vinha do fato de que Rodney Bayham, de Bayham, a seguia sempre com o olhar. Haviam se passado já três anos desde que tentara seu abortado caso amoroso com ela. Mesmo assim, nas manhãs de inverno, ele vinha a cavalo até sua varanda e simplesmente dizia "Bom-dia" e olhava para ela com olhos que não eram súplices, mas pareciam dizer: "Sabe, ainda estou, como dizem os alemães, A.D.: à disposição."

Era uma grande consolação, não porque ela se propusesse a aceitá-lo de novo, mas porque lhe mostrava que havia no mundo uma alma fiel em culotes de montaria. E lhe mostrava que ela não estava perdendo a beleza.

E, de fato, não estava perdendo a beleza. Tinha quarenta anos, mas estava tão bem como no dia em que deixou o convento, a silhueta tão distinta, o cabelo tão claro, o azul dos olhos tão escuro. Ela pensava que o espelho lhe dizia isso; mas sempre havia as dúvidas... Os olhos de Rodney Bayham as levavam embora.

É muito singular que Leonora não tenha envelhecido nada. Suponho que haja certo tipo de beleza e mesmo de juventude afeitas ao embelezamento que vem com o suportar da tristeza. Isso está dito de forma muito elaborada. O que quero dizer é que Leonora, se tudo tivesse prosperado, podia ter ficado dura demais e, talvez, dominadora. Mas o que acontecera foi que se limitara a parecer eficiente, e ainda assim compreensiva. A mais rara de todas as mesclas. E juro que Leonora, à sua maneira contida, dava a impressão de ser intensamente solidária com o outro. Quando ela ouvia você parecia estar ouvindo algum som que vinha de muito longe. Mas mesmo assim ouvia e assimilava o que você dizia, o que, uma vez que a história da humanidade é uma história de tristezas, era, via de regra, alguma coisa triste.

Acho que ela deve ter conduzido Nancy por muitos terrores da noite e maus lugares do dia. E isso explicaria o amor apaixonado da menina pela mulher mais velha. Porque o amor de Nancy por Leonora era uma admiração que, nos católicos, é despertada por seu sentimento pela Virgem Maria e por vários santos. É pouco dizer que a menina teria colocado sua vida aos pés de Leonora. Bem, ela colocou ali a oferenda de sua virtude: e sua razão. Eram prestações suficientes de sua vida. Hoje em dia, teria sido muito melhor para Nancy Rufford estar morta.

Talvez todas essas reflexões sejam um incômodo; mas elas se acumulam dentro de mim. Vou tentar contar a história.

Sabe, ao voltar de Nauheim, Leonora começou a ter dores de cabeça, dores de cabeça que duravam dias inteiros, durante os quais ela não conseguia dizer nem uma palavra e não suportava ouvir nenhum som. E, dia após dia, Nancy ficava sentada a seu lado, em silêncio e imóvel durante horas, umedecendo lenços em vinagre e água, e pensando seus bons pensamentos. Isso deve ter sido muito ruim para ela, e as refeições a sós com Edward devem ter sido ruins para ela também, e terríveis para Edward. Edward, é claro, oscilava em seu comportamento. O que mais podia fazer? Às vezes, ficava sentado em silêncio, arrasado em cima da comida intocada. Não pronunciava mais que monossílabos quando Nancy falava com ele. Na época, ele simplesmente tinha medo que a menina se apaixonasse por ele. Outras vezes, ele tomava um pouco de vinho; compunha-se; tentava brincar com Nancy sobre um salto que sua égua havia refugado diante de uma cerca viva, ou conversar sobre os costumes de Chitral. Era quando ele achava que estava difícil para a pobre menina que ele devia ter-se tornado um companheiro tedioso. Ele compreendeu que a conversa com ela no parque em Nauheim não lhe causara nenhum dano.

Mas aquilo tudo estava fazendo muito mal a Nancy. Gradualmente foi abrindo os olhos dela para o fato de que Edward era um homem com seus altos e baixos e não um sujeito invariavelmente alegre como um cachorro bom, um cavalo confiável ou uma amiga mulher. Ela o encontrava em atitudes de terrível desânimo, afundado numa poltrona no estúdio que era também sala de armas. Pela porta aberta, ela observava que o rosto dele era o rosto de um velho, morto, quando ele não tinha ninguém com quem conversar. Gradualmente, foi ficando claro à sua atenção que havia profundas diferenças naquele par que ela considerava como seu tio e tia. Foi uma convicção que veio muito lentamente.

Começou quando Edward deu um cavalo meio velho para um sujeito chamado Selmes. O pai de Selmes havia sido arruinado por um advogado fraudulento, e a família Selmes tivera de vender seus cães de caça. O caso despertara uma grande dose de solidariedade naquela parte do país. E Edward, ao encontrar o rapaz certo dia, desmontou e, vendo que ele estava muito infeliz, ofereceu a ele o velho cavalo cob irlandês que estava montando. Foi uma coisa realmente tola. O cavalo valia de trinta a quarenta libras, e Edward devia saber que o presente incomodaria sua mulher. Mas Edward tinha de consolar aquele rapaz infeliz cujo pai ele conhecia desde que nascera. E o que piorava ainda mais as coisas é que o jovem Selmes não conseguia nem manter o cavalo. Edward lembrou-se disso, imediatamente depois de oferecer o presente, e disse depressa:

— Claro que ofereço que mantenha o cavalo no estábulo de Branshaw até ter tempo de se recuperar ou se quiser vendê-lo e comprar um melhor.

Nancy foi direto para casa e contou isso tudo a Leonora, que estava deitada. Ela vira nisso um exemplo esplêndido da rápida consideração de Edward pelos sentimentos e condições dos aflitos. Achou que ia alegrar Leonora, porque devia alegrar qualquer mulher saber que tinha marido tão esplêndido. Foi o último pensamento infantil que a menina teve. Porque Leonora, cuja dor de cabeça deixava controlada, mas miseravelmente fraca, virou-se na cama e pronunciou palavras que foram surpreendentes para a menina:

— Quisera Deus — disse ela — que ele fosse seu marido e não meu. Vamos nos arruinar. Vamos nos arruinar. Será que *nunca* vou ter uma chance? — E de repente Leonora explodiu numa paixão de lágrimas. Apoiou-se nos travesseiros com um cotovelo e ali ficou, chorando, chorando, chorando, o rosto escondido nas mãos e as lágrimas caindo por entre os dedos.

A menina ficou vermelha, gaguejou e recuou como se tivesse sido pessoalmente insultada.

— Mas se tio Edward... — começou a dizer.

— Esse homem — disse Leonora com extrema amargura — daria a roupa do corpo dele e do meu. E do seu se qualquer... — Não conseguiu terminar a frase.

Naquele momento, sentia um excepcional ódio e desprezo pelo marido. A manhã toda e toda a tarde lá ficou deitada, pensando que Edward e a menina estavam juntos: no campo e voltando a cavalo para casa ao entardecer. Ela enfiava as unhas afiadas nas palmas das mãos.

A casa andava muito silenciosa com o tempo triste do inverno. E então, depois de uma eternidade de tortura, invadiu-a o som de portas se abrindo e a voz alegre da menina dizendo:

— Bom, só debaixo do visgo de Natal... — E o áspero tom baixo de Edward. Então Nancy entrou, com pés que tinham corrido pela escada e depois andado em pontas ao se aproximar da porta aberta do quarto de Leonora. Branshaw tinha um salão bem grande com piso de carvalho e peles de tigre. Em volta desse salão corria uma galeria para a qual dava a porta de Leonora. E mesmo quando tinha a pior de suas dores de cabeça ela gostava de deixar sua porta aberta. Suponho que para ouvir a aproximação dos passos da ruína e do desastre. De qualquer forma, ela odiava um quarto com portas fechadas.

Naquele momento, Leonora odiou Edward com um ódio que era como o inferno e gostaria de descer o chicote de montaria no rosto da menina. Que direito tinha Nancy de ser jovem, magra e morena, às vezes alegre, às vezes triste? Que direito tinha de ser exatamente a mulher que deixaria feliz o marido de Leonora? Porque Leonora sabia que Nancy teria deixado Edward feliz.

Sim, Leonora queria descer o chicote de montaria no jovem rosto de Nancy. Ela imaginava o prazer que sentiria quando o couro batesse naqueles traços estranhos; o apelo que sem dúvida sentiria de puxar o cabo no mesmo momento para ela, de forma a cortar fundo na carne e deixar um vergão permanente.

Bem, ela deixou um vergão permanente e suas palavras cortaram fundo a mente da menina...

Nenhuma das duas mencionou aquilo outra vez. Passou-se uma quinzena, uma quinzena de chuvas fortes, de campos pesados, de mau cheiro. As dores de cabeça de Leonora pareciam ter desaparecido para sempre. Ela foi à caça uma ou duas vezes, permitindo-se ser guiada por Bayham, enquanto Edward cuidava da menina. Então, uma noite, quando aqueles três estavam jantando sozinhos, Edward disse, no tom pesado, determinado, estranho que saía dele naqueles dias (ele estava olhando para a mesa):

— Ando pensando que Nancy tinha de fazer mais pelo pai dela. Ele está ficando velho. Escrevi para o coronel Rufford, sugeri que ela fosse encontrar com ele.

Leonora gritou:

— Como ousa? Como ousa?

A menina levou a mão ao coração e gritou:

— Ah, meu doce Salvador, ajudai-me! — Foi o jeito estranho de ela pensar, e as palavras escaparam de seus lábios. Edward não disse nada.

E nessa noite, por um truque bondoso do diabo que presta atenção a este fumegante inferno nosso, Nancy Rufford recebeu uma carta da mãe. Chegou enquanto Leonora estava conversando com Edward, senão Leonora a teria interceptado, como havia interceptado outras. Era uma carta surpreendente e horrível...

Não sei o que continha. Só posso calcular pelos efeitos que teve sobre Nancy que sua mãe, tendo fugido com algum sujeito desqualificado, passara pelo que se expressa como "afundado mais e mais baixo". Se estava efetivamente na rua não sei, mas acredito que ela recebia uma pequena mesada do marido por meio da qual sobrevivia. E acho que contava isso em sua carta para Nancy e censurava a menina por viver no luxo, enquanto a mãe passava fome. E deve ter sido num tom horrível, porque a sra. Rufford era uma mulher cruel a qualquer momento. Para aquela pobre menina, abrir em seu quarto aquela carta para esquecer outra tristeza, devia ser como uma risada de um diabo.

Simplesmente não consigo nem pensar na minha pobre menina querida nesse momento...

E, ao mesmo tempo, Leonora atacava, como um demônio frio, o infeliz Edward. Ou, talvez, não tão infeliz; porque ele havia feito o que sabia ser o correto, ele podia ser considerado feliz. Deixo essa conclusão para você. De qualquer forma, ele estava sentado em sua poltrona, e Leonora entrou em seu quarto, pela primeira vez em nove anos. Ela disse:

— Esta é a coisa mais atroz que você fez em sua vida atroz. — Ele não se moveu, não olhou para ela. Deus sabe exatamente o que Leonora tinha em mente.

Prefiro pensar que, em primeiro lugar, havia preocupação e horror diante da idéia de a pobre menina voltar para o pai, cuja voz a fazia estremecer na noite. E, efetivamente, esse motivo era muito forte para Leonora. Mas acho que havia também a idéia de que ela queria continuar torturando Edward com a presença da menina. Ela era, naquela época, capaz disso.

Edward estava afundado em sua poltrona; havia no quarto duas velas, protegidas por anteparos de vidro verde. Os vidros verdes se refletiam nos vidros das estantes que continham não livros, mas armas, com tambores marrons brilhantes, e varas de pescar em capas de tecido verde. Via-se na penumbra, acima do aparador da lareira, lotado de esporas, cascos e medalhas de bronze de cavalos, um quadro marrom-escuro de um cavalo branco.

— Se você pensa — disse Leonora — que não sei que está apaixonado pela menina...

Ela começou, afogueada, mas não conseguiu encontrar fim para a frase. Edward não se mexeu, não falou nada. E então Leonora disse:

— Se quiser se divorciar de mim, eu me divorcio. Pode casar com ela então. Ela está apaixonada por você.

Ele gemeu um pouco ao ouvir isso, Leonora contou. E então ela saiu.

Deus sabe o que aconteceu com Leonora depois disso. Ela própria decerto não sabe. Provavelmente falou muito mais coisas a Edward do que sou capaz de revelar; mas isso foi tudo o que me contou e não vou inventar discursos. Para acompanhar o desenvolvimento psicológico dela nesse momento, acho que temos de admitir que ela o censurou por uma boa parte da vida passada deles, enquanto Edward ficava sentado em absoluto silêncio. E, de fato, ao falar disso depois, ela disse diversas vezes:

— Eu falei para ele muito mais do que pretendia, só porque ele ficou tão quieto. — Ela falou, na verdade, na tentativa de provocá-lo a responder.

Deve ter falado tanta coisa que, ao expressar sua mágoa, seu estado de espírito mudou. Ela voltou a seu quarto na galeria, e ficou lá sentada um longo tempo, pensando. E pensou até colocar-se num estado de absoluto desprendimento, de absoluto desprezo por si própria também. Ela disse a si mesma que não prestava; que havia fracassado em todos os seus esforços, em seus esforços para conseguir Edward de volta assim como em seus esforços para fazê-lo reduzir seus gastos. Ela imaginava estar exausta; ela imaginava estar acabada. Então, um grande medo tomou conta dela.

Pensou que Edward, depois do que ela havia dito para ele, podia ter cometido suicídio. Saiu para a galeria e escutou; não havia nenhum som em toda a casa, a não ser as batidas regulares do grande relógio do salão. Mas mesmo em seu estado de esgotamento, ela não era uma pessoa para deixar passar nada. Ela agiu. Foi diretamente para o quarto de Edward, abriu a porta e olhou para dentro.

Ele estava lubrificando a culatra de uma arma. Era uma coisa estranha para fazer àquela hora da noite, em trajes noturnos. Nunca ocorreu a ela, porém, que ele fosse se matar com aquela arma. Ela sabia que estava fazendo aquilo apenas para se ocupar, para evitar pensar. Ele levantou o rosto para ela quando abriu a porta, o rosto iluminado pela luz lançada pelos orifícios redondos dos anteparos verdes das velas.

Ela disse:

— Sabia que não encontraria Nancy aqui. — Ela achou que lhe devia uma explicação.

Ele respondeu:

— Não achei que fosse pensar isso mesmo. — Foram as únicas palavras que ele falou essa noite. Ela voltou, como um bicho manso, pelo longo corredor, tropeçou nas conhecidas peles de tigre do salão escuro. Mal conseguia colocar um pé diante do outro. Na galeria, percebeu a porta de Nancy meio aberta e que havia luz acesa no quarto da menina. Uma súbita loucura a dominou, um desejo de ação, uma sede de auto-explicação.

Os quartos todos davam para a galeria. O de Leonora para o leste, o da menina ao lado, depois o de Edward. A visão daquelas três portas, lado a lado, abertas para receber quem os acasos da noite escura trouxessem, fez o corpo todo de Leonora estremecer. Ela foi para o quarto de Nancy.

A menina estava sentada perfeitamente quieta numa poltrona, muito ereta, como havia aprendido no convento. Parecia estar calma como uma igreja; o cabelo descia, negro, como um dossel, por cima de ambos os ombros. O fogo a seu lado queimava brilhante; tinha acabado de colocar as brasas. Usava um quimono de seda branca que a cobria até os pés. A roupa que havia tirado estava muito bem dobrada em seus lugares devidos. As mãos longas pousadas em cada um dos braços da poltrona estofada de chintz rosa e branco.

Leonora me contou essas coisas. Ela parece ter achado estranho que a menina pudesse ter feito coisas tão organizadas quanto dobrar a roupa que havia tirado numa noite daquelas, quando Edward havia anunciado que seria mandada para o pai e quando, de sua mãe, recebera aquela carta. A carta, dentro do envelope, estava em sua mão direita.

De início, Leonora não a percebeu. Ela disse:

— O que está fazendo tão tarde?

A menina respondeu:

— Só pensando.

Elas pareciam pensar em sussurros e falar baixinho. Então, os olhos de Leonora pousaram no envelope, e ela reconheceu a caligrafia da sra. Rufford.

Foi um daqueles momentos em que pensar era impossível, disse Leonora. Era como se pedras fossem atiradas nela de todas as direções, e ela só pudesse fugir. Ouviu a si mesma exclamar:

— Edward está morrendo... por sua causa. Ele está morrendo. Ele é melhor que qualquer uma de nós...

A menina olhou além de Leonora, para os painéis da porta semifechada.

— Meu pobre pai — disse —, meu pobre pai...

— Você tem de ficar aqui — Leonora respondeu, feroz. — Tem de ficar aqui. Estou dizendo que tem de ficar aqui.

— Vou para Glasgow — Nancy respondeu. — Irei para Glasgow amanhã de amanhã. Minha mãe está em Glasgow.

Parece que era em Glasgow que a sra. Rufford levava sua vida desordenada. Ela escolhera aquela cidade, não porque fosse mais rendosa, mas porque era a cidade natal do marido a quem desejava causar o máximo de dor possível.

— Você tem de ficar aqui — Leonora começou a dizer — para salvar Edward. Ele está morrendo de amor por você.

A menina voltou os olhos calmos para Leonora.

— Eu sei — disse ela. — E eu estou morrendo de amor por ele.

Leonora murmurou um "Ah" que soou involuntariamente como um "Ah" de horror e pena.

— Por isso — continuou a menina — é que estou indo para Glasgow, para tirar minha mãe de lá. — E acrescentou: — Para o fim do mundo — pois, se os últimos meses haviam transformado sua natureza na natureza de uma mulher, suas frases continuavam ainda tão românticas como as de uma colegial. Era como se ela tivesse crescido tão depressa que não dera tempo de prender os cabelos. Mas acrescentou: — Nós não prestamos, minha mãe e eu.

Leonora disse, com sua feroz calma:

— Não. Não. Você presta, sim. Eu é que não presto para nada. Não pode deixar esse homem se acabar por sua falta. Você tem de ser dele.

Ela disse que a menina sorriu, com um sorriso estranho, distante, como se tivesse mil anos de idade, como se Leonora fosse uma criança pequena.

— Sabia que você ia chegar a isso — disse ela, muito lentamente. — Mas nós não valemos a pena, Edward e eu.

III

Nancy andara, de fato, pensando desde que Leonora fizera aquele comentário sobre o cavalo dado de presente ao jovem Selmes. Andara pensando e pensando, porque tivera de ficar sentada durante vários dias silenciosos ao lado da cama da tia. (Ela sempre pensava em Leonora como sua tia.) E tivera de ficar sentada, pensando, durante muitas refeições silenciosas com Edward. E então, às vezes, com os olhos congestionados e a boca pesada, enrugada, ele sorria para ela. E aos poucos veio-lhe o entendimento de que Edward não amava Leonora e que Leonora odiava Edward. Várias coisas contribuíram para formar e fortalecer essa convicção.

Nancy tinha permissão para ler os jornais nessa época, ou melhor, como Leonora estava sempre de cama e Edward tomava o café-da-manhã sozinho e saía cedo para os campos, ela ficava sozinha com os jornais. Um dia, viu o retrato de uma mulher que conhecia muito bem. Abaixo, leu as palavras: "A ilustre sra. Brand, queixosa no famoso caso de divórcio em reportagem na página 8." Nancy mal sabia o que era um caso de divórcio. Havia sido incrivelmente bem-criada, e católicos romanos não praticam o divórcio. Não sei como Leonora havia feito aquilo exatamente. Suponho que ela havia sempre impregnado a mente de Nancy com a idéia de que mulheres decentes não liam essas coisas, e isso teria sido suficiente para fazer Nancy pular aquelas páginas.

De qualquer forma, ela leu a reportagem sobre o caso de divórcio dos Brand, principalmente porque queria contar para Leonora a respeito. Imaginou que Leonora, quando a dor de cabeça passasse, fosse gostar de saber o que estava acontecendo com a sra. Brand, que morava em Christchurch, e de quem ambas gostavam bastante. O caso ocupou três dias, e a reportagem que Nancy encontrou era do terceiro dia. Edward, porém, guardava os jornais da semana, à sua maneira metódica, em uma estante na sala de armas, e quando terminou o café-da-manhã, Nancy entrou naquela sala sossegada e gozou do que chamaria de uma boa leitura. Pareceu-lhe um caso estranho. Ela não conseguia entender por que um advogado parecia tão ansioso para saber todos os movimentos do sr. Brand num determinado dia; ela não conseguia entender por que a tabela de quartos de acomodação da Prefeitura Velha de Christchurch devia ser mostrada no tribunal. Ela não entendia nem mesmo por que eles queriam saber por que, em certa ocasião, a porta da saleta estava trancada. Aquilo a fazia rir; parecia-lhe tão sem sentido que adultos se ocupassem com questões assim. Parecia-lhe, no entanto, também estranho que um dos advogados interrogasse o sr. Brand com tamanha insistência e tamanha impertinência sobre os seus sentimentos pela srta. Lupton. Nancy conhecia muito bem a srta. Lupton de Ringwood: uma moça alegre, que montava um cavalo com duas patas traseiras brancas. O sr. Brand insistia que não amava a srta. Lupton... Bem, é claro que ele não amava a srta. Lupton; ele era um homem casado. Podia-se também pensar em tio Edward amando... amando alguém que não Leonora. Quando as pessoas eram casadas, isso era o fim do amor. Havia, sem dúvida, gente que se portava mal, mas era gente pobre, ou gente diferente da que ela conhecia.

Então essas questões se apresentavam à mente de Nancy.

Porém, mais adiante no caso, ela descobriu que o sr. Brand teve de confessar uma "intimidade culposa" com uma ou outra. Nancy imaginou que ele devia estar contando a alguém os segredos de sua esposa; não conseguia entender por que aquilo era um crime sério. Claro que não era coisa de cavalheiro, diminuía a boa opinião que tinha do sr. Brand. Mas como achava que a sra. Brand havia perdoado essa ofensa, ela imaginava que não deviam ser muito sérios os segredos revelados pelo sr. Brand. E então, de repente, foi forçada a admitir que o sr. Brand (o delicado sr. Brand que ela havia visto um ou dois meses antes de partir para Nauheim, brincando de cabra-cega com os filhos e beijando a mulher quando a pegava), que o sr. Brand e a sra. Brand estavam nos piores termos possíveis. Era incrível.

No entanto, ali estava, preto no branco. O sr. Brand bebia; o sr. Brand batia até derrubar a sra. Brand no chão quando estava bêbado. O sr. Brand foi considerado culpado em duas ou três palavras abruptas, ao final de colunas e colunas de jornal, culpado de crueldade com sua mulher e de ter cometido adultério com a srta. Lupton. As últimas palavras não significavam nada para Nancy, nada real, pelo menos. Ela sabia que o mandamento rezava que não se devia cometer adultério, mas por que, pensava ela, cometia-se? Talvez fosse alguma coisa como pescar salmão fora da temporada, uma coisa que não se fazia. Ela compreendeu que tinha alguma coisa a ver com beijos, ou com apertar alguém entre os braços...

E, no entanto, todo o efeito daquela leitura em Nancy foi misterioso, aterrorizador e mau. Ela sentiu uma náusea, uma náusea que aumentava enquanto lia. Seu coração batia dolorosamente; ela começou a chorar. Perguntou a Deus como Ele podia permitir que tais coisas acontecessem. E ficou ainda mais certa de que Edward não amava Leonora e que Leonora odiava Edward. Talvez, então, Edward amasse alguma outra pessoa. Isso era impensável.

Se ele pudesse amar alguma outra pessoa que não Leonora, o feroz coração desconhecido dela subitamente falava a seu favor, por que não podia ser ela mesma? E ele não a amava... Isso ocorrera cerca de um mês antes de ela receber a carta da mãe. Ela deixou o assunto repousar até a sensação de náusea desaparecer; o que aconteceu dentro de um ou dois dias. Então, ao descobrir que as dores de cabeça de Leonora tinham passado, ela de repente contou a Leonora que a sra. Brand havia se divorciado do marido. Perguntou o que exatamente aquilo queria dizer.

Leonora estava deitada no sofá do salão; estava tão fraca que mal conseguiu encontrar as palavras. Disse apenas:

— Quer dizer que o sr. Brand vai poder se casar outra vez.

Nancy disse:

— Mas... mas... — e então: — Ele vai poder casar com a srta. Lupton.

Leonora só mexeu a mão, concordando. Seus olhos estavam fechados.

— Então... — Nancy começou. Os olhos azuis estavam cheios de horror; as sobrancelhas franzidas acima deles; as linhas de dor em torno da boca muito distintas. A seus olhos, todo aquele grande salão conhecido tinha um aspecto mudado. Os suportes de lenha com flores de latão nas extremidades pareceram irreais; as achas queimando eram apenas achas que queimavam e não os símbolos confortáveis de um modo de vida indestrutível. A chama tremulava diante da alta placa de fundo; o são-bernardo suspirou no sono. Lá fora, a chuva de inverno caía sem parar. E de repente ela pensou em Edward casando com outra; e quase deu um grito.

Leonora abriu os olhos, deitada de lado, com o rosto apoiado na almofada preta e dourada do sofá que ficava diante da grande lareira.

— Eu pensava — disse Nancy —, nunca imaginei... O casamento não é um sacramento? Não é indissolúvel? Achei que quando se casa... se... — Ela estava soluçando. — Achei que se era casada ou não casada como se está vivo ou morto.

— Essa — disse Leonora — é a lei da igreja. Não é a lei da terra...

— Ah, sei — disse Nancy —, os Brand são protestantes.

Ela sentiu uma súbita segurança baixar sobre ela, e durante uma hora mais ou menos sua cabeça esteve tranqüila. Parecia-lhe idiota não ter se lembrado de Henrique VIII e da base sobre a qual repousa o protestantismo. Ela quase riu de si mesma.

A longa tarde chegou ao fim; as chamas ainda tremulavam quando a criada limpou a lareira; o são-bernardo acordou e foi para a cozinha. E então Leonora abriu os olhos e disse quase friamente:

— E você? Não acha que vai se casar?

Era tão pouco característico de Leonora aquilo que, por um momento, a menina ficou com medo na penumbra. Mas então, voltando atrás, a pergunta pareceu perfeitamente razoável.

— Não sei — ela respondeu. — Não conheço ninguém que queira casar comigo.

— Várias pessoas querem casar com você — disse Leonora.

— Mas eu não quero casar — Nancy respondeu. — Gostaria de continuar morando com você e Edward. Não acho que eu esteja incomodando ou que seja realmente uma despesa. Se eu for embora, você vai ter de arrumar uma companhia. Ou talvez eu devesse ganhar a vida...

— Eu não estava pensando nisso — Leonora respondeu no mesmo tom neutro. — Você vai ter dinheiro bastante de seu pai. Mas a maior parte das pessoas quer casar.

Acredito que ela então perguntou se a menina gostaria de casar comigo, e que Nancy respondeu que casaria comigo se mandassem; mas que queria continuar morando lá. Ela acrescentou:

— Se eu casasse com alguém, gostaria que fosse como Edward.

Ela estava muito assustada. Leonora estremeceu no sofá e bradou:

— Ah, Deus!...

Nancy correu em busca da criada; dos comprimidos de aspirina; dos lenços umedecidos. Nunca lhe ocorreu que a expressão de agonia de Leonora fosse por qualquer coisa além da dor física.

Você deve lembrar que tudo isso aconteceu um mês antes de Leonora entrar no quarto da menina à noite. Voltei para trás de novo, mas não posso evitar. É tão difícil acompanhar essas pessoas. Conto sobre Leonora e atualizo sobre ela; depois sobre Edward, que ficou para trás. E então a menina parece ficar abandonada lá atrás. Queria ser capaz de colocar em forma de diário. Assim: No dia 1º de setembro eles voltaram de Nauheim. Leonora ficou imediatamente de cama. Mas em 1º de outubro estavam todos indo juntos a caçadas. Nancy já havia notado bem plenamente que Edward estava estranho em seus modos. Por volta do dia 6 daquele mês, Edward deu o cavalo ao jovem Selmes, e Nancy teve razão para acreditar que sua tia não amava seu tio. No dia 20, ela leu a reportagem sobre o caso de divórcio, que apareceu nos jornais no dia 18 e nos dois dias subseqüentes. No dia 23, ela teve a conversa com a tia no salão, sobre o casamento em geral e sobre o seu possível casamento, a entrada da tia em seu quarto não aconteceu antes de 12 de novembro...

Ela teve, assim, três semanas de introspecção, pois a introspecção debaixo daquele céu tristonho, e naquela velha casa, deixava ainda mais sombrio o fato de que ela ficava numa depressão coroada de pinheiros com suas sombras negras. Não era uma boa situação para uma garota. Ela começou a pensar sobre amor, ela, que nunca havia considerado o amor como nada mais que uma questão bastante instável, bastante sem sentido. Ela se lembrava de passagens ao acaso em livros ao acaso, coisas que não a haviam afetado realmente em nada na época. Lembrou-se do amor de alguém pela princesa Badrulbudur;* lembrou-se de ter ouvido que o amor é uma chama, uma sede, um contrair das vísceras, embora não soubesse o que eram vísceras. Tinha uma vaga lembrança de que se dizia que o amor deixava desamparado o olhar de um amante desamparado; lembrava-se de um personagem de um livro que diziam ter começado a beber por amor; lembrava que diziam que a existência de amantes era pontuada por suspiros profundos. Uma vez, foi até o pequeno piano de armário que ficava num canto do salão e começou a tocar. O som do instrumento retinia e rachava porque ninguém na casa tinha qualquer pendor para música. A própria Nancy sabia tocar umas poucas músicas simples, e viu-se tocando. Estivera sentada junto à janela, olhando o dia se apagar. Leonora tinha ido fazer umas visitas; Edward estava supervisionando um plantio num novo campo. Assim ela se viu tocando o velho piano. Não sabia como havia chegado a fazer aquilo. Uma tola melodia oscilante lhe veio à mente

* Heroína de uma das histórias de *As mil e uma noites.*

ao entardecer, uma melodia em que as notas maiores com sua alegre insistência oscilavam e se dissolviam em sons menores, como, debaixo de uma ponte, o rebrilhar da água escura se dissolve e desaparece nas negras profundezas. Bem, era uma velha canção tola...

Tinha uma letra, sobre uma velha árvore de carvalho, acho:

És para todos os amores perdidos a melhor,
*a única árvore verdadeira.**

Esse tipo de coisa. É de Herrick, acredito, e a música com o som rachado, irregular, animado que acompanha Herrick. E estava entardecendo; os pesados, entalhados, escuros pilares que sustentavam a galeria eram como presenças tristonhas; o fogo havia diminuído a quase nada, um mero fulgor entre cinzas brancas... Eram um lugar, uma luz, uma hora sentimentais.

E, de repente, Nancy descobriu que estava chorando. Estava chorando baixinho; continuou chorando com longos e convulsivos soluços. Parecia-lhe que toda alegria, todo encantamento, toda leveza, toda doçura havia desaparecido de sua vida. Infelicidade; infelicidade; infelicidade a toda a sua volta. Ela parecia não conhecer nenhum ser feliz e ela própria estava agonizando...

Lembrou-se de que os olhos de Edward estavam desesperançados; tinha certeza de que ele estava bebendo demais; às vezes ele dava suspiros profundos. Parecia um homem que estava queimando com uma chama interior; ressecado de sede na alma; murchando nas vísceras. Então, veio-lhe a torturante convicção, a convicção que a tinha visitado insistentemente, de que Edward devia amar alguma outra que não Leonora. Com seu pequeno sectarismo pedagógico, ela se lembrou de que católicos não fazem isso. Mas Edward era protestante. Então, Edward amava alguém...

* Versos iniciais do poema "Para o carvalho", do poeta cavalheiresco inglês Robert Herrick (1591–1674).

E depois dessa idéia, seus olhos perderam a esperança; ela suspirou como o velho são-bernardo a seu lado. Às refeições, sentia um intolerável desejo de beber um copo de vinho, depois outro e depois um terceiro. Então se via ficando alegre... Mas em meia hora a alegria ia embora; ela se sentia como uma pessoa que está queimando por dentro com uma chama interior, ressecando a alma de sede; murchando as vísceras. Uma noite, entrou na sala de armas de Edward, ele tinha ido a uma reunião do Comitê de Reserva Nacional. Na mesa ao lado da cadeira dele, estava uma garrafa de uísque. Ela serviu um cálice cheio e bebeu.

Seu corpo pareceu realmente se incendiar então; as pernas incharam, o rosto ficou febril. Ela arrastou sua alta figura para o quarto e se deitou no escuro. A cama oscilava debaixo dela; cedeu à idéia de que estava nos braços de Edward; que ele beijava seu rosto que queimava; os ombros que queimavam, e o pescoço que estava em chamas.

Nunca mais tocou em álcool. Nem uma única vez depois disso voltou a ter essas idéias. Elas morreram para sua mente; deixaram apenas uma sensação de vergonha tão insuportável que o cérebro não conseguia absorver e elas desapareceram. Ela imaginou que sua angústia diante da idéia do amor de Edward por outra pessoa fosse apenas consideração por Leonora; decidiu que o resto da vida passaria servindo de dama de companhia a Leonora: varrendo, arrumando, bordando, como alguma Débora, alguma santa medieval; infelizmente, não sou versado na hagiologia católica. Mas sei que via a si mesma como alguma personagem com um rosto deprimido e empenhado, lábios cerrados com força, num claro quarto branco, a molhar as flores ou estender um bastidor de bordado. Ou desejava ir com Edward para a África e lançar-se no caminho do ataque de algum leão de forma que Edward pudesse ser salvo para Leonora ao custo de sua vida. Bem, ao lado de seus pensamentos tristes, tinha seus pensamentos infantis.

Não sabia nada, nada da vida, exceto que se devia viver com tristeza. Isso ela agora sabia. O que aconteceu com ela na noite em que recebeu ao mesmo tempo o golpe de que Edward queria que fosse encontrar o pai na Índia e o golpe da carta da mãe foi o seguinte. Ela primeiro invocou seu doce Salvador, e pensou em Nosso Senhor como seu doce Salvador!, para que Ele impossibilitasse sua ida para a Índia. Depois se deu conta, pelo proceder de Edward, de que ele estava decidido que ela devia ir para a Índia. Então devia ser o certo ela ir. Edward estava sempre certo em suas determinações. Ele era o Cid; era Lohengrin; ele era o *chevalier* Bayard.

Mesmo assim, sua mente amotinou-se, revoltou-se. Não podia deixar aquela casa. Imaginou que ele queria que fosse embora para que não testemunhasse seus amores com outra moça. Bem, ela estava preparada para dizer a ele que estava pronta para testemunhar seus amores com outra jovem. Ia ficar ali, para confortar Leonora.

Então veio o choque desesperado da carta da mãe. Sua mãe dizia, acredito, algo como: "Você não tem o direito de viver sua vida de prosperidade e respeito. Devia estar na rua comigo. Como sabe sequer se é filha do coronel Rufford?" Ela não sabia o que essas palavras queriam dizer. Pensou na mãe a dormir debaixo dos arcos enquanto caía a neve. Essa era a impressão que lhe davam as palavras "na rua". Um platônico senso de dever deu-lhe a idéia de que devia ir confortar a mãe, a mãe que a gerara, embora mal soubesse o que significava a palavra. Ao mesmo tempo, sabia que a mãe abandonara o pai por outro homem, portanto tinha pena do pai, e achava terrível tremer ao som da voz do pai. Se a mãe era esse tipo de mulher era apenas natural que o pai tivesse acessos de loucura em que batia nela até jogá-la no chão. E a voz da consciência lhe dizia que seu primeiro dever era com os pais. Foi devido a esse exaltado senso de dever que ela se despiu com grande cuidado e meticulosamente dobrou as roupas que havia tirado. Às vezes, mas não com freqüência, ela as atirava de qualquer jeito pelo quarto.

E esse senso de dever era o estado que a dominava quando Leonora, alta, ereta, de cabelos dourados, toda de preto, apareceu em sua porta e lhe disse que Edward estava morrendo de amor por ela. Ela sabia então com a mente consciente o que soubera durante meses no fundo de si mesma, que Edward estava morrendo, efetiva e fisicamente morrendo, de amor por ela. Pareceu-lhe que por um breve momento seu espírito podia dizer: "*Domine, nunc dimittis*... Senhor, permite agora a teu servo partir em paz." Ela imaginou que iria alegremente a Glasgow, resgatar a mãe decaída.

IV

E pareceu-lhe estar em sintonia com o humor, com a hora e com a mulher à frente dela para dizer que sabia que Edward estava morrendo de amor por ela e que ela estava morrendo de amor por Edward. Porque aquele fato havia de repente se encaixado e se tornado real para ela como o marcador de uma mesa de jogo de *whist* desliza à pressão do polegar. Aquela mão ao menos estava ganha.

E de repente Leonora parecia ter ficado diferente, e ela também parecia ter ficado diferente em sua atitude com Leonora. Era como se ela, em seu frágil quimono de seda branca, estivesse sentada ao lado do fogo, mas num trono. Era como se Leonora, com seu vestido justo de renda negra, com os ombros brancos reluzindo e o cabelo louro ondulado que a menina sempre considerara a coisa mais linda do mundo, era como se Leonora tivesse ficado aflita, enrugada, azul de frio, trêmula, suplicante. No entanto, Leonora estava lhe dando ordens. Não adiantava lhe dar ordens. Ela ia partir de manhã para sua mãe que estava em Glasgow.

Leonora continuou dizendo que ela devia ficar para salvar Edward, que estava morrendo de amor por ela. E, orgulhosa e feliz com a idéia de que Edward a amava e de que ela o amava, ela nem ouviu o que Leonora dizia. Pareceu-lhe que era função de Leonora salvar o corpo do marido; ela, Nancy, possuía a alma dele, uma coisa preciosa que ia proteger e levar consigo nos braços, como se Leonora fosse um cão faminto, tentando saltar sobre um carneiro que ela carregava. Sim, ela sentia que o amor de Edward era um carneiro precioso que ela estava levando para longe de uma fera cruel e predadora. Porque, naquele momento, Leonora lhe pareceu uma fera cruel e predadora. Leonora, Leonora com sua fome, com sua crueldade, havia levado Edward à loucura. Ele tinha de ser protegido por seu amor por ela e pelo amor dela, o amor dela de uma grande distância e não declarado, a envolvê-lo, cercá-lo, sustentá-lo; por sua voz falando de Glasgow, dizendo que ela amava, que ela adorava, que não passava um momento sem desejar, amar, estremecer ao pensar nele.

Leonora disse em voz alta, insistente, com um amargo tom imperativo:

— Você tem de ficar aqui; tem de pertencer a Edward. Eu vou me divorciar dele.

A menina respondeu:

— A Igreja não permite o divórcio. Eu não posso pertencer a seu marido. Vou para Glasgow resgatar minha mãe.

A porta semi-aberta abriu-se inteiramente sem fazer ruído. Edward estava ali. Os olhos devoradores, condenados, fixos no rosto da menina; os ombros caídos para a frente; ele estava sem dúvida meio bêbado e com a garrafa de uísque numa das mãos, uma vela torta na outra. Ele disse, com pesada ferocidade, para Nancy:

— Proíbo você de falar dessas coisas. Vai ficar aqui até eu saber de seu pai. Depois vai encontrar seu pai.

As duas mulheres olharam uma para a outra, como feras prontas para o bote, mal puseram nele os olhos. Ele se encostou na moldura da porta. E disse de novo:

— Nancy, eu proíbo você de falar dessas coisas. Sou eu quem mando nesta casa. — E diante do som de sua voz, pesada, máscula, vinda de um peito profundo, na noite com o negrume por trás dele, Nancy sentiu como se seu espírito se curvasse diante dele, com as mãos postas. Sentiu que ela iria para a Índia, e que não queria nunca mais falar dessas coisas.

Leonora disse:

— Você vê que é seu dever ser dele. Não podemos deixar que continue bebendo.

Nancy não respondeu. Edward tinha ido embora, ouviram-no escorregar, cambaleando pelo carvalho polido dos degraus. Nancy deu um grito quando veio o ruído de uma queda pesada. Leonora repetiu:

— Está vendo!

Os ruídos continuaram no salão lá embaixo; a luz da vela na mão de Edward brilhou entre os balaústres da galeria. Então, ouviram a voz dele:

— Ligue para Glasgow... Glasgow, na Escócia... Quero o número de um homem chamado White, de Simrock Park, Glasgow... Edward White, Simrock Park, Glasgow... dez minutos... a esta hora da noite... — Sua voz estava neutra, normal e paciente. O álcool o pegava pelas pernas, não pela fala. — Não posso esperar — veio de novo a voz. — É, eu sei que têm um número. Já falei com eles antes.

— Ele vai telefonar para sua mãe — disse Leonora. — Vai cuidar das coisas para ela. — Levantou-se e fechou a porta. Depois voltou para o fogo e acrescentou, amargamente: — Ele consegue sempre cuidar de todo mundo, menos de mim... menos de mim!

A menina não disse nada. Ficou lá sentada num sonho beatífico. Parecia ver o amado sentado como sempre sentava, numa cadeira de encosto redondo, no salão escuro, curvado, com o receptor no ouvido, falando com uma voz gentil, baixa, que reservava para o telefone, e salvando o mundo e a ela, na negra escuridão. Ela colocou a mão na base do pescoço nu, para sentir o calor da carne ali e em seu seio.

Não disse nada; Leonora continuou falando...

Deus sabe o que Leonora disse. Ela repetiu que a menina tinha de ser de seu marido. Disse que usava aquela expressão porque, embora pudesse obter um divórcio, ou mesmo a anulação do casamento pela Igreja, ainda seria adultério o que a menina e Edward estariam cometendo. Mas disse que aquilo era necessário; era o preço que a menina tinha de pagar pelo pecado de ter feito Edward amá-la, pelo pecado de amar seu marido. E continuou falando, falando, ao lado do fogo. A menina tinha de se tornar uma adúltera; tinha ofendido Edward sendo tão bonita, tão graciosa, tão boa. Era pecado ser bom. Ela precisava pagar o preço para salvar o homem que havia ofendido.

Em suas pausas, a menina podia ouvir a voz de Edward, a falar, indistintamente, com pausas intermitentes para as respostas. Aquilo a fazia reluzir de orgulho; o homem que amava estava trabalhando para ela. Ele, ao menos, estava decidido; virilmente determinado; sabia o que fazer. Leonora continuava falando com os olhos pregados nos de Nancy. A menina mal olhava para ela, mal ouvia o que dizia. Depois de um longo tempo, Nancy disse, depois de horas e horas:

— Eu vou para a Índia assim que Edward tiver notícias de meu pai. Não posso falar dessas coisas, porque Edward não quer.

Diante disso, Leonora gritou e encaminhou-se depressa para a porta fechada. E Nancy descobriu que estava dando um salto da cadeira com os braços brancos bem abertos. Estava apertando a outra mulher junto ao peito; ela estava chorando.

— Ah, minha pobre querida; ah, minha pobre querida. — E baixaram, agacharam-se juntas, uma nos braços da outra, chorando, chorando; e deitaram-se na mesma cama, falando, falando, a noite inteira. E a noite inteira Edward podia ouvir as vozes delas pela parede. Foi assim...

Na manhã seguinte, estavam todos os três como se nada tivesse acontecido. Por volta das 11 horas, Edward foi até Nancy, que estava arrumando umas rosas de Natal numa tigela de prata. Ele colocou o telegrama na mesa, ao lado dela.

— Você pode decifrar o código sozinha — disse ele.

Depois, ao sair pela porta, falou:

— Pode dizer a sua tia que passei um telegrama para o sr. Dowell vir até aqui. Ele vai facilitar as coisas até você ir embora.

O telegrama, depois de decodificado, dizia, pelo que posso me lembrar:

"Levarei sra. Rufford à Itália. Garanto com certeza. Sou devotamente ligado sra. Rufford. Ajuda financeira não necessária. Não sabia de filha, agradecido por indicar meu dever. White." Era algo assim.

Depois a casa retomou o curso normal dos dias até a minha chegada.

V

É esta parte da história que me parece a mais triste de todas. Porque me pergunto, incessantemente, com a cabeça rodando e rodando num fatigado e perplexo espaço de dor: o que essas pessoas deviam ter feito? O que, em nome de Deus, elas deviam ter feito?

O fim estava perfeitamente claro para cada uma delas: estava perfeitamente manifesto nesse estágio que, se a menina, no dizer de Leonora, não "pertencesse a Edward", Edward morreria, a menina perderia a razão se Edward morresse e que, depois de um tempo, Leonora, que era a mais fria e a mais forte dos três, se consolaria casando-se com Rodney Bayham e viveria uma boa vida sossegada, confortável. Esse final, naquela noite, com Leonora sentada no quarto da menina e Edward ao telefone lá embaixo, esse final estava claramente manifesto. A menina, simplesmente, já estava meio louca; Edward, meio morto; só Leonora, ativa, persistente, instintiva em sua fria paixão de energia, estava "fazendo coisas". O que, então, eles deviam ter feito? Aquilo resultou na extinção de duas personalidades muito esplêndidas, porque Edward e a menina eram personalidades esplêndidas, a fim de que uma terceira personalidade, mais normal, pudesse ter, depois de um longo período de turbulência, uma boa vida sossegada, confortável.

Estou escrevendo isso agora, devo dizer, dezoito meses inteiros depois das palavras que encerram meu último capítulo. Desde que escrevi as palavras "até a minha chegada" que vejo que termina aquele parágrafo, vi mais uma vez de relance, dentro de um trem rápido, Beaucaire com a bela torre branca, Tarascon com o castelo quadrado, o grande Reno, a imensa extensão do Crau. Percorri toda a Provence, e toda a Provence não importa mais. Não é mais nos olivais dos montes que encontrarei o Céu; porque só existe o Inferno...

Edward morreu; a menina se foi, ah, se foi absolutamente; Leonora está se divertindo com Rodney Bayham, e eu estou sozinho em Branshaw Teleragh. Estive na Provence; vi a África; visitei a Ásia para ver, no Ceilão, num quarto escuro, minha pobre menina, sentada, imóvel, com o maravilhoso cabelo à sua volta, me olhando com olhos que não me viam e dizendo claramente: "*Credo in unum Deum Omnipotentem... Credo in unum Deum Omnipotentem.** Eram as únicas palavras razoáveis que ela pronunciava; são as únicas palavras, ao que parece, que jamais pronunciará. Suponho que sejam palavras razoáveis; devem ser excepcionalmente razoáveis para ela, se ela é capaz de dizer que acredita em uma Divindade Onipotente. Bem, aí está. Estou muito cansado disso tudo...

Pois suponho que isso tudo possa soar romântico, mas é cansativo, cansativo, cansativo ter sido obrigado a estar no meio disso tudo; ter comprado os bilhetes, ter tomado os trens; ter escolhido as cabines; ter consultado intendentes e camareiros quanto a dietas para a imóvel paciente que nada fazia além de anunciar sua crença em uma Divindade Onipotente. Isso pode soar romântico, mas é apenas um registro de fadiga.

Não sei por que eu tinha de ser sempre escolhido como útil. Não tenho ressentimentos, mas nunca fui nada bom. Florence me escolheu para seus próprios fins, e não fui bom para ela; Edward me chamou para vir e conversar com ele e não consegui impedir que cortasse a própria garganta.

E então, um dia, dezoito meses atrás, eu estava escrevendo, sossegado em meu quarto em Branshaw, quando Leonora veio até mim com uma carta. Era uma carta muito patética do coronel Rufford a respeito de Nancy. O coronel Rufford havia deixado o Exército e assumido um trabalho numa fazenda produtora de chá no Ceilão. Sua carta era patética porque era muito breve, muito desarticulada e muito objetiva.

---

* "Creio em um só Deus onipotente", palavras de abertura do Credo Apostólico. Em latim no original.

Ele tinha ido ao navio encontrar a filha e encontrara a filha bem louca. Parece que, em Aden, Nancy havia visto num jornal local a notícia do suicídio de Edward. No mar Vermelho, ela enlouqueceu. Ela comentou com a sra. coronel Luton, que a acompanhava, que acreditava numa Divindade Onipotente. Não armou nenhuma confusão; tinha os olhos bem secos e vidrados. Mesmo louca, Nancy sabia se comportar.

O coronel Rufford disse que o médico não esperava que houvesse nenhuma chance de recuperação para a menina. No entanto, era possível que se ela encontrasse alguém de Branshaw isso a acalmasse e tivesse um efeito positivo. E ele simplesmente escreveu a Leonora: "Por favor, venha e veja se consegue."

Pareço ter perdido todo o sentido do patético, mas mesmo assim, aquela simples, enorme solicitação do velho coronel me pareceu patética. Ele era amaldiçoado por seu humor atroz; tinha sido amaldiçoado por uma esposa meio louca, que bebia e ia para a rua. Sua filha era totalmente louca e mesmo assim ele acreditava na bondade da natureza humana. Acreditava que Leonora ia se dar ao trabalho de ir até o Ceilão a fim de acalmar sua filha. Leonora não ia. Leonora não queria nem ver Nancy outra vez. Suponho que isso, naquelas circunstâncias, era bem natural. Ao mesmo tempo ela concordou, por assim dizer, em termos públicos, que alguém tranqüilizador devia ir de Branshaw ao Ceilão. Ela mandou a mim e à velha babá, que havia cuidado de Nancy desde criança, uma criança de treze anos, recém-chegada a Branshaw. Então, lá fui eu, percorrendo a Provence, para pegar o vapor em Marselha. E não servi de nada quando cheguei ao Ceilão; e a babá não serviu de nada. Nada servia de nada.

Os médicos disseram, em Kandy, que se Nancy pudesse ser levada à Inglaterra o ar marítimo, a mudança de clima, a viagem, e todas essas coisas poderiam restaurar sua razão. Claro, não restauraram sua razão. Sei que ela está sentada no salão, a quarenta passos de onde estou escrevendo. Não quero ser nada romântico a respeito. Ela está muito bem vestida; está bastante tranqüila; está muito bonita. A velha babá cuida dela com muita eficiência.

Claro que você tem aqui a construção de uma situação, mas é tudo muito tedioso, no que me diz respeito. Eu teria casado com Nancy se ela tivesse recuperado a razão a ponto de permitir que avaliasse o sentido de um ritual de casamento anglicano. Mas é provável que nunca venha a recuperar a razão a ponto de avaliar o sentido de um ritual de casamento anglicano. Portanto, não posso casar com ela, segundo a lei da terra.

Então, estou quase exatamente no mesmo lugar em que estava treze anos atrás. Sou o servidor, não o marido, de uma linda moça, que não presta nenhuma atenção em mim. Estou afastado de Leonora, que se casou com Rodney Bayham em minha ausência e foi viver em Bayham. Leonora não gosta nem um pouco de mim, porque pôs na cabeça que não aprovo seu casamento com Rodney Bayham. Bem, eu desaprovo seu casamento. Pode ser que sinta ciúme.

Sim, sem dúvida sinto ciúme. À minha maneira mais frouxa, pareço perceber a mim mesmo seguindo as linhas de Edward Ashburnham. Suponho que eu realmente gostaria de ser um polígamo; com Nancy e com Leonora, com Maisie Maidan e possivelmente até com Florence. Sou, sem dúvida, igual a todos os outros homens; só que, provavelmente devido a minha origem americana, sou mais frouxo. Ao mesmo tempo, posso garantir a você que sou uma pessoa estritamente respeitável. Nunca fiz nada que a mais ansiosa das mães de uma filha ou o mais cauteloso deão de uma catedral possa objetar. Só imitei, frouxamente, em meus desejos inconscientes, Edward Ashburnham. Bem, está tudo acabado. Nenhum de nós conseguiu o que realmente queria. Leonora queria Edward e conseguiu Rodney Bayham, um carneiro até que agradável. Florence queria Branshaw, e fui eu que comprei de Leonora a propriedade. Eu não queria isto realmente; o que eu queria sobretudo era deixar de ser enfermeiro. Bem, sou um enfermeiro. Edward queria Nancy Rufford e eu fiquei com ela. Só que ela é louca. É um mundo estranho e fantástico. Por que as pessoas não podem ter o que querem? As coisas estavam todas lá para contentar a todos; no entanto, todos obtêm a coisa errada. Talvez você consiga entender isso tudo; a mim, me escapa.

Existe algum paraíso terrestre onde, em meio ao sussurro das oliveiras, as pessoas possam estar com quem querem e ter o que gostam e viver em paz à sombra e à fresca? Ou a vida de todos os homens como a vida nossa, a boa gente, como a vida dos Ashburnham, dos Dowell, dos Rufford, são vidas fragmentadas, tumultuadas, agoniadas e sem romantismo, períodos pontuados por gritos, por imbecilidades, por mortes, por agonias? Quem sabe, diabos?

Porque houve uma grande dose de imbecilidade nas cenas de encerramento da tragédia Ashburnham. Nenhuma daquelas duas mulheres sabia o que queria. Só Edward é que adotou uma posição perfeitamente clara e vivia bêbado a maior parte do tempo. Mas bêbado ou sóbrio, ele cumpria o que era exigido pela convenção e pelas tradições desta casa. Nancy Rufford tinha de ser exportada para a Índia, e Nancy Rufford não havia escutado dele uma palavra de amor. Ela foi exportada para a Índia e nunca ouviu uma palavra de Edward Ashburnham.

Era a posição convencional; estava sintonizada com a tradição da casa de Edward. Suponho que funcionava para o maior bem do corpo político. Convenções e tradições, acho, funcionam cegamente, mas sem dúvida para a preservação do tipo normal; para a extinção dos indivíduos orgulhosos, resolutos e fora do comum.

Edward era o homem normal, mas havia nele muito do sentimental; e a sociedade não precisa de muitos sentimentais. Nancy era uma criatura esplêndida, mas tinha nela um toque de loucura. A sociedade não precisa de indivíduos com um toque de loucura. Então Edward e Nancy se viram eliminados pelo rolo compressor, e Leonora sobrevive, o tipo perfeitamente normal, casada com um homem que mais parece um coelho. Porque Rodney Bayham é mais parecido com um coelho e fiquei sabendo que Leonora deve ter um bebê dentro de três meses.

Então essas esplêndidas e tumultuosas criaturas, com seu magnetismo e suas paixões, os dois que realmente amei, foram embora desta Terra. Sem dúvida foi melhor para eles. O que Nancy teria feito de Edward se tivesse conseguido viver com ele, o que Edward teria feito dela? Porque havia em Nancy um toque de crueldade, um toque definitivo de real crueldade que a fazia desejar ver as pessoas sofrerem. Sim, ela desejava ver Edward sofrer. E, por Deus, ela o infernizou.

É inimaginável como o infernizou. Aquelas duas mulheres infernizaram o pobre-diabo e o esfolaram como se fosse com chicotes. Acredite que a mente dele sangrava quase visivelmente. Parece que o vejo ali parado, nu até a cintura, os antebraços protegendo os olhos e a carne pendendo em frangalhos do corpo. Acredite, não é um exagero o que sinto. Era como se Leonora e Nancy se juntassem para executar, pelo bem da humanidade, o corpo de um homem que estava à sua disposição. Eram como duas sioux que dominaram um apache e o mantinham bem amarrado a uma estaca. Acredite, não tinham fim as torturas que impunham a ele.

Noite após noite, ele as ouvia falando, falando, enlouquecido, suando, buscando o esquecimento na bebida, ele ali ficava e ouvia as vozes falando, falando. E dia após dia, Leonora vinha a ele e anunciava os resultados de suas deliberações.

Elas eram como juízes debatendo a sentença de um criminoso; eram como devoradores de cadáveres com um corpo imóvel numa tumba ao lado delas.

Não acho que Leonora fosse mais culpada que a menina, embora Leonora fosse a mais ativa. Leonora, como eu disse, era a mulher perfeitamente normal. Quero dizer que em circunstâncias normais seus desejos eram os de uma mulher que é necessária para a sociedade. Ela desejava filhos, decoro, uma estabilidade; ela desejava evitar desperdício, desejava manter as aparências. Era inteira e absolutamente normal mesmo em sua absolutamente inegável beleza. Mas o que quero dizer não é que agisse de maneira perfeitamente normal nessa situação perfeitamente anormal. O mundo inteiro estava enlouquecido à sua volta, e ela própria, agoniada, assumiu a cara de uma mulher louca; de uma mulher muito má; da vilã da peça. O que você acha? Aço é uma substância normal, dura, polida. Mas se você coloca o aço num fogo quente, ele ficará vermelho, mole e nada manuseável. Se você coloca num fogo ainda mais quente, ele derrete e desaparece. Era assim com Leonora. Ela era feita para circunstâncias normais, para o sr. Rodney Bayham, que manterá uma relação separada, secretamente, em Portsmouth, e fará viagens ocasionais a Paris e a Budapeste.

No caso de Edward e da menina, Leonora quebrou e simplesmente ocupou todo o lugar. Ela adotou uma estranha e, portanto, excepcional e desgraciosa atitude mental. Num momento, ela era toda vingança. Depois de arengar horas à menina durante a noite, arengava durante horas ao silencioso Edward. E Edward só uma vez se deixou levar e isso foi a sua perda. Talvez ele bebesse uísque demais durante a tarde.

Ela perguntava perpetuamente o que ele queria. O que ele queria? O que ele queria? E tudo o que ele jamais respondia era: "Já disse." O que ele queria dizer era que queria que a menina fosse ao encontro do pai na Índia, assim que o pai telegrafasse que estava pronto para recebê-la. Mas uma única vez ele se deixou levar. À eterna pergunta de Leonora, ele respondeu que tudo o que desejava na vida era que pudesse se reconstruir e retomar suas ocupações diárias se a menina, estando a oito mil quilômetros de distância, continuasse a amá-lo. Ele não queria mais nada. Rezava a Deus por nada mais. Bem, ele era um sentimental.

E no momento em que ouviu isso, Leonora determinou que a menina não devia se afastar oito mil quilômetros e que ela não devia continuar a amar Edward. O que ela fez foi o seguinte:

Continuou a dizer à menina que ela devia ser de Edward; que ela ia se divorciar; que ia conseguir a anulação de seu casamento em Roma. Mas considerava seu dever alertar a menina sobre o tipo de monstro que era Edward. Contou à menina sobre La Dolciquita, sobre a sra. Basil, sobre Maisie Maidan, sobre Florence. Falou das agonias que havia suportado durante sua vida com aquele homem, que era violento, dominador, vaidoso, bêbado, arrogante e monstruosamente vulnerável a suas necessidades sexuais. E ao ouvir sobre as misérias que a tia havia sofrido, porque Leonora uma vez mais tinha o aspecto de tia para a menina, com a rápida crueldade da juventude e com a rápida solidariedade que liga mulher a mulher, a menina tomou sua resolução. A tia dizia incessantemente:

— Você tem de salvar a vida de Edward; tem de salvar a vida dele. Tudo o que ele precisa é de um pequeno período de satisfação com você. Depois, vai se cansar de você como se cansou das outras. Mas você tem de salvar a vida dele.

E o tempo todo o pobre coitado sabia, por um curioso instinto que corre entre seres humanos que vivem juntos, exatamente o que estava acontecendo. E ele permaneceu mudo; não moveu um dedo para se salvar. Tudo o que ele pretendia para se manter um membro decente da sociedade era que a menina, a oito mil quilômetros de distância, continuasse a amá-lo. Estavam pondo um ponto final naquilo.

Contei a você que uma noite a menina foi ao quarto dele. E aquilo foi o verdadeiro inferno para Edward. Foi aquela imagem que nunca saiu de sua imaginação: a menina, na penumbra, surgindo ao pé de sua cama. Ele disse que parecia ter uma espécie de efeito esverdeado nela como se houvesse um tom esverdeado nas sombras das altas colunas da cama que emolduravam o corpo dela. E ela olhou para ele com seus olhos diretos de inquebrantável crueldade e disse:

— Estou pronta para ser sua, para salvar sua vida.

Ele respondeu:

— Eu não quero; não quero; não quero.

E ele diz que não queria; que teria odiado a si mesmo; que era impensável. E o tempo todo ele sofria a imensa tentação de fazer a coisa impensável, não pelo desejo físico, mas pela certeza mental. Ele tinha certeza de que, se ela se submetesse a ele uma vez, teria permanecido sua para sempre. Ele sabia disso.

Ela estava pensando no que a tia havia lhe dito: que ele desejava que ela o amasse a uma distância de oito mil quilômetros. Ela disse:

— Não posso amar você agora que sei que tipo de homem é. Vou ser sua para salvar sua vida. Mas não posso nunca amar você.

Foi uma fantástica demonstração de crueldade. Ela não fazia a mínima idéia do que aquilo significava: ser de um homem. Mas diante disso, Edward controlou-se. Falou no tom de voz normal; baixo, rouco, dominador, como teria feito com um criado ou com um cavalo.

— Volte para seu quarto — ele disse. — Volte para seu quarto e vá dormir. Isso é tudo bobagem.

Elas ficaram perplexas, aquelas duas mulheres.

E, então, eu entrei em cena.

VI

Minha entrada em cena certamente acalmou as coisas, durante toda a quinzena que se passou entre minha chegada e a partida da menina. Não quero dizer que a conversa interminável não tenha continuado durante a noite ou que Leonora não me mandasse sair com a menina e, no intervalo, infernizasse Edward. Tendo descoberto o que ele queria, que a menina se afastasse oito mil quilômetros e o amasse inabalavelmente como as pessoas fazem em romances sentimentais, ela estava decidida a esmagar essa aspiração. E repetiu para Edward, em todos os tons possíveis, que a menina não o amava; que a menina o detestava por sua brutalidade, sua dominação, seu hábito da bebida. Ela apontou que, aos olhos da menina, Edward já estava desacreditado três ou quatro vezes. Desacreditado pela própria Leonora, pela sra. Basil, e pelas memórias de Maisie Maidan e de Florence. Edward nunca disse nada.

A menina amava Edward ou não amava? Não sei. Naquela época, suponho que não, embora ela certamente tivesse amado antes de Leonora conseguir trabalhar sobre a reputação dele. Ela certamente o amava pelo que chamo de o lado público de sua ficha: pelo bom soldado que era, por salvar vidas no mar, pelo excelente senhorio que era e pelo bom esportista. Mas é bem possível que todas essas coisas tenham passado a parecer nada aos olhos dela, quando descobriu que não era um bom marido. Pois embora as mulheres, como as vejo, tenham pouco ou nenhum sentido de responsabilidade por um condado, por um país, por uma carreira, embora elas possam ser inteiramente desprovidas de qualquer tipo de solidariedade comunal, elas têm um imenso e automaticamente operante instinto que as liga aos interesses da feminilidade. Claro, é possível para qualquer mulher separar e levar embora o marido, ou amante, de qualquer outra mulher. Mas penso que uma mulher só fará isso se tiver razões para acreditar que a outra mulher fez seu marido sofrer. Estou certo de que se ela achar que o homem foi um bruto com sua mulher, ela será capaz, com seu sentimento instintivo pela feminilidade sofredora, de "endireitá-lo", como dizem. Não dê nenhuma importância a essas minhas generalizações. Elas podem estar certas, podem estar erradas; sou apenas um americano a envelhecer com muito pouco conhecimento da vida. Você pode aceitar minhas generalizações ou deixá-las de lado. Mas tenho absoluta certeza de que estou certo no caso de Nancy Rufford, de que ela havia amado Edward Ashburnham muito profunda e ternamente.

Não vem ao caso se foi ela quem fez que ele tivesse o que merecia, assim que descobriu que ele havia sido infiel a Leonora e que seus serviços públicos haviam custado muito mais do que Leonora achava que deviam custar. Nancy seria forçada a lhe dar o que merecia. Devia isso à opinião pública feminina; seria levada a isso pelo instinto de autopreservação, uma vez que ela podia bem imaginar que se Edward havia sido infiel com Leonora, com a sra. Basil e com as memórias das outras duas, ele poderia ser infiel com ela. E, sem dúvida, ela possuía a sua dose do instinto sexual que faz as mulheres serem intoleravelmente cruéis com a pessoa amada. De qualquer forma, não sei se, nessa altura, Nancy Rufford amava Edward Ashburnham. Não sei nem mesmo se o amava quando, ao receber, em Aden, a notícia de seu suicídio, ela enlouqueceu. Porque isso pode ter sido tanto por causa de Leonora quanto por causa de Edward. Ou pode ter sido por causa de ambos. Eu não sei. Não sei nada. Estou muito cansado.

Leonora defendia apaixonadamente a doutrina de que a menina não amava Edward. Ela queria desesperadamente acreditar nisso. Era uma doutrina tão necessária à sua existência quanto a crença na imortalidade pessoal da alma. Ela disse que era impossível Nancy conseguir amar Edward depois que ela revelara à menina a sua visão da carreira e do caráter de Edward. Edward, por outro lado, acreditava, hesitantemente, que alguma essencial atração por ele devia ter levado a menina a continuar amando-o, continuar amando-o, por assim dizer, por debaixo do aspecto oficial de ódio. Ele achava que ela apenas fingia odiá-lo para salvar a própria honra e achava que aquele telegrama atroz de Brindisi era apenas outra tentativa disso: de provar que tinha sentimentos atribuíveis a um membro da comunidade feminina. Não sei. Deixo com você.

Há um outro ponto que me preocupa bastante nos aspectos desta triste história. Leonora diz que, ao desejar que a menina se afastasse oito mil quilômetros e continuasse a amá-lo, Edward mostrava-se um monstro de egoísmo. Que ele desejava a ruína de uma jovem vida. Edward, por outro lado, me afirmou que, supondo que o amor da menina fosse uma necessidade para sua existência, se ele não fizesse nada por palavras nem por atos para manter vivo o amor de Nancy, ele não poderia ser chamado de egoísta. Leonora replicou que isso demonstrava que ele era uma natureza abominavelmente egoísta mesmo que suas ações fossem perfeitamente corretas. Não consigo resolver qual dos dois estava certo. Deixo isso com você.

De qualquer forma, é certo que as ações de Edward eram perfeitamente (eram monstruosamente, eram cruelmente) corretas. Ele ficou imóvel e deixou Leonora levar embora seu caráter, e deixou Leonora condená-lo à danação do mais profundo inferno, sem mover um dedo. Suponho que ele era um tolo; não vejo qual o objetivo em deixar uma menina pensar dele pior do que o necessário. Mas aí está. E aí está também que aqueles três apresentavam ao mundo o espetáculo de serem pessoas das melhores. Garanto a você que durante a quinzena de minha estada naquela linda casa antiga, nunca sequer notei uma única coisa que pudesse abalar essa boa opinião. E mesmo quando olho para trás, sabendo das circunstâncias, não consigo me lembrar de uma única coisa que qualquer um deles tenha dito que pudesse traí-los. Não consigo me lembrar, até o jantar em que Leonora leu aquele telegrama, nem do tremor de um cílio, nem de um hesitar de mão. Era apenas uma agradável reunião doméstica no campo.

E Leonora sustentou aquilo muito bem, por mais tempo ainda que isso, ela sustentou pelo que me diz respeito até oito dias depois do funeral de Edward. Imediatamente depois desse jantar específico, o jantar em que recebi o anúncio de que Nancy ia partir para a Índia no dia seguinte, pedi a Leonora que tivéssemos uma conversa. Ela me levou para uma saleta pequena e eu então disse (poupo-lhe o registro de minhas emoções) que ela estava ciente de que eu queria casar com Nancy; que ela parecia ser favorável à minha pretensão e que parecia um desperdício de dinheiro em passagens e um desperdício de tempo em viagem permitir que a menina fosse à Índia, se Leonora achava que havia qualquer chance de eu me casar com ela.

E Leonora, garanto a você, mostrou-se a matrona inglesa absolutamente perfeita. Ela disse que era muito favorável à minha pretensão; que não podia desejar para a menina melhor marido; mas que considerava que a menina tinha de ver um pouco mais da vida antes de dar um passo tão importante. Sim, Leonora usou as palavras "dar um passo tão importante". Ela era perfeita. Na verdade, acho que teria gostado bastante que a menina se casasse comigo, mas meu programa compreendia comprar a casa Kershaw, cerca de um quilômetro e meio adiante, na estrada de Fordingbridge, e lá me instalar com a menina. Aquilo não servia absolutamente para Leonora. Ela não queria ter a menina tão perto de Edward pelo resto da vida. No entanto, acredito que ela poderia ter me feito saber, por um ou outro circunlóquio, que eu poderia ficar com a menina se a levasse ou para Filadélfia ou para Timbuctu. Eu tinha muito amor por Nancy, e Leonora sabia disso.

No entanto, deixei passar. Deixei passar com a convicção de que Nancy estava indo para a Índia provisoriamente. Pareceu-me um arranjo perfeitamente razoável e sou um homem razoável. Eu disse simplesmente que iria encontrar Nancy na Índia dentro de uns seis meses. Ou, talvez, depois de um ano. Bem, como vê, realmente fui atrás de Nancy na Índia depois de um ano...

Devo confessar que senti uma certa raiva de Leonora por não ter me alertado antes que a menina ia viajar. Tomei aquilo por um dos métodos estranhos, não muito diretos, que os católicos romanos parecem adotar ao lidar com questões deste mundo. Achei que Leonora temera que eu pudesse fazer uma proposta à menina, ou, de alguma forma, tentasse aproximações muito maiores do que as que fiz, se eu soubesse que ela iria partir tão prontamente. Talvez Leonora estivesse certa; talvez os católicos romanos, com seus costumes estranhos, tortuosos, estejam sempre certos. Estão lidando com a coisa estranha e tortuosa que é a natureza humana. Pois é bem possível que, se eu soubesse que Nancy ia partir tão depressa, eu tivesse tentado demonstrar amor por ela. E isso teria produzido outra complicação. Talvez tenha sido melhor assim.

É estranho como gente muito boa é capaz de fazer coisas fantásticas para manter a aparência de calma indiferença. Porque Edward Ashburnham e sua esposa me chamaram do outro lado do mundo para sentar no banco de trás de uma carruagem de caça, enquanto Edward conduzia a menina para a estação ferroviária da qual ela partiria para a Índia. Eles queriam, acredito, ter uma testemunha para a serenidade daquela função. A bagagem da menina já havia sido fechada e mandada com antecedência. Seu leito no vapor, reservado. Tinham orquestrado tudo tão exatamente que funcionou como uma máquina. Eles sabiam a data em que o coronel Rufford receberia a carta de Edward e sabiam quase exatamente a hora em que receberiam seu telegrama pedindo que a filha viesse a seu encontro. Havia sido tudo lindamente e bem impiedosamente arranjado, pelo próprio Edward. Como desculpa para telegrafar, informaram ao coronel Rufford que a sra. coronel Fulano ou Cicrano estaria viajando naquele navio e que ela seria uma eficiente acompanhante para a menina. Era um negócio quase surpreendente e acho que teria parecido melhor aos olhos de Deus se eles tivessem tentado arrancar os olhos um do outro com facas de trinchar. Mas eles eram "boa gente".

Depois de minha entrevista com Leonora, entrei, desanimado, na sala de armas de Edward. Eu não sabia onde estava a menina e pensei que podia encontrá-la ali. Suponho que tinha a vaga idéia de propor casamento a ela, apesar de Leonora. Então, presumo que eu não seja tão boa gente como os Ashburnham. Edward estava acomodado em sua poltrona fumando um charuto e não disse nada por quase cinco minutos. As velas brilhavam nos anteparos verdes; os reflexos eram verdes nos vidros das estantes que guardavam armas e varas de pesca. Acima do aparador da lareira, estava o quadro amarronzado do cavalo branco. Foram os momentos mais silenciosos que já vivi. Então, de repente, Edward olhou para mim direto nos olhos e disse:

— Escute aqui, meu velho, quero que você vá até a estação comigo e com Nancy amanhã.

Eu disse que sem dúvida iria com ele e Nancy à estação no dia seguinte. Ele ali ficou um longo tempo, olhando na direção dos joelhos diante do fogo tremulante e, então, de repente, com voz perfeitamente calma e sem levantar os olhos, disse:

— Estou tão desesperadamente apaixonado por Nancy Rufford que estou morrendo por causa disso.

Pobre-diabo: ele não tencionava falar disso. Mas acho que simplesmente tinha de falar com alguém e eu devia parecer uma mulher ou um advogado. Ele falou a noite inteira.

Bem, ele cumpriu o programa até o último alento.

Era uma manhã de inverno muito clara, com bastante geada. O sol estava brilhando, a estrada sinuosa entre as urzes e as samambaias muito complicada. Eu estava sentado no banco de trás da carruagem de caça; Nancy ao lado de Edward. Os dois conversaram enquanto rodávamos; Edward apontou com o chicote uma manada de gamos num vale um quilômetro adiante. Passamos pelos cães de caça no trecho plano de estrada que vai para Fordingbridge, ao lado das altas árvores, e Edward deteve a carruagem para Nancy poder se despedir do caçador e lhe dar uma última moeda de ouro. Ela cavalgava com aqueles cães desde os treze anos de idade.

O trem estava cinco minutos atrasado e imaginavam que isso se devia a ser dia de mercado em Swindon ou seja lá de onde vinha o trem. Era sobre esse tipo de coisas que falavam. O trem chegou; Edward encontrou o vagão de primeira classe dela com uma senhora idosa lá dentro. A menina entrou no vagão, Edward fechou a porta, e ela então estendeu a mão para apertar a minha. Não havia, no rosto daquelas pessoas, nenhuma expressão de tipo algum. O sinal para a partida do trem era de um vermelho muito vivo; esse é o detalhe mais apaixonante que consigo colocar nessa cena. Ela não estava em seus dias mais bonitos; usava uma touca de pele marrom que não combinava com seu cabelo. Ela disse:

— Adeus — para Edward.

Edward respondeu:

— Adeus.

Ele girou nos calcanhares e, grande, desajeitado, caminhando com um passo pesado e decidido, saiu da estação. Eu o acompanhei e sentei a seu lado na carruagem de caça. Foi a representação mais horrível que eu já vi.

E depois disso, uma paz sagrada, como a paz de Deus que ultrapassa todo entendimento, baixou sobre Branshaw Teleragh. Leonora cuidava de seus deveres diários com uma espécie de sorriso triunfante, um sorriso muito tênue, mas bem triunfante. Acredito que ela já desistira havia tanto tempo da idéia de conseguir seu homem de volta que lhe bastava ter a menina longe da casa e bem curada de sua paixão. Uma vez, no salão, quando Leonora estava saindo, Edward disse, baixinho, mas eu escutei as palavras:

— Venceste, ó pálido galileu.

Era típico de seu sentimentalismo citar Swinburne.

Mas ele estava perfeitamente calmo e tinha parado de beber. A única coisa que me disse depois daquela ida à estação foi:

— É muito estranho. Acho que tenho de contar a você, Dowell, que não tenho absolutamente nenhum sentimento pela menina agora que acabou. Não se preocupe comigo. Eu estou bem. — Longo tempo depois, disse: — Acho que era apenas uma fagulha. — Ele começou a cuidar de novo da propriedade; deu-se a todo aquele trabalho para livrar a filha do jardineiro que havia matado o próprio bebê. Sorridente, apertava a mão de todos os fazendeiros no mercado. Discursou em duas reuniões políticas; foi caçar duas vezes. Leonora armou uma horrível cena com ele por ter gasto duzentas libras para livrar a filha do jardineiro. Tudo corria como se a menina nunca tivesse existido. Era um tempo muito tranqüilo.

Bem, esse é o fim da história. E, quando olho para ela, vejo que é um final feliz, com sinos de casamento e tudo. Os vilões, pois evidentemente Edward e a menina eram vilões, punidos com suicídio e loucura. A heroína, a heroína perfeitamente normal, virtuosa e ligeiramente enganosa, tornou-se uma esposa feliz de um marido perfeitamente normal, virtuoso e ligeiramente enganoso. Ela em breve será mãe de um filho ou filha perfeitamente normal, virtuoso, ligeiramente enganoso. Um final feliz, é nisso que tudo vai dar.

Não posso esconder de mim mesmo o fato de que agora não gosto de Leonora. Sem dúvida nenhuma tenho ciúme de Rodney Bayham. Mas não sei se é meramente um ciúme que brota do fato de que eu desejava possuir Leonora ou se é porque por ela se sacrificaram as duas únicas pessoas que já amei de verdade: Edward Ashburnham e Nancy Rufford. A fim de instalá-la numa mansão moderna, repleta de todas as conveniências e dominada por um chefe de família respeitável e eminentemente econômico, era necessário que Edward e Nancy Rufford se transformassem, para mim ao menos, em nada mais que sombras trágicas.

Parece que vejo o pobre Edward, nu e reclinado em meio à escuridão, sobre rochas frias, como um daqueles antigos gregos amaldiçoados no Tártaro ou seja lá onde for.

E quanto a Nancy... Bem, ontem no almoço, ela disse, de repente:

— Petecas!

E repetiu a palavra "petecas" três vezes. Sei o que tinha em mente, se se pode dizer que tenha uma mente, porque Leonora uma vez me contou que a pobre menina disse que se sentia como uma peteca jogada para lá e para cá entre as personalidades violentas de Edward e sua mulher. Leonora, disse ela, estava sempre tentando jogá-la para Edward, e Edward, tácita e silenciosamente, a forçava a voltar. E o mais estranho é que o próprio Edward considerava que aquelas duas mulheres o usavam como uma peteca. Ou melhor, ele disse que elas o mandavam para lá e para cá como um pacote a ser entregue e cuja tarifa postal ninguém queria pagar. E Leonora imaginava também que Edward e Nancy a pegavam e largavam onde melhor convinha a seus humores puramente oscilantes. Então aí tem você o belo quadro. Veja bem, não estou pregando nada contrário à moralidade aceita. Não estou advogando o amor livre nem neste nem em nenhum outro caso. A sociedade precisa continuar, suponho, e a sociedade só pode existir se os normais, se os virtuosos e se os ligeiramente enganosos florescerem, e se os apaixonados, os teimosos e os sinceros demais forem condenados ao suicídio e à loucura. Mas acredito que eu mesmo, à minha maneira frouxa, entro na categoria do apaixonado, do teimoso e do sincero demais. Pois não consigo esconder de mim mesmo o fato de que amava Edward Ashburnham e de que o amava porque ele era apenas ele mesmo. Se eu tivesse a coragem, a virilidade e possivelmente também o físico de Edward Ashburnham, eu teria feito, acredito, exatamente o que ele fez. Ele me parece um grande irmão mais velho que me levou em diversas excursões e fez muitas coisas ousadas enquanto eu assistia a distância ele roubar os pomares. E, você sabe, sou tão sentimental quanto ele era...

É, a sociedade tem de prosseguir; tem de se multiplicar, como coelhos. É para isso que estamos aqui. Mas então, não gosto da sociedade, não muito. Sou aquela figura absurda, o milionário americano, que comprou uma das antigas moradas da paz inglesa. Sento aqui, na sala de armas de Edward, dias e dias inteiros em uma casa absolutamente quieta. Ninguém me visita, porque não visito ninguém. Ninguém está interessado em mim, porque não tenho interesses. Dentro de uns vinte minutos, devo ir a pé até a aldeia, debaixo de meus próprios carvalhos, ao longo de meus canteiros de tojo, para receber a correspondência americana. Meus locatários, os meninos da aldeia e os comerciantes vão tocar o chapéu para mim. Assim a vida vai passando. Devo voltar para jantar, e Nancy sentará à minha frente com a velha babá atrás dela. Enigmática, silenciosa, absolutamente bem-comportada no que diz respeito a garfo e faca. Nancy vai ficar olhando adiante dela com os olhos azuis que têm por cima sobrancelhas cansadas, gastas. Uma vez, talvez duas, durante a refeição, seu garfo e sua faca ficarão suspensos no ar, como se ela estivesse tentando pensar em algo que esqueceu. Então ela dirá que acredita numa Divindade Onipotente ou pronunciará a palavra única, "petecas", talvez. É muito extraordinário ver a cor da saúde perfeita em suas faces, ver o brilho do cabelo preso, a postura da cabeça sobre o pescoço, a graça das mãos brancas, e pensar que aquilo tudo não significa nada, que é um quadro sem um sentido. Sim, é estranho.

Mas de qualquer forma existe sempre Leonora para alegrar você; não quero que você fique triste. O marido dela é uma pessoa bem econômica de tipo tão normal que consegue comprar pronta uma grande parte de suas roupas. Essa é a grande aspiração da vida e o fim de minha história. O filho será criado como católico romano.

De repente, me ocorre que me esqueci de contar como Edward encontrou sua morte. Você se lembra que a paz baixou sobre a casa; que Leonora estava caladamente triunfante e que Edward disse que seu amor pela menina havia sido apenas uma fase passageira. Bem, uma tarde, estávamos no estábulo juntos, olhando um novo tipo de piso que Edward estava experimentando em uma baia. Edward falava com muita animação sobre a necessidade de levar a um padrão adequado o número de soldados de Hampshire. Estava bastante sóbrio, bastante tranqüilo, a pele clara; o cabelo dourado perfeitamente escovado; a compleição vermelha como pó de tijolo tocando quase as bordas das pálpebras; os olhos azuis como porcelana me olhavam com franqueza, diretos. O rosto perfeitamente sem expressão, a voz profunda e rouca. Ele se empertigou sobre as pernas e disse:

— Temos de chegar a dois mil trezentos e cinqüenta homens.

Um menino do estábulo entregou-lhe um telegrama e afastou-se. Ele o abriu, negligente, olhou-o sem emoção e, em completo silêncio, passou para mim. No papel rosado, numa caligrafia espalhada, li: "A salvo Brindisi. Aproveitando muito. Nancy."

Bem, Edward era o cavalheiro inglês; mas era também, até o fundo, um sentimental, cuja mente era composta de poemas e romances indiferentes. Ele apenas olhou o teto do estábulo, como se estivesse olhando o céu, e murmurou alguma coisa que eu não captei.

Depois, colocou dois dedos dentro do bolso do colete cinzento do terno de lã que dali saíram com um pequeno canivete, um canivete bem pequeno. Ele me disse:

— Você podia entregar esse telegrama para Leonora. — Olhou para mim com uma expressão direta, desafiadora, intimidante. Acho que viu em meus olhos que eu não pretendia detê-lo. Por que deveria detê-lo?

Não pensei que ele fosse querido no mundo. Que seus confusos locatários, seus parceiros de rifle, seus bêbados, resgatados ou não resgatados, prosseguissem como quisessem. Nem todas as centenas e centenas deles mereciam que aquele pobre-diabo continuasse sofrendo por eles.

Quando ele viu que eu não pretendia interferir, seus olhos ficaram suaves, quase afetuosos. Ele observou:

— Adeus, meu velho. Tenho de descansar um pouco, sabe.

Eu não soube o que dizer. Queria dizer: "Deus te abençoe", porque também sou sentimental. Mas achei que talvez isso não fosse de bom-tom inglês, então trotei embora com o telegrama para Leonora. Ela ficou bem satisfeita.

ESTA OBRA FOI COMPOSTA PELA ABREU'S SYSTEM EM ADOBE GARAMOND PRO
E IMPRESSA EM PROCESSO SOB DEMANDA PELA UM LIVRO SOBRE PAPEL
OFFWHITE PARA A EDITORA SCHWARCZ A PARTIR DE 2025